耳蜗

耳蜗

汪文勤◎主编
丁冬　章江红／著

百花文艺出版社
BAIHUA LITERATURE AND ART PUBLISHING HOUSE

图书在版编目（CIP）数据

耳蜗/丁冬，章江红著；汪文勤主编. —天津：百花文艺出版社，2012. 4
ISBN 978-7-5306-6110-9

Ⅰ. ①耳… Ⅱ. ①丁… ②章… ③汪… Ⅲ. ①纪实文学—作品集—中国—当代 Ⅳ. ①I25

中国版本图书馆 CIP 数据核字（2012）第 079260 号

百花文艺出版社出版发行
地址：天津市和平区西康路 35 号
邮编：300051
e-mail：bhpubl@public.tpt.tj.cn
http://www.bhpubl.com.cn
发行部电话：(022)23332651 邮购部电话：(022)23332478
全国新华书店经销
天津新华二印刷有限公司印刷
*
开本 787×1092 毫米 1/16 印张 16. 25 插页 8
2012 年 4 月第 1 版 2012 年 4 月第 1 次印刷
印数：1-30000 册 定价：33. 00 元

人工耳蜗从无到有

世界从无声到有声

你爱的奉献惠及大众

从挈幼将雏踏遍求医问药的人间苦路

到今天国家救治

人工耳蜗在呼唤和寻找听不见的人群

每一段历程都有你同行

有爱同驻

谨以此书献给中国2780万聋人和他们的家人，献给所有致力于聋人的医治和康复的科学家、医生、护士、听力师和康复教师，献给所有致力于改变聋人生存现状，提高聋人生命质量的人们。

2005 年，“听力重建 启聪行动”捐赠 200 套人工耳蜗仪式现场。

2009 年 7 月，中国残联“贫困聋儿人工耳蜗/助听器抢救性康复项目”在京启动。中央财政进一步加大财政投入，额度超过 4 亿元，是建国 60 年来中央财政救助残疾人康复项目投入最多的一次，也是中央财政对贫困聋儿群体开展的规模最大、额度最高的政策性救助。中国残联、卫生部、财政部领导出席救助项目启动仪式。

坐着的长者为王永庆先生，后排左边为汪文勤女士，中间为韩德民教授，右边为黄俊生教授。

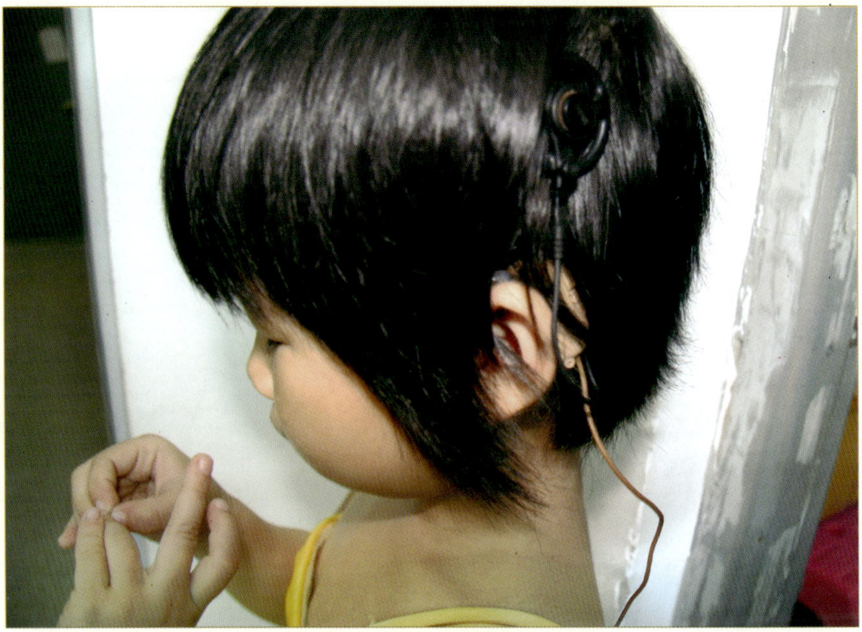

佩戴人工耳蜗的小朋友

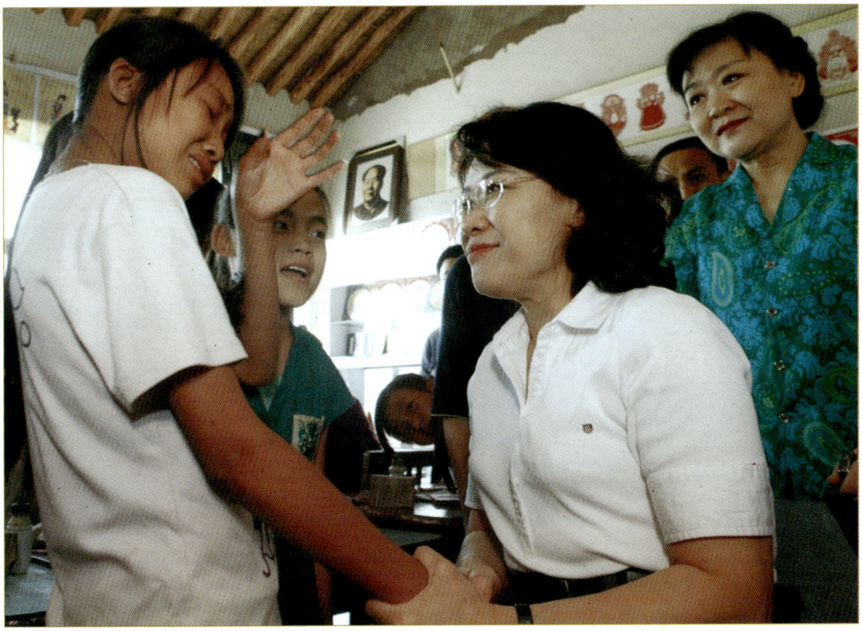

中国残联主席张海迪鼓励农村聋哑女孩儿

接受捐赠、植入人工耳蜗的儿童。

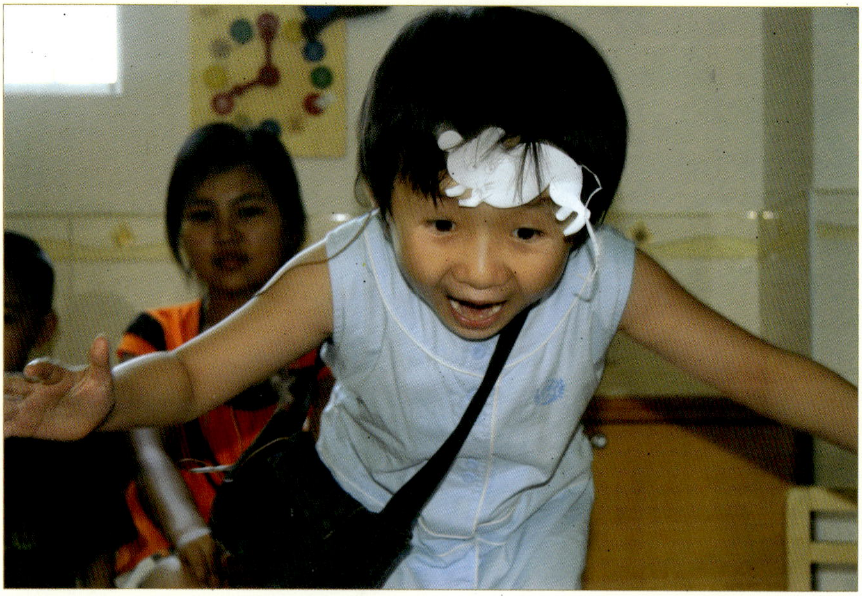

正在做康复训练的小姑娘

2012年春，德国，向谢舒戈学习绘画艺术的抗梦雯，显得那样秀丽而充满自信。

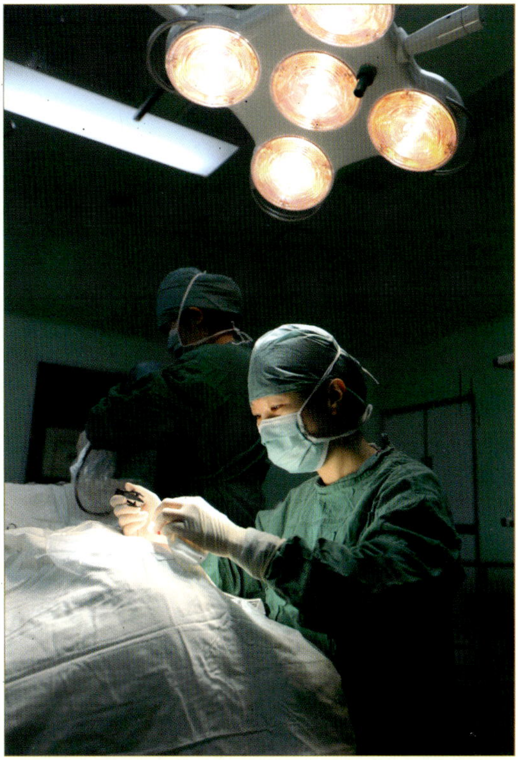

中国人民解放军总
医院专家为救助的患儿
进行人工耳蜗植入手术

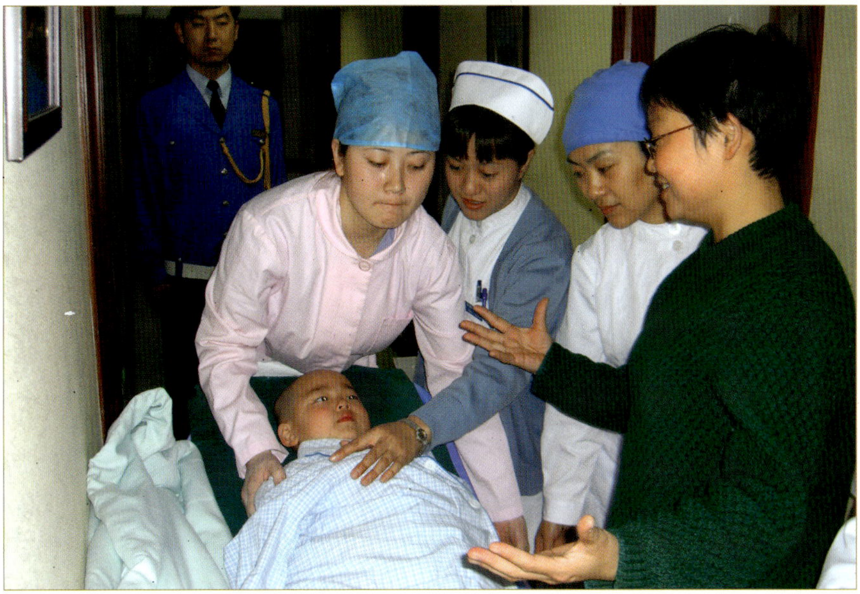

2005年12月3日，国际残疾人日，中央电视台《健康之路》直播现场，同仁医院手术室外，准备接受人工耳蜗植入手术的铜川患儿。

安溪明德特殊教育学校学生正在学习和接受康复训练

开创“崔老师语言培训中心”的崔玮兰在残奥会(志愿者)

让我帮你唱支歌

全国政协常委，中国残疾人联合会主席　张海迪

《耳蜗》是一本让我感动的书，因为她充满了爱与同情，我希望更多的人读到这本书。

也许有人会问“耳蜗”是什么？我想告诉人们，耳蜗是人体的重要听觉器官，是不可缺少的零件。好的耳蜗会让我们听见世界上最美妙的声音：春天，走在原野上，你会听见轻柔的风唱着歌，飘向远方；夏天，在窗外的星空下，你会听见小虫们快乐的哼鸣；秋天，在悠远的天空中，你能听见大雁告别北方家乡，呼唤同伴的叫声；还有冬天也是有声音的，下过一场大雪，你一定记得踏在雪地里咯吱咯吱的脚步声。对于健康人来说，生命中有那么多值得回忆的声音，而要听到声音，就要有完整的耳蜗。

但是，生活中总是有一些遗憾，比如，有一些人永远都听不到声音，他们听不见大自然中的一切，也听不见亲人的呼唤，他们在失去听力之后，也失去了说话的能力，他们活在一个寂静的世界里，那里如同宇宙还没有诞生前的沉寂，只是一片无边的空漠。面对这样的沉寂和空漠，人的内心会是多么孤独无助。可是，他们多

想说出自己的心声啊！有一次，我用手语和一群美丽的聋哑少女说话，我被她们丰富的内心世界打动了，于是，我为她们写了一支歌：

亲爱的人/不要问我/不要问我爱什么/那花开花落悄无声/却是我心中的歌/我多想对你说/说那春的风/说那夏的花/说那秋的雨/说那冬的雪。

亲爱的人/不要问我/不要问我爱什么/我的泪花一朵朵/那是心中星光在闪烁/我多想对你说/说那山高水长/说那绿浪清波/说那落日红似火/说那天空多辽阔。

在我们这个地球上有六十多亿人口，其中有六亿多残疾人，中国就有八千五百多万残疾人。这个庞大的数字包含着非常复杂的内容。“残疾人”这个词汇叠加着无数的痛苦和不幸，它蕴涵着残疾人的美好的梦想、热切的渴望，还有不屈抗争的精神。其实，从生命的历程来看，每个人都潜在着残疾的威胁，只是造成的原因、发生的时间、持续的时间和造成的影响不同。

生命的残缺是人类进化和发展的必然代价，因此，很多人都承受过残疾的痛苦，肉体的，精神的。其实，无论是健全还是残疾，生命的本质都是高贵的，都应该享有阳光、空气和水。世界上有哭泣和悲伤，也有欢乐和幸福，所有这一切都是由生命来感受和品尝的。生命的形态总是不完整的，这种不完整性正是人类进化的必然，不完整促使人们认识什么是完整，并且为美好的生命前景作不懈的努力。痛苦是幸福的比照。残疾人承受的痛苦让人们看到了什么是幸福、自由和健康。因此，我对那些忍受残疾之痛，而依然能面带微笑生活的兄弟姐妹始终怀有深切的同情和敬意。但是，我们怎样才能帮助他们呢？

残疾人只有很好的康复，才能过上有质量的生活，康复意味着重新走向社会的开始，也意味着生产力的解放。它使残疾人获得生活的信心，也让家庭的负担得到最大限度的减轻。我国有2780万聋哑人，很多聋哑人都需要安装人工耳蜗补偿听力，特别是一些聋哑孩子，他们更迫切地需要安装人工耳蜗，安装得越早，语言能力就恢复得越好。康复应该是残疾人工作的重中之重。抢救性的康复甚至如同给人以新的生命。所以，我们希望医学科学不断进步，不要让人们再承受残疾之痛，我们希望科学技术不断发展，能让残疾人得到新的功能补偿。

二十多年过去了，我国的残疾人康复事业取得了很大的成就，已有1500万残疾人得到不同程度的康复服务。很多残疾人得到了康复的机会，安装了人工耳蜗的孩子重新学会了说话，他们像健康孩子一样走进小学、中学和大学的校门。这让我们从事残疾人工作的人感到无比的欢欣！

这些年，我们国家大力关心和支持残疾人事业的发展，社会各界的朋友们也向残疾人提供了很多的帮助。《耳蜗》一书中描述了很多关注失聪者的热心人，其中包括台湾企业家王永庆先生，他曾为残疾人事业的发展倾力相助，帮助很多聋哑孩子实现了说话的梦想。还有许许多多的医学康复专家，无数的志愿者，大家都在为残疾人消除各种障碍，为他们能够过上幸福的生活而努力奋斗。看到他们忙碌的身影，听到他们关爱的话语，这世界仿佛开遍了美丽的花，吹拂着绿色的风。

我常想，一个理想的社会应该具有深切的人文关怀精神，要尊重、理解、关心残疾人，积极消除一切有形和无形的障碍，让残疾人生活得更美好。我们要努力让生活更符合我们的理想而存在，要为有障碍的人、有困难的人、行动不便的人考虑得更周到一些，做得更细致一些，想得更长远一些，让每一个日子闪烁人性的光芒，让世界成为阳光普照、充满温情的家园。这就要我们大家激扬爱的精神，有了这样的精神，未来就会无限美好。

我喜欢《耳蜗》这本书，她有真情故事，让你感动和流泪，她又兼具一些科普知识，通过人工耳蜗发展的历史，让人们更加珍惜生命，热爱生活。让我们都来关心帮助残疾人兄弟姐妹，帮助那些需要恢复听力的孩子们。期待这个春天，《耳蜗》一书播下爱的种子；相信秋天，爱的信息一定会飞向海角天涯……

2012 年春

一本好读的书

全国人大常委，中国残疾人联合会副主席，
执行理事会理事长　汤小泉

这是一本好读的书。

好读和好看不一样。说她好读是因为这本书的字里行间写满爱的声音。打开书，这种久违的声音，就在耳边响起来，清晰、明亮又澄澈。似微风呢喃，溪水清唱；似鸽哨划过晴朗的天空，孩子们无羁的笑声由远而近传过来。甚至冬夜里，一朵雪花从松枝坠落的那一团气息，都被听到了。忽然觉得人间喧嚣和躁动的声音，虚拟世界尖锐的噪音，充斥世间的人们的诅咒声、抱怨声、哀叹哭泣声，以及所有使人双耳发沉、心神涣散的各种声音都渐次退隐，逐渐消弭。天地安静下来了。

是不是，我们的耳朵已疏于听见爱的呼唤？

一个没有爱的世界难道不是越繁华越荒凉吗？

说《耳蜗》好读，是因为在这里能读出爱的声音。这个声音从捐助者的心里发出，从那些致力于聋人的医治和康复的科学家、医生、护士、听力师和康复教师的心中发出，汇成了今天这个激越宏大的爱的交响。起初，这个声音是微细的，后来，因为越来越多的人加入进来，越来越多的爱心汇聚过来，这个音流便一日比一日更雄伟、更壮阔、更浓烈。读《耳蜗》好像在听一曲爱的交响，人会情不自禁地陶醉其中，从耳畔到心田，动人的旋律不绝如缕，久久回荡。

一朵花无法给春天披上盛装，一花开放引来百花盛开，万紫千红，这才是真正的春天。

生命应该如花绽放，吐露芬芳。野百合也有春天，绽放、争艳是生之本能，是天地造化之工的善心美意。所谓“各美其美，美人之美，美美与共，天下大同”是也。

所谓慈善，就是由一颗慈心引出的一腔善意。不仅仅是善的意念，乃是善的行动。

中国是一个人口大国，残疾人占全国总人口的6.34%，如此庞大的一个群体，需要爱心关注、救助和支持。是的，我们党和政府有很好的政策和措施，我们有各级残联，但是，这远远不够，我们需要的是整个社会的行动，每个人都应该有一份爱和责任。拿什么标准来衡量一个国家的进步和文明程度呢？最好的标准应该是整个社会对于残障人士和弱势群体的关注度。哈佛大学校园里刻着一句话：“希望再也不要看见在一个一无所缺的富有的世界里还有人一无所有。”

物质世界的贫困是容易摆脱的，但是，精神世界的赤贫，不被关爱、被世界遗忘的那些人群，他们需要我们的手牵着他们的手，一路同行。慈心善举在我们今天的社会不应该是口号，需要有人不断地去提倡、昭示。我们的社会良知好像嗜睡的人，要不断地被推、被摇、被叫醒。有时，我们睁开的眼睛是木然的、冷漠的，有时，即使我们有同情有关注，但缺乏行动。当然，许多的时候，我们选择假寐，推、摇、叫，终究不肯醒过来，因为一个装睡的人不可能被叫醒。

对于这样的一个社会现状，《耳蜗》一书的出现，不啻给我们装上了一个耳蜗，由此，我们清楚地听见爱的呼唤和回声。

我们说残障人士的生存现状堪忧，不单是指他们的日常生活、衣食住行，更多的是指他们的精神世界。高科技带来的日新月异的变化，有多少是惠及他们的？手机产品更新换代，令人眼花缭乱，如果他们是听不见的和不能说话的人；电视屏幕有大有小，大到足可以遮挡一片天，小到只能驻足在指尖，高清、数字，清晰到可以读出肌肉的纹理和眼睫毛的间距，如果他们是失明的人；对一个从来都没有出过家门的人说香格里拉的风怎样柔，水多么美，空气有多么甘甜，对于这个一生只能扶着自家门框的人来说，所谓人间天堂比那真正的天堂更加遥不可及。

在人世间，爱是不能缺失的空气。没有空气，人无法呼吸，无法生存。一个社会缺失爱，缺乏对生命的敬重和关怀，没有人舍己为人，没有人爱人如己，没有人无私奉献，那么这个社会就好像没有空气，生命也将慢慢枯萎。

慈善事业不是口号，不是运动，不是项目，应该是融汇在一个民族血液里的细胞，是可以传承下去的基因，是弥漫在天地之间的气息，是一个社会文明程度日臻成熟的标志。

说《耳蜗》好读，是因为在这里既可以触到现实的脉动，又能感受到未来的希望。据了解，编写、创作本书的三位朋友历时数年之久，跨越近十个省市，穿越海峡两岸，采访和调查的范围甚至远至澳大利亚和加拿大东岸，书中的人和事全部是真实的，每一个细节都来自生活的现实。从他们的字里行间，我读到了爱、使命和对我们所生存的这个世界的那一份舍我其谁的凛然担当。

《耳蜗》里这些生动、鲜活和富有崇高境界的故事，绝不是当下大多数写作者宅在家里能够编造出来的。

再说《耳蜗》好读，是因为她有一个宏阔大视野，天地无垠，无远弗届，从台湾王永庆先生的捐赠到今天国家政府的倾力投入和支持，两岸医疗、康复专家以及众多为残疾人事业辛勤工作的人士，数十年如一日的坚持、信心守望，完成了科学研发、生产和临床以及培养和带领队伍的跨越式发展。来自方方面面的资助，大大帮助和提高了我国听障人士的生命、生活质量，近十年来已形成健康自然的发展态势，在国际舞台上展示了我们的信心、决心和力量，在医学理论和实践上都走在了世界的前列。

小小的耳蜗，让有需要的人们听见了世界，同时也让世界听见了我们。

《耳蜗》一书讲真情故事，有真知灼见，兼具科普功能，透过对人工耳蜗在中国发展的历史，生动地塑造了医务、康复工作者的群像，大企业家无私奉献、巨额捐赠的心路历程，更写了患者的命运故事，几条线自然编织，成就了美好的画卷，吸引读者不知不觉读下去。是现实的报告，真切、生动，也是文学，而且是好文学。

《耳蜗》好读。

2012 年 4 月 3 日

谱写人间美好和谐的篇章

台塑企业行政中心副总裁　王瑞华

“取之于社会，用之于社会”，是先父——台塑企业创办人王永庆先生，一生贯彻实践的箴言。

生于台湾新店，祖籍福建安溪，祖父以卖茶为生，父亲13岁辍学开始工作贴补家用，他对于贫困并不陌生，更能体会社会中弱势家庭的痛苦与挣扎。

先父曾多次对子女们说：“财富是短暂的，是社会看我们有能力，暂时托付我们保管的，不应该视为己有，必须好好活用，做对社会有益的事。”父亲不仅透视财富的本质，对物质的需求更止于三餐的饱暖，连一块钱、一张卫生纸都不会浪费，但只要是对社会有意义的事，再多的捐助都不会看到他一秒钟的犹豫。他一生的坚持就是“说有用的话，做有用的事”。

因为具备无私的伟大胸怀，他除了致力于企业经营外，更积极投入医疗、教育及慈善等济世救人、培育人才的事业。他不仅在台湾投入大量的公益事业，在祖国大陆也是如此。他说过：“对于家乡希望尽一份力量，在祖国大陆的投资收益，将全数用在祖国大陆公益事业及营利事业的拓展。"他对于家乡的兄弟情怀,对于中华民族的深厚感情,由此更能深刻体会。

先父凡事说到做到、剑及履及。他对于公益事业的选择有其执著,认为必须是符合社会实际需求,并对于社会进步能够产生带动的意义与贡献。从 2003 年至 2011 年,九年间在祖国大陆投入教育、弱势群体、医疗以及其他公益事业方面的捐赠金额已达人民币 37.48 亿元,投入的金额及心力相当可观。

最早,为让贫困学生有平等接受教育的机会,于 2003 年设立明德清寒奖学金,为家境清寒的小学生至大学生成绩达标准者提供奖学金,每年每省市捐助 1000 名。由于此奖学金的帮助及鼓励,许多高中生得以进入一流大学,令人甚感欣慰。此一计划项目已在 2008 年期满,完成阶段性任务,受益学生达 155830 人。

2003 年华南遭遇了大水患,先父立即指示我和几位同仁到安徽灾区实地考察。灾区的校长、老师、孩童们,在没有安全的校舍的情况下,却能克服困难,在临时搭建的帐篷内上课,令人不忍,更是感动。当时了解到除灾区外,祖国大陆各地农村小学需重建的危房相当多。向父亲报告后,他二话不说,马上表示要在各地最贫困的农村建造一万所小学,受益 300 万名孩童。至 2011 年底,已在 29 个省市自治区、国家及省区级扶贫县区,捐建 4253 所设计建造规范的明德小学,可容纳 253 万名学童。同时在明德小学的软件上更推动"全人教育",希望孩童们不仅在学科上要好,更要养成中华民族勤劳朴实的特质,并且要有健全的人格及高尚的情操,长大后为社会作出正面的贡献。因此明德小学强调孩童亲自动手清洁教室及校园,关心小区,关心环境,并着重中华文化经典诵读,让孩童达到潜移默化的效果。或许有一天,当您开车在各地农村走过,看到远处外形亮丽、砖红色的小学,也许那就是某某镇的明德小学。

我祖父享年 74 岁,一个普通的肠套叠,现在开刀就好,却因当时台湾医疗环境不佳，家人束手无策，只能眼睁睁地看着他在病床上痛苦挣扎到咽下最后一口气。那时父亲立下决心，将来只要有能力，必定要建造一座一般民众看得起病的一流医院，让其他家庭不要经历这样的痛苦。在 1976 年，先父捐建了台湾第一所财团法人非赢利的综合医院——长庚纪念医院，纪念祖父王长庚，也带动了台湾医疗质量的提升，改革了台湾医疗环境。长庚医院以“以人为本，以病患为中心”为医院宗旨，并把企业经营的管理理念带进了医院，至今长庚医院已是亚洲最大的国际一流医学中心，每日门诊人数超过两万名。着眼祖国大陆经济与生活水平快速起飞，逐渐带动民众对医疗质量的需求，先父期望将台湾的医疗经验和祖国大陆民众分享。因此，于 2008 年在厦门设立了厦门长庚医院，并捐建北京清华长庚医院，预计于 2014 年开始营运，希望能将台湾长庚医院的成功经验复制到祖国大陆，对祖国大陆医疗事业的发展和医疗体制改革等方面起到推动的作用。

关于对祖国大陆聋儿捐助人工耳蜗的项目，是父亲倾注了心血的一个捐助项目。他人在台湾，心系祖国大陆聋儿，亲自听汇报，注重实际效果，督促项目负责人——长庚医院黄俊生院长不辞辛劳带领工作团队，和祖国大陆同仁同心同德，携手合作，推动项目正常运作，取得非凡的成绩，使先父的心愿得以完成，帮助许多耳聋孩童们进入有声世界，改变了他们的一生。从 2005 年起至 2011 年底共捐赠了 1981 套人工耳蜗，对聋儿和其家庭而言，原本是悲哀沉痛、破碎绝望的一生，因为成功植入人工耳蜗及有效的听力复健成果，让他们重回有声世界，得以和一般孩子站在相同的起跑点为自己的人生打拼，也为这些家庭开启了重生的大门，彻底改变了他们的一生。

“强助弱，富济贫，社会是会更和谐的”，这是父亲一贯对生命的定义。他对于社会公益事业一向眼光甚远，他投入最宝贵的不只是金钱，更是他对每个项目的热爱，不断追求至善的坚持。他付出了时间与精力，重视每个项目点点滴滴的管理与成效，尽力把事情做到最好，以期能对社会达到抛砖引玉的带动效果。

社会的和谐需要大家共同的努力，感谢作者将“耳蜗”每一个感人的故事活生生地呈现在我们眼前，让大家体会到生命的力量、生命挣扎过程中的无助与痛苦，更重要的是让我们看到世间有情。希望透过该书，对社会产生更大的启发，激励人们的爱心，一同谱写人间美好和谐的篇章。

2012 年 4 月 7 日

目录

序

第一章
生命不能承受之痛

逐渐松手
把世界放低
咽下一个很大声的哽咽
偏立一隅
对自己宣告
这个世界不再是你的
就这么容易成了声音的奴隶
命运的长鞭在头顶挥舞
提醒你躲避的
不是惊雷
乃是背脊上的一股凉意

陆锋手中拿的这封信，感觉很重，又感觉很轻。这是一封航空信，淡蓝色的信封很精致，上面的英文表明这封信来自太平洋彼岸的那个大陆。

陆锋打开信封，很快地读了一遍，年轻的脸上浮现出一缕淡淡的笑容。

这是美国一所大学的录取意向书。

这样的信，陆锋已经接到好几封了。自从托福考试考到645分的成绩后，陆锋接二连三地收到美国几所大学的录取意向书。

去美国留学不会有问题了，接下来就看自己如何选择。这件事要与姐姐陆荣好好商量商量。姐姐毕业于南京大学生物工程专业，在南京一家生物科技公司做科研工作，她也考了托福，准备去美国留学。

陆锋抬起头，看到天空格外湛蓝，云朵格外洁白，梧桐叶金光闪耀，正随着秋风歌唱，空气如此清新，阳光如此芳香，中山路上的车水马龙，笼罩在浓浓的绿荫里，恍若童话般平和安详。

1985 年 10 月的一个上午，22 岁的陆锋发现：南京的秋天从来没有这样美丽过。

陆锋，江苏靖江人，出生于一个教师之家。1979 年，16 岁的他考入南京工学院无线电专业，1983 年毕业，分配到江苏电视台工作，工作刚两年，马上又要出国留学。陆锋的经历几乎是一帆风顺。

在 1985 年，出国对大多数国民而言，还具有几许神秘色彩。能够通过托福考试出国留学的人凤毛麟角，都是学业上出类拔萃的佼佼者。他们聪明而又勤奋，经过出国深造，未来的前程充满了荣耀与梦想，因而他们备受羡慕和敬重。

如今，陆锋也即将加入这个行列。

陆锋一边选择学校，一边作出国前的准备。

有一件事，必须在出国前解决。有时他的右腿会疼痛起来。那是他在大学踢足球时，半月板断裂的旧伤。当时复原得不好，因而现在时常会隐隐作痛。陆锋想在出国前把这腿上的老伤彻底治好。

陆锋在老家靖江县城的一家医院做了手术。

这是一个很小的手术。

没有想到，几天之后，伤口感染，整个右腿膝盖肿成一个足球。父母亲急忙把陆锋转到上海，住进了一家大医院。

主治医生诊断为严重感染，即刻注射大量新霉素。

转入上海那家大医院后的第三天早上，陆锋感觉有点异样，耳朵嗡嗡鸣响，听到的声音模糊而遥远。他以为是这几天没睡好的缘故。

午睡起来，陆锋发现没有好转，病友的讲话声越来越遥远，好像他们都在讲悄悄话。陆锋有些心慌，急忙叫自己的主治医生。

来的是一位陌生的年轻医生，告诉他主治医生出差了。听了陆锋诉说耳朵听不清，他似乎没太在意。他说等主治医生回来，他会转告他。

第四天，情况越来越严重，陆锋开始听不见别人吃饭的声音，听不见走路的声音。那位年轻的医生又来检查了一次，说：要等到主治医生回来才能改换药方。

护士按照医嘱，依然每天给陆锋注射新霉素。

陆锋的听力越来越差。一家人在惶恐不安中等待主治医生回来。

第六天，主治医生终于回来了，他发现陆锋的听力急速丧失，诊断为：新霉素药物中毒，引发耳聋。他立即停止注射新霉素。

但为时已晚。陆锋感觉：所有的声音，从低到高，正在排着队，依次离开他的听觉世界。父母亲必须大声喊叫，他才能隐隐约约地听见。陆锋感觉自己像一个不会游泳的溺水者，被一只看不见的手拖着沉入深渊。

自己会变成一个聋人吗？陆锋感到了从未有过的恐惧。

医生采取各种措施挽救陆锋的听力：高压输氧，做血管扩充。

姐姐陆荣闻讯，急忙从南京赶到上海。

陆荣惊愕万分，她几乎不敢相信，病床上躺着的这个形销骨立的人，就是她那有着运动员体格的弟弟。

短短的十几天里，陆锋的体重从130斤骤然下降到100斤。

更可怕的是陆锋的听力从70分贝，80分贝，90分贝一路狂泻。

医生们的一切努力都归于无效。

陆锋绝望地哭喊着："我听不见！我听不见！我听不见啦！医生，救救我，救救我，我不能变成一个聋子啊！"

医生们手足无措，一筹莫展。现在，他们已经没有任何办法能够挽救陆锋的听力。

眼睁睁看着陆锋一步步被拖向失聪的深渊，却无力阻止，一家人哭成一团。

陆锋惊恐地看着父母与姐姐抱头痛哭，自己却听不见他们一丝哭声。

陆锋不断地说："我是在做梦，我在做一个噩梦，这只是一个噩梦，这不是真的，明天我就要去美国了，我马上就会从这个噩梦中醒来。"

但这悲惨的一切不是梦。他的耳朵终于再也听不见任何声音了。

腿上的伤好了，耳朵完全聋了！

陆锋出院了。20天前，秋高气爽；20天后，满城凄风苦雨。风吹过，树叶纷纷飘落，陆锋听不见萧飒之声。雨打在脸上，冰凉，他也听不见淅沥之音。街道上车水马龙，他听不见一丝喧闹。妈妈似乎在对自己讲话，陆锋只看到妈妈的嘴在悲伤地翕动，却听不见一点温柔的声音。

陆锋似乎回到了这个世界，但是，他再也进入不了这个世界。

他被隔绝在世界之外了，如一条被装进真空薄膜里的鱼。

所有的声音像海潮一样退去，转眼之间，消失得无影无踪。他就像一条被遗忘在海滩上的鱼。海滩蒸发成沙漠，他的生命迅速干枯。鱼的嘴无助地翕动着，他的心却在呐喊。

陆锋呆呆地站在上海繁华的街头，这个世界，像20天前一样车水马龙，熙熙攘攘；这个世界，却又是陌生而虚幻的，它像一部默片时代的电影，无声无息地播放着。寂静，太寂静了！无边无际的寂静，无穷无尽的寂静，寂静从天边漫延而来，浸入他的躯体，淹没他的心灵，寂静统治了他整个的世界。

一家人在这突如其来的灾难面前晕头转向。恍恍惚惚地回到靖江，打开家门，看到一堆码放整齐的皮箱和大包小包，伤痛的心再次流血，妈妈又哭了起来。

▲ 陆锋曾呆呆地站在上海繁华的街头

陆锋看到父亲很激动的样子，但根本不知他在说什么。

父亲见陆锋没有任何反应，想了片刻，拿过笔，在纸上写了两行字给陆锋。陆锋接过来，读起来："这种耳聋一定是暂时的，一定能很快治好！我们一定要找到最好的医生，一定能治好你的耳朵。"

陆锋抬起头，看到父亲坚定的目光，看到母亲与姐姐眼睛里流淌着的一种深沉的关爱之情，他感到安慰与温暖。这一家书香门第，都接受过高等教育。他们拒绝接受眼前的事实，很快找到了与陆锋交流的方法。他们相信科学，他们决定不管付出多大的代价，一定要把陆锋从无声世界里拯救出来。

他们把那些美国大学的来信放进抽屉，踏上了漫长而艰难的求医路途。

这是充满了苦楚与心酸的日子，这是充满了折磨与失望的岁月。他们留心报纸、杂志、电视、广播，甚至坊间传说。只要听到一个可能医治耳疾的线索，他们就会不惜代价前去，他们跑遍了几十个城市，甚至到了中国香港、德国。许多医院在做了检查之后，直接告诉他们，没有医治的可能。他们不灰心，只要有一点的希望，他们就不放弃。陆锋忍受疼痛，尝试各种医疗的方案，西医、中医，针灸、喝中药、练气功，还花费十多万元做一种"穴位注射"的治疗。但时间一天天过去，希望一天天流失，信心一次次被打击消耗。陆锋的听力没有一点好转。

这个冬天，父亲陪着陆锋在杭州做治疗。他们租了一间民房。天很冷，风很大，父亲出门倒垃圾，不料门被风一吹，关上了。父亲只穿一件毛衣，在寒风中瑟瑟发抖。父亲在门外一边大声喊"陆锋，陆锋"，一边敲门，重重地敲门，使劲地敲，拼命地敲，父亲的手拍肿了，嗓子喊哑了，但一门之隔的陆锋却毫无知觉，父亲从门缝里看到陆锋就坐在那么近的地方，看一本书。父亲的手疼，心里更疼，父亲的身体冷，心里更寒，父亲说："孩子，做了这么多的治疗，你怎么就一点声音都听不见呢？"

寒风呼啸，父亲老泪纵横。

两个小时后，陆锋从书上抬起头，发现父亲不在屋里，终于感觉到一种异常，等他打开门，父亲已经快冻僵了。

父亲一分钟也不敢离开。

进屋后，父子俩抱头大哭。

快过年了，他们回到了靖江的家里。家里没有过年的气氛。从陆锋聋了以后，这个家再没有过笑声。陆锋终日把自己紧锁在房里，不见同学，不见朋友，几乎与所有的同学朋友都不再往来。

每天夜里，陆锋孤独地躺在床上，躺在亘古洪荒的寂静中，任泪水汪洋泛滥。

一天，陆荣突然从南京赶回家来，一脸的兴奋。她了解到有一种人工耳蜗的科技产品能够医治重度耳聋。据报道，这种人工耳蜗能够让佩戴助听器无效的聋人听到声音。这种人工耳蜗是中国自行生产的，而且有一些聋人已经做了手术。

一个新的希望在陆锋和家人的心里萌芽了。

陆荣收集了几个已经做过植入手术的患者的资料，为更加清楚地了解这种人工耳蜗的具体效果，过完春节，姐弟俩就出发了，前去登门拜访，仔细考察。这一次，陆荣要父母亲在家休息。

陆荣带着陆锋先去了上海访问了一家，又去了合肥访问了一家，这两个国产单导人工耳蜗植入者的情况并不乐观，植入后能听到声音，但都是杂音，并不能辨认声音。他们从合肥坐火车到南京。一路上，陆荣给陆锋猜谜语，一会儿用手势比划，一会儿在纸上写字，陆锋很快就口齿清楚地回答出来。乘客们以为姐弟俩是一对恋人，都为陆荣惋惜：这么秀丽的一个女孩，怎么是个聋哑人呢？

陆荣心里一动：假如这个厄运降临在我身上，那会怎么样呢？不管前面的路有多艰难，不管要付出什么样的代价，一定要把弟弟的耳朵治好。

车到南京，正下着雨，一路又湿又冷。他们按照线索找到了那户人家。他们看到那个十五六岁的女孩，脸色痛苦，口里呻吟，眼睛鼓凸，十分吓人。家长叹气，告诉他们：孩子手术后，就落下头疼的毛病，尤其是阴雨天，头疼就会加剧。

他们心情沉重地告别出来，那位家长追到门口，大声叮嘱："不能做，千万不能做呀！"

晚上，陆荣递给陆锋一张纸，上面写着：这几例手术不理想，原因不明，是产品不好，还是手术不好，还是患者自身的问题，都有可能。我们去北京，去同仁医院，找最权威的大夫，做最先进的检查，再作决定。好吗？

两年来四处求医问药，屡屡受挫，陆锋早已身心疲惫，心灰意冷。但是北京还未去过，北京有最好的医院、最好的医生、最好的科研机构，无论如何，北京应该去一次。就像一个无辜的人被判有罪，一定会上诉，只要冤情不明，他一定会不断上诉，直至最高法院的终审判决。

陆锋同意去北京，虽然他预感凶多吉少，希望渺茫。

一个月后，陆锋在父母的陪同下来到北京，走进崇文门内大街2号——同仁医院。这所建于1886年的百年医院，以五官科享誉国内。著名的耳科大夫邓元诚教授为陆锋做完细致的检查，神色凝重。他在病历上写下：重度药物中毒感音神经性耳聋。

陆锋在一张早准备好的白纸上写道：同仁能够医治吗？

邓元诚教授接过纸，写着：目前还不能。

陆锋接着写：国际上有能够医治这个病的吗？

——据我所知，对神经性耳聋，全世界的医生都没有成熟的办法。

陆锋飞快地写道：中医呢？针灸、练气功、特异功能不是常常有奇效吗？

——对损伤或坏死的听神经，中医也无能为力。

陆锋写道：报纸上说有一种叫“神经细胞生长肽”的药，能够使损伤坏死的细胞再生！

邓元诚凝视着他，然后有些沉重地摇摇头，写下：没有明显效果。现在国际科学界和医学界还没有解决感音神经性耳聋的办法。你听我的劝告，不要再四处乱跑了，不要再无谓地花钱了。

陆锋写：有一种单导人工耳蜗，有一些聋人都植入了，我能植入吗？

——是的，有人植入了国产单导人工耳蜗，但效果并不好，只能听见一些杂音，那是无效听力。而且工艺不过关，容易感染，我建议你不要做这个手术。

陆锋写：那我怎么办？难道我一辈子就这样聋下去了？

陆锋激动地把纸划破了——他不能接受聋人的命运！

邓元诚久久地看着纸上的责问，默默无言。看着又一个病人如此痛苦绝望，作为一个医生，却没有一点办法，他感到一种无助和软弱，心里充满了愧疚自责。

邓元诚低着头，缓缓地写道：回家吧。你还年轻，等待科技的发展，相信终有一天，人类能够攻克感音神经性耳聋这个难题。

从同仁医院出来，陆锋的心一下子跌入冰点，一股彻骨的寒气让他浑身发抖。同仁是国内最好的专科医院，邓元诚是同仁医院的耳科主任医师，业界的权威人士，如今，他都说没有办法，就如最高法院的终审判决。

邓元诚医生要我"等待科技的发展"——谁能知道科学家们能不能找到医治感音神经性耳聋的方法？谁能知道科学家需要多少时间才能找到让聋人听到声音的办法？我要等上多少年呀？5年？10年？30年？50年？100年？

多么苍白的安慰，多么软弱的鼓励，这样空洞渺茫的展望连邓元诚大夫自己也没有信心，要不，他为什么一直不敢注视自己呢？

满怀希望而来，受伤失望而归。这次不仅仅是失望，而是绝望。来过北京同仁医院，求医之路已经走到尽头了。所有的努力全化为泡影，所有的希望全部被击成齑粉！

今后不会再出来求医了。

在首都机场，站在候机厅明净的窗前，看到那些钢铁大鸟悄无声息地起起落落，陆锋感到几分荒诞怪异；当他乘坐的飞机腾空而起的时候，他没有听到引擎的轰鸣，陆锋终于明白：自己完全聋了，聋得连飞机起飞的声音都听不见了。

那几支新霉素就这样把陆锋的生活颠覆了。645分的托福成绩，那些美国大学的录取意向书似乎都成了嘲讽。当鲜花、赞美、荣耀、梦想簇拥着他开始青春之旅时，命运却一掌把他打入地狱。

生命是如此寂静，如此荒凉，如此黑暗。一个漫长的没有任何声音的人生，如一个巨大的黑洞在等着自己。

谁能救我？

◀ 首都机场，腾空而起的飞机。

陆锋心里绝望地喊着，泪流满面。

飞机在上海降落。

黄浦江边，风光美丽，游人如织。

愁云惨雾笼罩在一家人的心头。一直坚韧的母亲终于崩溃，她突然号啕大哭起来，哭声撕心裂肺，她哭喊着：她对不起儿子，老天如果执意要惩罚他们一家的话，就让她这个做妈妈的聋吧，求老天放过她的儿子，让她来代替儿子聋吧。

绝望的妈妈爬上江堤，要跳江，父亲一把将母亲抱住，拉了下来。

一家人在黄浦江畔，抱头痛哭。

第二章

听那像风一般的话语

一切源于那双手
我用手来呼唤你
用手听见你的温度
从最初的时间开始
我用手迎接整个完整的世界

而你走入贝壳　走入小小的曲线堤岸
你弹一曲锦弦崩裂
微笑在听不见的尽头荡漾
你给这个思索的人一个答案
依旧沉默　只言片语都是沙砾

你没有改变世界
世界却因你而改变

1985年，就在即将赴美留学的陆锋因为注射新霉素而丧失听力，遭受巨大痛苦的时候，成人用多导人工耳蜗经过漫长的评审，被认定是安全的、有效的，美国食品与药物管理局批准其进入临床使用。

这标志着人类医治感音神经性耳聋的新时代已经到来。

这个“多导人工耳蜗系统”，就是同仁医院邓元诚教授说的能够攻克感音神经性耳聋的科技成果。

美国食品与药物管理局对新医疗装置的审批极为严格。它将临床装置研究指定为显著风险和非显著风险，由于人工耳蜗植入部位在头部，手术的解剖空间和内耳的精密性决定了它为显著风险。

风险等级为三类，这是最高风险级别。

是谁开启了这个一直被认为是耳疾禁区的大门?

在多导人工耳蜗进入市场的申请书主办人一栏里，填写的名字是——格雷米·克拉克教授。

约翰先生面色难看地走进药房。

老克拉克热情招呼：“亲爱的约翰，下午好。你怎么了？哪儿不舒服？”

约翰压低嗓音说了一种药的名字，那是治痔疮的药。

老克拉克凑过头来，一手捂着耳朵，大声喊着：“什么？你大声点，我听不见。”

店里所有的人都往这里看过来。

约翰脸色通红，尴尬窘迫。

这时，一个少年跑过来，给老克拉克打着手势，然后到一个抽屉里拿出药来。

约翰付了钱，拍拍少年的肩，对老克拉克说：“老朋友，我真羡慕你，有这么一个好儿子。”

这一幕发生在第二次世界大战结束后不久的一个星期天的下午，澳大利亚一个叫凯姆顿的小镇的药房里。

被约翰称赞的少年是老克拉克的儿子——格雷米·克拉克，生于1935年。

其实，这样的尴尬已经多次发生。

老克拉克是个聋人。格雷米发现父亲最近聋得越来越严重了，那个老式助听器一点用都没有了。

格雷米深深爱着他的父亲。他喜欢到父亲的药房里来。父亲教他认识各种药品以及用途,常常把医生的方子讲给格雷米听。他知道了不少最新的医药知识。

每当父亲给他看药方时,小格雷米常常会忧郁地想:为什么从来没有能治好耳聋的方子呢?如果我能够开出一张药方,把父亲的耳朵治好,那多好呀!爸爸就能听见妈妈弹钢琴了,就能听见我们唱圣诞歌曲了,就不会让约翰叔叔尴尬了。

格雷米·克拉克渐渐长大。他上了医学院,毕业后成了一名外科医生,他的手术很漂亮。他与父亲的朋友在墨尔本合伙开了一家鼻科整形诊所。他成为了一名出色的鼻科整形大夫,收入颇丰,备受人们尊敬。

儿时的梦想似乎渐渐淡忘。

一位好姑娘成了他的妻子,他们很相爱。不久,他们有了孩子。他们每个星期天都去教堂做礼拜。他们平静而幸福地生活着。

一天,一个病人来到他的诊所,他告诉格雷米·克拉克大夫:他的耳朵听不见了。

克拉克医生摊摊手说:“抱歉,我是鼻科医生,不看耳朵。”

病人说:“耳朵鼻子离得那么近,你是好大夫,就一起看看吧。”

克拉克说:“对不起,我真的不能帮你。”

看着病人极度失望地离开,克拉克又一次感觉到那种深深的挫败感。经常有重度耳聋的患者来就诊,他却束手无策地坐在那里,告诉病人他对他们的病痛无能为力。看着病人失望地离去,他感到一种深深的内疚,他就常常被这种情绪刺伤。他想起了父亲几十年来一直生活在无声的世界里,至今还在忍受着耳聋的痛苦。他想起了自己少年时暗暗立下的那个誓言,内心十分惭愧。

他突然感到自己的事业方向错了,心里不由得迷茫而烦乱。

他做了长时间的祷告,他告诉主耶稣他心里的不安,他祈求耶稣给他智慧，指引他走当走的路。

一天，克拉克医生做完一个手术，在下一个手术开始之前的空当里，他在公园的一张长椅上休息。他拿出一本医学杂志来读。他立刻被一篇文章吸引住了，那位作者是美国的布莱尔·西蒙医生。文章叙述了他们的一个实验，将四根金属丝植入一个人的听觉神经，并刺激它们产生了一些知觉，但没有产生真正的语言能力。

在那一刻，克拉克突然明白了：让聋人听见！——去找到一种有效而安全的方法，让失聪的人重新回到有声世界，让像父亲那样的人们享受到拥有听觉的快乐。这就是自己要做的，这就是自己一生的使命。

上帝一直在启示自己。从童年开始，上帝就一直在启示自己。上帝安排他降生在这个家里，让他看到耳聋的父亲生活中诸多的不便与痛苦，把一粒种子撒在格雷米那幼小的心里，那就是——救治聋人。

今天，在经过几十年的准备后，当年那个孩子的热情与渴望要开始成为坚定的行动了。

克拉克目光清澈地看明了一生要走的道路。

晚上回到家里，他对妻子说出了他的决定——离开诊所，离开很挣钱的行业，去悉尼大学做一名学生，去攻读研究生课程，去寻找那医治耳聋的艰难之路。

妻子极为震惊，全家极为震惊，他的同事与朋友都极为震惊。有人认为克拉克一定是疯了。

这意味着克拉克将失去备受尊敬的社会地位，他们一家将失去优越的生活，他们的孩子将得不到最好的教育，他们的生活将陷入贫困，而且会因为环境的改变而动荡不安。

在与妻子细细说明了他别无选择的原因后，妻子同意了他的决定。不过她提出了唯一的条件——全家都去悉尼，陪他读完研究生课程。

1967年,32岁的克拉克成了悉尼大学医学系的一名普通学生。

全家跟着他来到悉尼。从宽敞舒适的花园别墅搬进了窄小的公寓,开始的时候孩子们都很不习惯。但他们慢慢适应了,他们很开心,因为一家人都在一起。克拉克放学回来,就给他们讲许多新鲜有趣的事。星期天他们去教堂,做完礼拜,全家就去玩。悉尼好玩的地方很多。

克拉克失去了在诊所的收入,一家人的生活变得十分艰苦。唯一的一辆二手汽车坏得无法再修了,克拉克开始坐公交车。

克拉克很快乐,他的妻子和孩子们也很快乐。因为他们深知自己所做的是什么,生命中最重要的是什么,真正的快乐不是由钱来决定的。

克拉克研究的主要方向是:感音神经性耳聋。

感音神经性耳聋因神经受损或坏死,是世界性难题,是横亘在全球耳科学家面前一座难以逾越的大山。

几个世纪以来,西方各国的耳科学家一直在作着艰苦不懈的研究。

在悉尼大学的三年里,克拉克主要研究“电刺激对极重度感音神经性耳聋的病人听神经的作用”。在做了无数次的动物听神经电刺激实验后,克拉克完成了论文——《中耳及听觉神经机制与聋疾的控制》,获得了博士学位。

刚从悉尼大学毕业的克拉克博士马上被墨尔本大学耳鼻喉系聘请为创办教授。克拉克同意负责创建耳鼻喉系,但是,他坚持人工耳蜗研究是不可缺少的一部分。

一家人又开开心心地从悉尼搬回了墨尔本。

墨尔本大学的耳鼻喉系和听觉分部设立在皇家维多利亚眼耳医院。人们来医院的路上要经过美丽的菲兹罗伊公园、议会大厦和令人印象深刻的圣·派翠克教堂。

创办教授几乎是白手起家。人工耳蜗研究工作开始的时候,只有三个人,克拉克教授、秘书辛西亚·肯特、技术干事罗德内·沃克顿。

研究工作一开始，就遭遇了无数的困难。

克拉克在整个研究过程中一直受到各种批评。

批评首先来自科学界，一些科学家认为这件事是不可能的。当时的科学已经揭示人的内耳是多么精巧和美丽——拥有2万到3万条神经在传导信息。而克拉克要做的事却是把几根金属丝植入内耳并刺激它们产生信息，怎么可能做到这一点？这简直是异想天开。

批评还来自医学界，一些权威医生认为克拉克在做一件危险的事情。如果手术造成中耳发炎，炎症可以传播到内耳，进而到大脑造成脑膜炎。事实上有些病人在做镫骨手术时就是这样感染了脑膜炎，所以这些医生认为植入电子耳是危险的。

来自权威的批评和怀疑给克拉克带来了一定的精神压力和困境，想申请研究经费也变得异常困难。

这是任何一项基础研究都会面临的困难——研究者无法保证做出成果，没有明确的证据证明研究工作是有用的，因而，很少有人愿意资助这种还看不到前景的研究。

他们工作条件的艰苦与简陋令人难以相信。利用简单的设备在动物和人类的尸体上做颞骨实验；技术干事只能在一个老剧院里展开工作；甚至没有专门的实验室，所有的实验都在医院的太平间完成。

每一天都是艰难的。

但克拉克心里满怀信心，他的信心来自坚定的信仰，他相信自己的一生负有一个使命，那就是让耳聋的人重新听见声音。在经过以往的徘徊与歧路后，他不会再动摇疑惑，浪费生命。不管是诱惑还是困难，他决不放弃自己的研究。

克拉克有强大的信心和力量，全身心地投入研究。他的这种信心和力量又感染了他的同事们。

研究小组非常仔细地做着一系列动物实验，竭尽全力做到精确无误。

研究工作富有成效地向前推进着。

20 世纪 70 年代初期,美国科学家在人体头部植入一种装置,上面有电线通到头部外面。但克拉克认为这种人工耳蜗感染的可能性太大。他的设计思想是带有电极束的植入部分必须完全植入到头盖骨中，并用无线电波向其发送信号来使其工作，而不是将植入部分和外部装置拴在一起来工作。

当时,听觉神经刺激的位置理论认为:耳蜗中枢神经系统的神经元和神经纤维是按照一定顺序排列的，每一个神经元只对特定频率或音高的声音作出反应。

克拉克推断:根据位置理论,植入头部的电极束应被放置在神经纤维附近的液体中,这样它们能有选择地被不同频率的声音激发。美国的布莱尔·西蒙曾将电极束直接放置在听觉神经上,欧洲的科学家为避免损伤耳蜗里不可修复的毛细胞而将电极束放置在耳蜗外面。

克拉克在无数的动物实验中坚定了自己的判断：电极束应该直接放置在耳蜗里面。而且他们掌握了如何使电刺激达到最大效果而把风险降到最小的方法。

最核心的问题解决了,克拉克却被一个操作上的问题难住了。

人的耳蜗是一个微小的螺旋形器官，有两圈半蜗线，与蜗牛十分相像。在不剖开耳蜗的前提下,如何把电极束放置进去?

他日夜思考这个问题,却始终无法解决。

克拉克祷告:求神赐予他智慧。

一个星期过去了,没有进展。

两个星期过去了,还是没有办法。

三个星期过去了,电极束还是无法进入耳蜗。

所有的人都想不出办法来。不剖开耳蜗,电极束怎么也没有办法放进螺旋弯曲的耳蜗。

研究工作受阻停滞下来。

吃饭，味如嚼蜡；睡觉，床似针毡。克拉克整天眉头紧锁，神思恍惚。

星期六一早，夫人说："亲爱的，今天全家去海边，你教孩子们学游泳。"

墨尔本的海滩，欢乐的海洋。

克拉克不仅是游泳好手，还喜欢冲浪。踩在冲浪板上，驾驭着波浪，在起伏跌宕的海面舞蹈，需要勇气，需要高超的技巧，需要迎着海浪的韵律和节奏与大海融为一体。这是充满力量与美感的运动。克拉克忘记了工作的烦恼，与孩子们一起，他似乎也回到了童年。

从海里上来，克拉克坐在沙滩上，看着一家人在海边戏水、野餐，沐浴着南太平洋的阳光，享受着美食与健康，一切都是这样的美好。

可是电极束怎么才能进入耳蜗呢？克拉克又想起了工作上的难题。

脚边有一只小贝壳，他随手捡了起来，这螺旋形的贝壳，几乎与耳蜗一模一样。贝壳底部有一道细缝，那柔软的生命就在这坚硬的壳里面，攫取食物，排泄粪便，繁殖后代，或许还会用它们的语言欢乐歌唱。它们在坚

◀ 大海中小小的贝壳，深藏了难以穷尽的秘密。

硬的壳里面自如地生活,一直生活了几百万年。

克拉克心里一动,有一个声音像光一样划过,他似乎听到有人悄悄地说了一个词:“柔软”。

他急忙掐了一根野草,将长长的草叶在手指间缠绕,他注意到草的硬度是从梗部往叶尖递减的,叶尖很容易就被弯曲了。忽然,他混沌的思维被照亮。他又掐了一根草,将草叶慢慢地小心地插进了贝壳的开口处。

进去了!克拉克继续向里推,然后顺着螺旋的曲度转动草叶,一直推到螺旋开始的顶端。

克拉克设想:如果电极束具有足够的柔韧性与延展性,它就能顺着耳蜗的曲线插进耳蜗,从而使不同的神经末梢有控制地受到电刺激。

人工耳蜗,在英文中,确切的意思是“仿生耳”,就是模仿自然的生命制作出来的具有一定听觉功能的一种仪器。而这种模仿是极其有限的、生硬的,有的时候甚至是拙劣的。在人的一只小小的耳朵里,就分布着2万到3万根神经,人类今天探寻到的规律,可谓只是窥得其全豹之一斑。

生命是如此奥秘无穷,深不可测。即便是这一只小小的贝壳,也深藏了难以穷尽的秘密。

克拉克久久地跪在沙滩上,心里充满敬畏和感动。看着手心里这只小小的贝壳,激动不已。生命是如此奇妙,每一个物种都被赋予了足够的生存智慧,每一个生命都在述说造物主的神奇与大爱。他忽然明白了,一切都不是偶然的,此刻,这枚小小的贝壳正是上帝充满了爱意,悄悄放在他手上的。

克拉克立刻回到实验室。

在耳蜗模型上的实验证明,在放大率为16时,这种方法完全可行。

接下来就是制造电极束的工作,电极束的材料要对人的体液完全绝缘,并对人体无害。克拉克和杰姆·派切克以及耳鼻喉系的首席助理奎汀·贝雷,用多股镀聚四氟乙烯铂金属线做成了外径0.6毫米的电极束。

这样的电极束就像草茎能够插进螺旋形贝壳一样，进入细小的耳蜗里面。

克拉克和布瑞恩·派曼一起，在人的颞骨上做了许多实验，寻找在外科手术中将电极束放进耳蜗的最佳方式。

困难一个个地迎刃而解。

又有一个好消息在最恰当的时候来了。

一笔来自墨尔本顶点俱乐部捐赠的资金——一张2000澳元的支票交到了克拉克的手里。这是他研究人工耳蜗项目得到的第一笔捐赠。

数目虽然不大，但这笔捐赠却意义深远。克拉克的研究得到了公众的关注，澳大利亚广播电视节目及时播出了这条新闻。

那天晚上，商业巨头莱吉纳德·安赛特收看了这条新闻。他有个女儿，女儿有个聋人朋友，经常来他家。他曾经想过要为聋人做点什么。这天晚上，他知道了克拉克的研究工作，也知道了他们严重缺少资金。

莱吉纳德·安赛特还有一家电视台，他想：为什么不能在零频道（以后改为10频道）做电视公益广告，发动民众为克拉克的研究募集捐赠呢？

从1973年到1977年，零频道用了整整四年时间，为克拉克的研究项目播出募捐资金的广告，数以千计的男人、女人、孩子捐了款。在民众踊跃捐款的同时，政府与一些实力雄厚的机构也纷纷给予支持与援助。

有了资金的支持，克拉克更新了设备，招聘了更多优秀的研究人员，大大推进了研究工作的进程。

接下来是设计信号接收器—发射器。这在几年前是无法做到的，因为一台这样的设备需要相当于6000个无线电真空管协同工作。但是，奇妙的是这时集成电路应运而生了，它将同样数量的电子回路压缩到一个很小的微电子芯片上。

一个优秀的小组担任了设计与制造工作。

1978年,这个小组成功研制出10个声道的信号接收器—发射器。

这个装置的体积是4.2×3.2×(0.8到1.3)厘米。它包括一个邮票大的底基,数千个晶体管构成的硅芯片,电极束由20根头发丝粗细的绝缘电线组成,整个电极束的直径为0.5毫米。就是这个电极束要完成正常人耳朵里2万到3万根神经纤维完成的工作,并将声波刺激传递到大脑。这就是通过外科手术将被放置到耳蜗里的那片"草叶"。

这个装置的外面薄薄地镀了一层金,后来被称为"金盒子"。

"金盒子"是在自然生命启示下的智慧结晶,是耳神经科学家与电子工程师联袂创造的作品,是一个优秀团队紧密协作的工作成果,是克拉克教授童年梦想的一个雏形。

墨尔本大学为此申请了专利。这个装置被命名为"Omdoke",这个词是墨尔本大学耳鼻喉系和电气工程系每个起首字母的组合。

耳蜗植入的传闻已经开始流传,很多捐款的人频繁地询问首例手术何时进行。

其实,克拉克还要在手术前做许多试验,这些试验的评估要由多种学科的专门人员组成,学科的名单是庞大的:声学、发音学、听觉学、听觉生理学、信息科学、耳科学、物理学、心理学、心理声学和言语康复。

整个项目还在研究阶段,研究小组决定遵照1964年赫尔辛基宣言中有关临床研究指导医生的伦理条款及1976年澳大利亚国民医疗健康厅颁布的人体试验公告来进行试验工作。

克拉克向社会招募语后聋的志愿者来做试验。这对志愿者来说,具有相当的风险,没有谁能够保证手术百分之百成功。

有27名志愿者踊跃报名,愿意做第一个吃螃蟹的人。

这令克拉克惊讶而又感动。

他在27名志愿者中选择合适的手术对象。

志愿者必须是健康的,听力系统要经过严格的检查,以确保从解剖学的角度来评估是适宜手术的。如果带助听器能听到声音，就不推荐进行手术。对内耳进行电刺激，用对电极束信号作出的反应来确定是否残存足够数量的正常听觉神经细胞。最后，志愿者还要接受心理评估，以保证他们能够在手术后进行强化言语康复，因为必须训练他们将新的听觉转换成语言信号。

经过三年漫长的测试淘汰，最后留下了三名志愿者，第一名是罗德·桑德斯。

罗德46岁，几年前在一次车祸中失去听力，他的语言能力还没有来得及退化。

1978年8月1日，罗德签署了手术合同后，被推进了皇家维多利亚眼耳医院的手术室。

克拉克亲自主刀，派曼给他做手术助手。

手术前，克拉克做了很长时间的祷告。

手术很顺利。等待了七个小时后，罗德夫人看到手术室的门打开了。

罗德恢复得很快，七天后，克拉克给他拆了线。

开机的那一天，在罗德的房间里，有十多个人凝神屏气，等待着见证一个历史时刻——世界第一例多导人工耳蜗开机。

克拉克将一个耳机轻轻戴在罗德的头上，将它的麦克风和言语转换器靠近耳蜗植入的部位。

听力师乔在纸上给罗德写道："当你看到一个符号出现时，表明我们已经输入了一个信息，我们想知道你是否听到了。我们会依次检测每个电极束。"

第一个信号输入了，屏幕在闪光，罗德摇头；接着检测了第二个电极束，罗德还是摇头；最后，输入了第三个——罗德努力听了半天，还是摇头。

所有的人都流露出失望的表情。

▶ 第五代人工耳蜗系统

唯有克拉克神情平静，他说：今天就到此为止。两天后再做测试。

两天后，做了第二次测试，罗德依然听不见任何声音。

又过了两天，进行了第三次调试。乔写给罗德的纸条是：希望这一次我们已经彻底排除了障碍。

屏幕上的信号在闪亮。

罗德感到了一个微小的声音，他不能确定——“是我的耳鸣吗？”

那个微小的声音由远而近，渐渐变大，渐渐变响，好像一只蜜蜂飞近了，在罗德的耳边唱着一曲欢乐的歌。

“我听见了，听见了——”罗德激动地挥舞着手，好像要抓住那只唱歌的蜜蜂。

房间里，所有的脸庞都放射出光芒。

乔对罗德说：请跟我说下面的句子——“吃苹果”。

罗德停了一下，响亮地说出了：“吃苹果。”

所有的人都听到了，罗德清清楚楚说了句——“吃苹果”。

罗德真的听见啦！

所有的人都欢呼跳跃起来，他们拥抱、亲吻，他们被眼前的奇迹刺激得快要疯狂了。

克拉克悄悄跑了出去。他走进了隔壁的实验室，关上门，眼泪哗哗地流下来："他听见了，上帝，他真的听见了，他真的听见了……"

克拉克像孩子一样，一个人在实验室里哭了很长时间。

世界上有成千上万的医学科学家，在实验室里从事着许多具有重大意义的研究，他们的勤奋与智慧不断地为人类医学发现新的知识领域，发明新的医疗技术和医疗器械。在众多的媒体上，我们经常看到各种令人振奋的消息，一种新技术的突破，一种新药品的发明，一种新仪器的研制成功。这些成果往往标志着一门学科的某些传统的终结，某个新时代的开始。这种消息唤起公众巨大的期待。

但是，时间一年又一年过去，那具有辉煌前景的研究成果一直没有出现在市场上，成为人们能够享有的产品。人们的期望渐渐变为失望，继而慢慢淡忘，直至最后完全遗忘。

研究成果在转化为市场产品的过程中将经历无数的困难，其间的过程可能像二万五千里长征一样艰难。只要其中的一个环节不能跨越，就意味着完全的失败，无数优秀人才付出的聪明才智和心血就将在漫长的过程中蒸发。这就是为什么许多极具创造性的科研成果最终被束之高阁，在研究室的柜子里积满灰尘。

现在，克拉克面临的是同样的问题。在实验室里，多导人工耳蜗已经研制成功，但谁能把它生产成应用产品，最终进入市场？

这个人必须能够在医学科学上理解这项研究成果，还要从市场远景看到这项成果具有巨大价值，这个人既要具有强大的资本实力，他还要有足够的能力来组织生产及营销。

这个人是谁呢？他在哪里？

克拉克相信：上帝一定会把这个人带到他的面前。

1978 年年底的一天，这个人果然站在了克拉克教授的面前。他的名字叫保尔·切诺。

保尔·切诺是一位杰出的企业家和商人,在澳大利亚医疗保健领域声誉卓著。他掌控的核心集团下面有一系列的公司,专门生产自己研发的医疗设备产品,这些产品销往世界各国。其中电信电子公司生产的心脏起搏器最负盛名。因为它的密封技术冠绝全球,它的人体植入部分对人体体液完全绝缘。这种对制造人工耳蜗的电极束也同样是至关重要的。

1978年,保尔·切诺受生产部部长的委托,来到墨尔本大学,考察克拉克的人工耳蜗项目。一位是富有激情充满灵感的科学家,一位是冷静理智富有市场经验的企业家,两个人注定在这一天会晤,这是人工耳蜗从实验室出来,走向市场化的极为关键的一步。

在克拉克的实验室里, 保尔·切诺不能相信自己的眼睛所看到的事实。这台神奇的装置真的能让聋人听到声音。他以欣喜的心情起草了给政府的报告:人工耳蜗前景乐观。

研究小组的工作又取得重大突破,他们研发出一套计算机流程,这个流程能够让患者不仅听懂单个的声响和声音,还能听懂流利的讲话。

但是,这台计算机体积过于庞大,它就像一堵墙一样。

政府再次及时支持了克拉克的工作, 两笔拨款先后划到研究小组的账上,保证了他们顺利研制出便携式语音处理器。

政府就人工耳蜗的市场调研与研发成本核算项目开始向社会公开招标。保尔·切诺的电信电子公司顺利地签下了合同。

保尔·切诺他们派出了一个精干的市场调研小组前往美国。因为澳大利亚稀少的人口不足以支撑一个市场,而美国不仅人口众多,而且对此类高科技医疗保健产品情有独钟,是最主要的市场。

电信电子公司集中了一批富有经验的工程设计师, 与克拉克的研究小组一起,对人工耳蜗原型作了进一步的简化,方便使用并降低成本。

接着,政府对制造商进行招标,几家国际大公司参加竞争,使整个招标过程充满了惊险悬疑，最后，政府再次将合同发给了电信电子公司，使项目留在澳大利亚。

1981年，政府、核心集团、墨尔本大学三方达成一项协议，协议规定给予核心集团拨款，用于改进和发展可推向市场的人工耳蜗移植技术。如果费用超出了拨款，超出部分由核心集团承担。

保尔·切诺为此成立了一个“老虎”行动小组，专门攻克技术难关。12个月后，行动小组完成了最后一个部件的组装，一套重新设计的人工耳蜗诞生了，只等待临床试验了。

在整个研发制造过程中，澳大利亚政府发挥了积极的主导作用。政府积极支持这个项目，目的是：第一，为将来能够接受治疗的聋人谋福利，使聋童能够与正常孩子一样上学，使成年聋人能够重新回到正常的工作和生活中来。第二，投资于该项目的社会资金可以得到很好的利用，出口带来的利润汇流入澳大利亚国内，有助于提升经济实力和国家形象。

1982年，临床试验开始了。

第一位志愿者，是40岁的男子——格莱姆·卡里克，他聋了20年。人工耳蜗植入后，经过康复，他说：“我听到了水壶烧开的声音，微波炉的声音，电话铃的声音，我在电话里与人交谈，真是太棒了。”

第二位志愿者罗娜·路易丝是一个教师，聋了35年。手术康复后，她听不见电话里的声音，但能够与家人朋友流利地说话，她说：“声音有轻微的变形，不像正常的声音，但它仍是可爱的。”

志愿者里还有一位年轻的女子詹尼芙·道森，后来她在医院生孩子的时候一直带着耳机和言语处理器，她说：“我一定要听到孩子的第一声哭声。”这可能是她生命中最精彩的一刻。

最后一个是乔治·华特森，他经历了多次磨难。第一次左耳植入失败了，一年以后，通过手术取出了“金盒子”。新产品又研制出来了，征询他的意见，愿不愿意在右耳植入，他犹疑不决。他知道自己右耳的听力比左耳差,但如果能够听到一点声音也是好的。他接受了第三次手术。这次手术后,乔治能听到一点声音,但不久,他的耳疾发作,后来一点声音也听不见了。结果是令人失望的。

克拉克和整个医疗组对乔治非常关心。特别是首席听力学专家理查德·道威尔一直在帮助乔治。因为他知道,乔治这些志愿者对人工耳蜗的研制作了重大的贡献。他想一定要让乔治听到声音。

两年后,理查德·道威尔再次建议乔治在左耳进行耳蜗植入手术。乔治抗议道:"去做第四次手术?我太老了!我快七十岁了!"

最后,老乔治还是接受了手术。这次终于成功了,老乔治满怀感激地说:"它简直是奇迹!25年来,我一直生活在荒野里,我从未听到过声音。而现在我能够和妻子、儿子、孙子、孙女谈话,可以同任何人谈话!"

乔治成了世界上第一位双耳多导人工耳蜗植入者。他每个星期都要去墨尔本眼耳医院一次。他尽自己的最大努力帮助克拉克的研究小组,不断改进完善人工耳蜗。

1985年,多导人工耳蜗通过了美国食品与药物管理局许可。这标志着克拉克教授的研究成果得到了世界的肯定。

人类通过眼睛、耳朵、鼻子、舌头、皮肤等感觉器官获得信息,从而来认知世界。其中通过视觉获得60%的信息,通过听觉获取30%的信息,其余的通过嗅觉、味觉与触觉来获取。这些感觉器官极其精致而脆弱,一旦损毁,无法复原。人类一直在努力通过人工制造的途径来获取丧失的感觉功能,但从未成功过,直到人工耳蜗的诞生。

人工耳蜗能够帮助重度感音神经性耳聋的人们重建听力。这些患者的病变主要位于内耳的听觉感受器部分,而听神经多是完好的。人工耳蜗利用植入内耳的电极,绕过内耳受损的部分,用电流直接刺激听神经。多通道电极能够传递多种频率信息并选择性地刺激不同组的听神经纤维,可传递丰富的语音信息,从而使全聋患者重获听觉。

这是全聋患者恢复听觉的唯一有效的方法，是让生活在无声世界里的人们走出寂静的唯一通道。

为了寻找这条通道，克拉克整整花了 18 年，从他在 32 岁那年重新进入悉尼大学攻读耳科学研究生开始算起。

克拉克心里知道，他的事业起源于他的童年。他有一个耳聋的父亲，父亲失去听力的艰难痛苦在克拉克幼小的心灵刻下了深深的烙印，帮助父亲重新听到声音的愿望是他事业的源头。

回首往事，克拉克满怀感慨，从童年萌发的理想种子，到 32 岁对事业的重新抉择，他终于战胜了所有的阻碍，打通了重度耳聋者重返有声世界的通道。

这一切源自对父亲深切的同情和爱。

克拉克来到墓地，在他父亲的墓碑前久久伫立。他来告诉父亲，他童年的梦想已经实现了。从今天开始，这个世界上将有千千万万的聋人因为他的勤奋与坚持而能够听到声音。可是，父亲，第一个唤醒他伟大梦想的人，却永远无法来享受儿子的胜利了。

克拉克有些心酸，有些哀伤，久久伫立在父亲的墓前。

他的夫人悄悄地走到他身边，说："父亲在天堂里。天堂里没有眼泪，没有疾病，也没有聋人。父亲一定能够听到所有的声音，他一定为你感到骄傲！"

第三章
海是沸腾的乡情

我听见
生命的渡舟停留在无人的渡口
等待起航　已经一万年
星星在大地里沉睡
风在海面蛰伏
故乡的植物静穆
一切从未开始

那一刻
你退回旷野
去听一个天启的声音
音域宽阔足以覆庇世界
却又是那般微细
谛听者
必须用心口贴近大地

克拉克教授发明研制的多导人工耳蜗成了澳大利亚国宝级的科技成果,墨尔本大学的仿生耳研究所成为澳大利亚的骄傲,参观这个执世界听力学研究之牛耳的研究所，成为许多国事访问行程表中不可缺少的一项内容。在来访的贵宾中，我们发现了许多国际风云人物，包括中国国家主席江泽民、英国女王伊丽莎白。

1985年，第一个成人人工耳蜗植入系统通过美国食品与药物管理局批准进入美国市场，然后很快进入欧洲市场。

1990年，第一个儿童人工耳蜗植入系统又通过美国食品与药物管理局批准进入美国市场，旋即进入欧洲市场。

1991年，澳大利亚人工耳蜗进军亚洲，先是进入日本，然后是韩国、中国的台湾与香港、印度。

中国是世界上人口最多的国家，也是聋人人口最多的国家。20世纪末，中国听障者的人数达2057万，远远超过了当时澳大利亚的人口总数。这样庞大的聋人人口，自然引起人工耳蜗公司的高度关注。

澳大利亚政府为多导人工耳蜗进入中国开辟道路，搭建桥梁。

1993年6月，澳大利亚总理基廷偕夫人来中国进行国事访问。中国残疾人联合会主席邓朴方在中国聋儿康复研究中心会见了澳大利亚总理夫人阿尼塔女士。

阿尼塔女士高度评价了近几年中国残疾人事业的发展，对邓朴方主席为中国残疾人事业作出的成就十分敬佩。她对中国的听障者表示十分关注，表示澳大利亚政府愿意与中国有关方面进行合作，用澳大利亚最新的科技成果使中国听障者获得医治，重建听力。

邓朴方向阿尼塔女士表示衷心的感谢，并对她所说的最新科技成果表示了很高的兴趣。

随行的澳大利亚国家听力中心的专家介绍了人工耳蜗，澳大利亚人工耳蜗公司的玛莎·弗兰特女士做了具体的演示。

邓朴方毕业于北京大学物理系，他深深地知道科技的力量对人类意味着什么。看到人工耳蜗对聋人康复的巨大作用，他很兴奋，他对总理夫人表示感谢，他说澳大利亚的科技政策值得借鉴，中国可以考虑引进人工耳蜗。

当他得知人工耳蜗的价格需2万美元时，有些担忧，他说中国是发展中国家，2万美元的价格对中国老百姓来说太昂贵了，希望能够降低价格，使更多的中国聋人能够使用这样的高科技产品。

而后，阿尼塔女士一行在邓朴方、中国聋儿康复研究中心主任汤小泉、副主任高成华的陪同下，参观了中国聋儿康复研究中心。

这次来访，阿尼塔女士向中国聋儿康复研究中心捐赠了一套人工耳蜗调试设备。这是澳大利亚人工耳蜗技术和产品第一次来到中国内地。

随后，中国聋儿康复研究中心安排了一个小范围的人工耳蜗介绍会，邀请了一些耳科大夫和患者。这些人中，有一位同仁医院的退休医生，他就是邓元诚教授；还有一对来自江苏的姐弟，姐姐叫陆荣，弟弟就是陆锋。

在澳大利亚人工耳蜗进入中国内地的过程中，我们可以看到政府的推动发挥了很大的作用，我们看到两国高层领导频频互访的身影：

▲ 2005年10月，澳大利亚总督与北京同仁医院医生们合影。

1994年,中国卫生部副部长何界生和澳大利亚卫生部部长格雷米·理查德森签署了两国有关人工耳蜗合作的谅解备忘录。

1995年5月,邓朴方应邀访问了澳大利亚,参观了总部设立在悉尼的人工耳蜗公司。

1995年10月,邓朴方会见来访的澳大利亚贸易部部长。

1999年9月,国家主席江泽民访问澳大利亚,参观了仿生耳研究所。这是他此次访问澳大利亚的第一站。

2001年4月,澳大利亚副总理约翰·安德森来华,与邓朴方一起出席了人工耳蜗公司与中国残疾人联合会新的合作签字仪式。

这个合作协议的主要内容是:在中国培训更多的听力康复工作者,建立更多的人工耳蜗康复中心,为中国家庭提供价格适中的优质人工耳蜗。

中国有过一段自主研制人工耳蜗的探索历程。北京协和医院、上海眼耳鼻喉科医院、兰州空军医院、陕西省人民医院、广州人民医院、中国医学科学院基础医学研究所分别进行了人工耳蜗的研制工作。

1977年,美国豪斯研究所发明世界上第一个单导人工耳蜗的第二年,北京协和医院的耳科主任邹路德教授就在进行国产单导人工耳蜗的研究工作了。

1982年,王直中教授研制了国内第一例感应式单导人工耳蜗,解决了感染问题,但因为语言解码器的设计局限,植入者还是不能听到讲话。而且由于植入体内的材料密封技术不过关,引起电极束渗漏。

由于无法解决这些困难,到20世纪80年代后期,国产单导人工耳蜗就停止使用了。

共计约有一千位病人植入了国产人工耳蜗。

1994年2月的一天上午,一辆轿车急速行驶在去往悉尼机场的高速公路上。

驾车者是澳大利亚国家听力中心的许时昂医师，今天要去机场接来自中国北京耳鼻喉科研究所的教授。澳大利亚人工耳蜗公司的玛莎女士郑重告诉他，这位教授医术精湛，才华出众，视野开阔，他一定能帮助我们做专业的工作，让中国的同行和聋人更多地了解我们的产品，给那些生活在无声世界的人们带去福音。

许时昂出生于名医世家，父亲许炜昕是中国早期有名的五官科医生。家学渊源，两个姐姐、一个姐夫都是耳鼻喉科大夫。1970 年，许时昂从北京协和医科大学毕业后，一直从事耳鼻喉科的诊治工作。许家一门五位耳鼻喉科医生，在中国耳鼻喉科界传为佳话。1984 年，许时昂留学澳大利亚墨尔本大学，在克拉克教授领导的仿生耳研究所任研究员。

在克拉克教授的指导下，许时昂顺利完成了学业，成为一名出类拔萃的听力学专家和术后康复专家。当澳大利亚政府准备与中国合作人工耳蜗项目时，1994 年初，澳大利亚国家听力中心把许时昂聘请过来，让他筹备中国项目的工作。

许时昂赶到机场海关旅客出口处，北京来的航班刚刚降落。

许时昂举起一个牌子，上面写着：北京韩德民教授。

一个运动员体格的高大男子看到牌子，健步走来，伸过手，与许时昂紧紧相握："我是韩德民，你是许时昂先生吧？"

韩德民一身深色西服，一条红色领带，风神俊朗，气宇不凡。

许时昂有些诧异："你就是韩德民教授？你这么年轻呀！"

韩德民爽朗地笑了："我还年轻吗？40 出头了。许教授，谢谢你来接我。"

许时昂说："玛莎说你是同仁医院的主任医师，北京耳鼻喉科研究所的副所长，这样的位置，我想怎么也得熬到五十多岁才能坐到吧？"

许时昂来自中国大陆，自然了解中国大陆医疗机构的情形。

韩德民笑着说："国家在改革，干部年轻化，专家也年轻化了嘛。"

车子向悉尼市区驶去。

韩德民告诉许时昂，他这次来澳大利亚是参加世界耳鼻喉科大会，并想去墨尔本大学参观克拉克教授的仿生耳研究所。

许时昂笑了，说他在这家研究所里工作了十年，他来安排参观的事。

不知不觉，车已驶近悉尼市区。许时昂放慢车速。

"韩教授，如果你不介意的话，我想先请你去我家，我们多聊聊，稍晚一点再送你去酒店。"

刚刚认识，就把工作客人请到家中，韩德民略感意外，对许时昂的诚意十分感激。他为人豪爽，也不扭捏推辞，说："好，我就听你的，客随主便了。"

也许是因为他乡遇新知的欣喜，也许是因为相同背景相似经历的缘分，也许是韩德民身上散发的健康阳光的气息，也许是对即将到来的合作的期许，许时昂直接把韩德民拉到了家里。

许时昂把韩德民介绍给夫人。许夫人见有客自中国来，自然喜出望外。许时昂的岳父、岳母和正在上大学的女儿，都与韩德民一一相见。

许夫人连忙下厨，不长时间就摆上了一桌丰盛的上海菜。

饭后，两人来到客厅，许夫人沏上两杯碧螺春，告退了。

许时昂问："韩教授，你为什么想去克拉克教授的研究所？"

韩德民说："有关资料上说人工耳蜗是治疗重度感音神经性耳聋唯一的办法，但我还没有看到患者术后的效果。许教授，我的专项是头颈外科，对人工耳蜗了解不多，想听听你的高见。"

许时昂喝了口茶，开始介绍研制经过，在欧美地区的临床应用，细致地介绍了多导人工耳蜗的结构、原理、手术方式、术前听力学评估、术后言语康复等技术问题。

韩德民对人工耳蜗有了更深入更全面的了解。

夜已经很深了，韩德民毫无睡意。他打开窗户，走向阳台。

悉尼海湾的夜景如梦如幻，在灯光的辉映下，举世闻名的悉尼歌剧院如一只白天鹅栖息海边，悉尼湾大铁桥如一把发光的竖琴悬挂在海面。清新的海风扑面而来，韩德民的思绪奔涌如潮。

韩德民这次来澳大利亚，是应邀参加世界耳鼻喉科大会的。作为中国最优秀的耳鼻喉头颈外科专家之一，韩德民在中国现代鼻内镜外科技术和喉癌生物学研究方面作出了开创性的贡献，正在成为专业领域里旗帜性的人物。他毕业于中国医科大学，获中国医科大学医学博士学位。1988年赴日本金泽医科大学留学，获得医学博士和医学哲学博士学位。1991年回国，在北京耳鼻喉科研究所作博士后研究。高超的医疗技术和多项研究成果，使他成为中国第一批破格晋升的主任医师，很快担任了北京耳鼻喉科研究所的副所长。

韩德民却不会就此停留，他像那些探险家一样，对未知的领域永远充满了好奇和征服的渴望，他求知的心永远处在饥饿的状态，他的血液里流淌着一种激情，驱使他不停地攀登新知识新技术的高峰。

与许时昂的长谈，使他看到了一个崭新的领域——人工耳蜗植入。他还不清楚这个技术的难度，但是他敏锐地感觉到这是一个具有巨大发展空间的领域。如果人工耳蜗真的有这样好的作用，那么对中国300万重度耳聋患者无疑是一种福音。他感到莫名的兴奋，仿佛听到了召唤一样，他决定等大会一结束，就立即去墨尔本。

三天后，韩德民来到了墨尔本，来到了著名的仿生耳研究所。

有了许时昂的安排，韩德民受到了热烈欢迎，克拉克教授亲自接待了他。

克拉克教授快六十岁了，面容清瘦，一头银发，一双睿智的眼睛在宽边眼镜下熠熠闪亮。

他向韩德民回顾了人工耳蜗研究的历程，对外科学和耳神经学的最新成果作了阐述，并介绍了他正在研究新一代人工耳蜗，制作数学模型，研究怎样以大脑工作的方式来设计出更好的电子耳蜗，因为大脑比计算机能更好地处理听觉信息，研制这种智能聚合物，并在它上面种植神经，这样就能更好地与听觉神经交换信息，创造出更好的电子耳蜗。

克拉克教授面带微笑，娓娓道来，使韩德民如坐春风。

听君一席话，胜读十年书。此言不虚，何况此"君"是一位世界级大师。

韩德民向克拉克教授介绍了中国耳鼻喉科和头颈外科整体发展状况，并将北京耳鼻喉科研究所的研究课题和成果与克拉克教授作了深入的探讨。

克拉克教授对中国同行的研究成就表示高度欣赏，并提议加强两个研究所之间的交流与合作。

这正是韩德民所期待的。

克拉克对中国庞大的聋哑人口十分关注。他对韩德民说：他希望澳大利亚的多导人工耳蜗，能够通过中国同行的努力，帮助更多的中国聋人回到有声世界。

韩德民参观了仿生耳研究所的研究基地、医院，在病房里看到了几个刚刚做完植入手术的患者。

在言语康复中心，韩德民看到了几个正在进行言语康复的孩子，正在跟老师练习说话。老师说一句，学生紧跟着也说一句。人工耳蜗使这些聋童获得了非常好的听力。

在花园里，几个植入了人工耳蜗的老人毫无障碍地进行交谈。

韩德民也加入了他们的交谈，他询问他们戴人工耳蜗的感受。

他请他们把人工耳蜗拿下来。他发现没有耳蜗的老人表情有些犹疑，前后左右到处张望，反应慢了许多。

人体器官的衰老是从眼睛耳朵开始的。如果眼睛花了，耳朵聋了，那么手脚也随之变得迟钝，这时人就会呈现老态。而眼前的这些老人都很健

▲ 2005 年 10 月，澳大利亚总督访问北京同仁医院，了解人工耳蜗植入情况。

谈，表情生动，手脚灵便，满是自信快乐。

汉语中的“聪明”，是一个十分符合生理学规律的词语。

“聪”的本义是听力好；“明”的本义是视力好。

用“聪明”一词来描述人的智力水平，这是中国古人的智慧。

人从外界获得的信息的 90%是通过眼睛和耳朵获得的，这些信息直接刺激大脑，决定了智力发育的程度，也直接影响了生命的质量。

看着这些快乐交谈的老人，亲眼目睹了人工耳蜗给耳聋患者的生命带来的改变，韩德民激动地想：这样好的技术一定要引进中国，让更多有需要的人来分享。

来墨尔本大学仿生耳研究所参观，竟有如此大的收获，韩德民不由得深深感谢已经退休的北京耳鼻喉科研究所的邓元诚教授。邓元诚一生致力于神经性耳聋的医治和研究，是我国第一个开设听力门诊的前辈。韩德民想起自己来澳大利亚前邓老对他说的一段话:“小韩，你一定要去克拉克教授的研究所看看,如果人工耳蜗的确好,你就把它引进来。我老了,干不动了,你还是个小伙子,技术又好,中国有多少聋哑人在等着哪。”

细细体味,邓老的话里隐含了多少壮志难酬的苍凉与悲情,也寄托了多少对后来人的期盼和嘱托。中国老一代耳科医生无法医治重度感音神经性耳聋的历史,应该结束了。

告别克拉克教授的时候,韩德民已经下了决心,一定要把这项世界先进技术引进中国。他告诉许时昂,希望很快在北京见面,尽早推动人工耳蜗在中国的进程。

随着中澳两国卫生部部长谅解备忘录的签署，澳大利亚人工耳蜗进入中国开始进入具体运作阶段。澳大利亚国家听力中心和人工耳蜗公司制定的策略是:要使人工耳蜗进入中国,首先要帮助中国培养技术专业队伍——听力师、手术医生和言语康复教师。

许时昂被澳大利亚国家听力中心任命为中国项目负责人。他对中国的医学界有着深刻的了解。他知道中国不乏优秀的头颈外科医生,因为中国有那么多的医学院,每年都有大量的毕业生,有一个培养外科医生的体系,源源不断地为医院输送外科人才。而中国的听力学基本是一个空白,在中国从事听力工作的人员大多没有接受过正规系统的现代听力学教育,在中国高等教育的体系里没有听力学这门学科,没有一所大学里开设听力学课程。没有听力学人才,就不能开展人工耳蜗项目。

中国听力学研究水平与当今世界先进科研水平之间有很大的差距,“冰冻三尺,非一日之寒”。作为一个炎黄子孙,许时昂满怀忧患,为中国培养听力学人才是当务之急。

许时昂的想法得到了韩德民的支持。他们商量决定,由澳大利亚国家听力中心和同仁医院、北京耳鼻喉科研究所联合举办首届中澳听力学研讨会。两人分工,许时昂负责组织澳洲的听力学专家,韩德民负责中国城市的选定、人员的邀请、会务的安排,等等。

韩德民亲自与各方联络,最终确定了三个举办城市:北京、上海、广州。

经过精心的筹备,1994 年 11 月,许时昂带领澳大利亚国家听力中心的保尔·喀麦隆教授和澳大利亚人工耳蜗公司的听力学专家玛莎·弗兰特女士来到中国,在北京、上海、广州三地与中国的听力学工作者举办了三场研讨会,每个城市为期三天。

澳大利亚三位专家介绍了世界听力学发展的概况、最新成果、理论体系、实验方法、检测仪器,为近二百名中国听力学工作者更新了观念,打开了眼界。

中国听力学工作者悚然而惊——原来我们已经如此落伍于时代了。

这次研讨会,实质上是对中国听力学界的一次启蒙。

在中澳首次合作获得成功后,澳方很快筹备了第二次培训,这次是安排中国的手术医生和听力学人员去澳大利亚进修,学习人工耳蜗植入手术技术和术前听力学评估。

1995 年 3 月 5 日,在北京耳鼻喉科研究所所长韩德民带领下,由四位专业人员组成的中国小组到达了墨尔本。他们是同仁医院的耳科专家韩德民、听力师陈雪清,北京协和医院的耳科专家曹克利、听力师李克容。

学习班学员共有十余位,分别来自中国、日本、新西兰、印度等国家。

学习班的课程分两个阶段。

第一阶段在墨尔本大学仿生耳研究所。

开课时,克拉克教授作开学致辞。他说你们都是你们国家里最优秀的医生,一定能够把人工耳蜗技术带回你们的国家,去帮助那些重度耳聋的同胞。

这是韩德民与克拉克教授第二次相见。

学习内容是：人工耳蜗植入技术、术后听力康复。学习的主要形式以专题讲座为主。

精彩的讲座让来自各国的学生们迅速掌握了人工耳蜗植入技术的原理和术后听力康复的要领。

除了理论讲座，还安排了手术实习。

克拉克教授来到手术室，亲临指导。韩德民、曹克利两位中国大夫，各自展示了精湛的耳外科手术，博得克拉克教授的高度赞赏。

课余，克拉克教授和韩德民在花园里散步。

克拉克问："韩先生，刚才的手术非常漂亮，颅骨磨得那样平，那样薄，那么恰到好处，这非凡的解剖功底你是如何练的？"

韩德民说："教授过奖了。不过，年轻的时候，在解剖上的确下了些工夫。每天晚上都在太平间解剖尸体，每个晚上都在做耳科解剖。结果，姑娘们都不敢找我约会了。"

克拉克听了哈哈大笑起来。

▲ 韩德民与澳大利亚总督合影

韩德民说："学习结束后，我们回中国很快就会开展人工耳蜗手术。教授，我想邀请您在适当的时候访问中国，并对我们的工作给予指导。"

克拉克轻叹一声："中国，我很向往，但我恐怕去不了。"

韩德民有点诧异："为什么？"

克拉克苦笑说："我有个毛病，我不能坐飞机。所以，我几乎没有离开过澳洲。"

韩德民和克拉克教授一起笑了起来："没有关系，教授，那我就多来看您。"

在墨尔本的四天很快就过去了。第一阶段的紧张学习结束了。

克拉克教授亲自为学员们颁发了结业证。

学员们依依不舍地告别了克拉克教授，告别了美丽的墨尔本，前往悉尼到澳大利亚国家听力中心，开始第二阶段的学习。

许时昂早已等待着韩德民，两人相见，格外亲切。

第二阶段的学习内容是：助听器选配技术及听力康复。

澳大利亚首席听力学家格雷·格博特雷斯先生为学员们作了精辟的讲座。

中国学员如饥似渴地学习现代听力学的最新成果。

课余时，韩德民来到陈雪清的课桌前，只见她的笔记本上写得密密麻麻。

韩德民："小陈，听了这些课程，你有何感想？"

陈雪清："太好了。现在我才知道什么是真正的听力学，我们国内的听力学与澳大利亚相比，落后太远了。我想回国后，我们就要按照这些方法重新开始建立听力门诊和进行相关研究。"

韩德民："对，这就是我安排你来学习的目的，我们回去要做的工作太多了。"

陈雪清毕业于北京医科大学，1991 年分配到同仁医院、北京耳鼻喉科研究所，在门诊工作时细致认真，对病人亲切耐心，在研究中虚心好学。挑选她作为首批学员来澳学习，是对她寄予了厚望。

韩德民：“小陈，中国有两千多万的听障者，佩戴助听器的比例有多少？”

陈雪清：“这个比例很低，只有 1.5%左右。”

韩德民：“发达国家听障者与听力师的比例是多少？”

陈雪清：“是 0.9%。”

韩德民：“按照这个比例，我们需要多少听力师？”

陈雪清：“需要 18 万听力师。”

韩德民：“18 万听力师，从哪里来？你说，小陈。”

陈雪清：“这？”

韩德民一直在思考着：经过培训，中国会有一批耳外科医生能够操刀手术，但是听力学人才奇缺。如果不建立听力学学科体系，源源不断地输送听力学专业人才，仅仅凭着耳外科医生的精致手术，人工耳蜗植入项目是无法健康平衡发展的。

能不能与澳大利亚国家听力中心建立长期合作，建立我国的听力学学科，从而保证听力学人才长久持续地培养呢？

澳大利亚国家听力中心与韩德民不谋而合。

许时昂来找韩德民了。他带来了一个让韩德民喜出望外的消息——澳大利亚国家听力中心的领导约请韩德民会面，探讨在中国建立听力学校的合作意向。

会谈很快达成共识，在听完韩德民对同仁医院、北京耳鼻喉科研究所、首都医科大学的介绍后，澳方当即表示希望合作，投资建立听力学校。

澳方决定近期就派出专家到中国商谈具体实施细节。

韩德民很兴奋，没有想到与澳方的洽谈如此顺利。

许时昂告诉韩德民："澳方同时也在与其他几所北京的医院和高校洽谈合作事宜。老韩，你回国后作好充分准备。"

经过首届中澳听力学研讨会的合作，两人的关系更加亲密，称呼变为"老韩""老许"，好像是多年的同事了。

两个人，从身份上看，一个是中方代表，一个是澳方代表，此时却完全站在一个立场，他们急切地要把人工耳蜗这个世界先进技术引进中国，造福千万中国耳聋患者。

因为他们有一样的黑头发黑眼睛黄皮肤，他们胸膛里跳着同样的一颗中国心。

第二天，澳方安排学员们参观澳大利亚人工耳蜗公司。

参观使中国学者深受震动，尤其是参加过国产人工耳蜗研制的曹克利感触更深。他们看到了中国医疗器械制造业与国际先进水平的巨大差距。

韩德民与澳大利亚人工耳蜗公司的会谈也很顺利。中澳双方决定在近期首次在中国合作开展22导植入式人工耳蜗技术。首批医院选定同仁医院和协和医院。

澳方派遣手术医生、听力师作技术支持，并无偿提供手术器械及术后康复设备。

3月17日，学员们完成了全部进修课程，四名中国专家完全掌握了人工耳蜗植入的手术技术，返程回国。更重要的是，韩德民已经与澳大利亚国家听力中心、人工耳蜗公司达成多种合作协议，这些合作关系的确定将保证人工耳蜗项目在中国持续稳定地发展。

当载着中国专家的飞机高速行驶，离开跑道，腾空飞起的时候，也就是中国人工耳蜗事业开始起步的时刻。

第四章
你的絮语　我的雷鸣

此时此刻
不用表白
只要把头贴上你的胸口
听见你呼吸如风
心跳如钟
有恋歌堆积喉头
有春秋可以数算
你的双足正在欢然奔走

此时此刻
叫泪回流大海
叫山且慢白头
此时此刻
比永久永久

1987年，同仁医院耳科大夫邓元诚对陆锋说——只能等待科技发展到能够医治重度神经性耳聋的那一天。陆锋以为这与其说是一个希望，不如说是这位宅心仁厚的医生一个苍白的安慰。他离开了南京，回到老家，终日沉默无言，眼里隐藏着深深的忧郁。

留学的梦想破灭了,他与同学断绝了所有的联系。他无法与人正常交流,就选择拒绝交流。在家该吃饭的时候不吃,该睡觉的时候不睡,狂躁的时候大喊大叫。一片狼藉后,他无法面对诚惶诚恐的父母,只有跑出去,驾着摩托,在长江的堤岸上疯狂奔驰。在车把剧烈地颤抖中,在车身狂野地颠簸中,迎着江风,像一头受伤的野狼长声号叫。

望着千古不废的长江浩荡东去,不由得悲上心头,他大声吟诵:“前不见古人,后不见来者,念天地之悠悠,独怆然而涕下。”

在无人处,陆锋号啕大哭。

陆锋在江边看到一个渔民在收鱼钩,那是一种滚钩,有一条大鱼被钩住了,大鱼越挣扎,更多的钢钩就滚上鱼身,无数锋利的倒钩刺深深扎进肉里。

陆锋感觉自己就是那条鱼,被命运的巨钩深深扎住,遍体鳞伤,无法挣脱。

耳聋,不仅彻底改变了陆锋的命运,也使姐姐陆荣的人生轨迹发生了巨大转折。

她申请离开南京,调回靖江工作。作为一名酷爱自己专业的科研人员,离开省会城市,离开条件优越的科研单位,回到一个并不发达的县里,这样的决定在很多人看来很不理智,包括她的男友。

男友在美国,一直在等着她去会合。她早已经通过了托福考试。只要她愿意,立时就能够去美国。

但时光一年年地过去了,陆荣迟迟没有去,两股力量在交替地撕扯她的心。彼岸是世界著名学府,更高的事业平台,还有相恋多年的男友;而此岸是耳聋后性情古怪暴躁的弟弟,日益衰老的父母。灾难洗劫了这个家庭,每个人的心里都布满了伤痛和悲哀。

“只要弟弟一天不好,我就一天不能离开。”作为长女,作为姐姐,她的抉择简单而有些悲壮。弟弟什么时候能好?遥遥无期,也许一辈子都……

大洋彼岸的信息日渐稀疏，终于完全消失。

陆荣在苦苦等待，在坚韧不拔地不断寻找。作为一名生物科技工作者，她一直相信现代科技的力量不仅前所未有地改变着这个世界，也在深刻地改变着我们人类自己。她留心所有与耳聋医疗相关的最新信息。

1993年8月的一个晚上，陆锋家的电话响了，北京同仁医院的邓元诚教授传来了一个消息：澳大利亚人工耳蜗公司将要来北京举办人工耳蜗研讨会，他们已经在医治耳聋上取得突破性的进展。

陆锋和父母对这个消息没有太大兴趣，也许是因为经过了太多的失望和伤痛。自从在南京看了那个做单导人工耳蜗植入的女孩以后，陆锋对人工耳蜗就产生了一种反感，甚至是恐惧。但陆荣却有一种不同的感觉，她知道：澳大利亚的生物研究与医疗技术一直处在世界前列，一些在生物与医药史上有重大意义的发现和发明就是在澳大利亚诞生的，那个国家的一些公民频频成为诺贝尔奖的获得者。这个会议应该有价值。

她决定带陆锋去北京。

陆锋对姐姐充满敬爱、感谢、信任，对姐姐的判断与决定十分听从。不仅仅因为姐姐为了他放弃了出国、前程甚至爱情，更因为他知道姐姐的理性、智慧和坚韧，一旦认定目标，就全力以赴地投入奋斗，姐姐是他失去听力后最依赖的人。

会场布置简单，与会人员也不多。陆荣对澳大利亚专家介绍的多导人工耳蜗的效果心怀疑虑，但看到一位来自台湾的植入者，陆荣的疑惑烟消云散了。

一位三十来岁的女子，叫苏玉华，温文尔雅，如果她不撩起披肩的黑发，谁也不会看到掩盖在耳后的线圈。她面对着陆荣，有问必答，侃侃而谈。

陆荣用手掩住嘴唇，她怕对方是个读唇高手。她问了一些天南海北、稀奇古怪的问题，一般的读唇是很难读出来的。

苏玉华却是随问随答，笑容可掬。

没有作假的可能。

这简直是一个奇迹。“太好了！真是太了不起了！”

那个女子给陆荣介绍了一位身材不高、五十多岁的长者，说这就是她的手术医生——黄俊生教授。

黄教授目光睿智，态度亲切，讲解着有关人工耳蜗的情况。

陆荣惊喜交集，所见所闻使她深深震撼，她看到了弟弟重新听见声音的希望。

陆锋从姐姐那罕见的激动里，感觉到一个不寻常事件的发生。

陆荣拉着弟弟的手，来到主席台前，用英语询问澳大利亚的玛莎女士：“我弟弟八年前药物中毒导致耳聋，如果他植入人工耳蜗，能够成功吗？”

玛莎慎重回答：“你弟弟植入耳蜗，不一定成功；但如果他不植入耳蜗，一定不会成功。”

陆荣点点头，她十分欣赏玛莎这种很有分寸，很严谨，态度又很明确的回答。

“你们什么时候进入中国？”

“我们这次来中国作推介，也作调查，公司总部正在研究这个问题。你们能留下联系的电话与通信地址吗？”

陆荣留下了电话与通信地址，和陆锋一起带着一颗希望的种子回家了。

半年后，陆荣接到通知，她和陆锋又一次来到北京，给陆锋做了全面检查。

几个月后，陆荣再次接到电话，要她把陆锋以前的所有病历资料全部翻译成英文，带到北京来。这些资料将被送到澳大利亚去。陆荣被告知，陆锋有可能被选为第一批人工耳蜗的植入者，如果被选上，将免费得到一套人工耳蜗装置,这是澳大利亚人工耳蜗公司进入中国的一个推广策略。

陆荣带着陆锋第四次来到北京。这次来,是要作一个重大的决定:陆锋是否接受澳大利亚人工耳蜗公司提供的多导人工耳蜗植入手术?

做,还是不做?

这个问题与哈姆雷特王子的著名命题一样沉重,已经困扰她一年了。陆荣感到前所未有的压力与负担。

尽管她已经从各种途径详尽地了解了国际上多导人工耳蜗植入的发展情况;已经多次咨询过国内最权威的耳科大夫邓元诚、韩德民、曹克利等,了解产品与手术的各个细节;已经与那位成功植入多导人工耳蜗的台湾女士做过面对面的交谈,但看着这份协议书,陆荣还是感到下这个决心很难很难。

她的态度对陆锋的最后决定有着决定性的作用,从某种意义上讲,是她在作这个决定。她知道,弟弟从心里渴望着重新听见声音,重新找回自己失去的一切,如果手术成功,意味着弟弟有可能重新回到有声世界来,这将改变他今后的生活质量,将影响他整个生命;如果手术不成功,意味着陆锋身体多吃一遭苦痛,精神上再遭受一次失败的打击。

陆荣最担心的是手术风险,她怕手术一旦失败,会留下什么后遗症。

在权衡了各种利弊和风险后,陆荣坚定地点头:做!

陆荣把期望值放得很低。她希望手术效果只要让陆锋听到声音就行,只要让弟弟在马路上能够听到汽车喇叭声, 听到关在门外的父亲的敲门声就行。

陆锋一直期待着姐姐的决定,当看到姐姐终于下了决心时,他笑了,他为自己拥有这样的姐姐感到深深的幸福。他飞快地在协议书上签上自己的名字。

陆锋与陆荣,这一对姐弟站在一起,并肩迎接命运的重大挑战。

他们没有把过多的细节告诉家中的父母, 他们不忍让日见年迈衰老的父母来参与这样艰难的抉择，他们不愿父母再承担更多的担心和忧愁。他们只想把平安与喜庆带回家去，他们只想给父母带去安慰与欢乐。

假如手术能够成功的话。

1995年4月初，陆锋接到通知，他被澳大利亚科利耳人工耳蜗公司选定为中国第一位多导人工耳蜗植入者。

4月27日，陆荣第五次陪着陆锋来到北京。

手术在协和医院进行，澳洲来的玛莎女士、帕尔曼医生与协和医院的曹克利主任一起给陆锋作了术前评估。

情况良好，手术时间定在5月4日。

陆荣从曹克利手里接过《知情同意书》，她作为患者家属要在上面签字。她看着那一条条令人心惊肉跳的条款，头上冷汗直冒。

那么多可能出现的危险和后果！

陆荣没有勇气全部读完这份同意书。尽管早已明确愿意承担手术风险，但当看着同意书上具体的条款时，陆荣感受到手术一旦失败将面临的灾难性后果。但是，弟弟十年来被禁锢在无声世界里的痛苦使她没有其他的选择。

陆荣几乎是闭着眼睛签上了自己的名字。

5月1日。劳动节，盛大的节日。天安门广场上人山人海。陆锋、陆荣在人群中感受着节日的欢乐。他们从广场到故宫，从景山到北海，傍晚的时候，他们来到了全聚德烤鸭店。

他们要了烤鸭，还要了啤酒。这顿晚饭对他们来说，显得有些奢侈。这些年来，为了治病，花光了家里的所有积蓄。

这顿晚饭吃得有些沉默，有点抑郁，好像是即将开拔上前线的士兵，他们以一种有点悲壮的心情吃完了烤鸭，喝光了啤酒。陆荣送陆锋去了协和医院，陆锋当天就住进医院。

夜深了,病人大多睡了,住院部十分安静。陆锋久久不能入睡,他想起十年来失去听力的痛苦,想起父母亲的忧愁和眼泪,想起姐姐为自己所作出的一切努力与牺牲,想起即将做的前景未卜、生死不明的手术,他拿起笔,写下了一份简短的遗书。

他在遗书里说:手术万一出现意外,请全家人不要难过,这个决定是他自己作出的。他感谢父母亲的养育之恩,他感谢姐姐为他作出的一切,他爱他们。他祝愿他们健康快乐,他会在另一个世界里想念他们。

1995 年 5 月 3 日夜晚,当陆锋为明天即将做的人工耳蜗手术忐忑不安,辗转难眠,写下遗书时,在协和医院的一间医生办公室里,有一个人也在为此事作准备,他就是将要为陆锋做手术的主刀大夫曹克利。

尽管对陆锋已经做了几个月的测试,对陆锋的所有情况已经了如指掌;尽管以前做过许多例单导人工耳蜗植入手术,对手术要求及流程已经倒背如流;尽管明天这个手术还有澳大利亚的医生和听力师在现场全程指导监督,曹克利还是感到紧张,因为这毕竟是第一例多导人工耳蜗植入手术,万一有个疏漏或意外,再出现像宋培春那样的情况,后果和影响是不堪设想的。

想起宋培春,曹克利大夫就感到难言的沉重和苦涩,那是他心中一个挥之不去的阴影。

1982 年春节后的一天,曹克利收到一封《人民日报》转来的信,信是江苏宜兴一位 17 岁的少年写来的,这个少年就是宋培春。

信很长,大致内容是:他在两年前,15 岁那年,正在上初中,得了一场脑膜炎,高烧不退。村里的医生给他打了庆大霉素。两天后,他感觉脑袋里整天嗡嗡作响,听不见声音了。医生拍手、敲脸盆、大声叫喊他都听不见,医生说过几天再看看。七天以后,他还是任何声音都听不见,父亲感觉不妙,赶紧送他去南京总医院。经过检查,被诊断为药物中毒神经性耳聋。

这个正在上初中的农村孩子还并不知道神经性耳聋意味着什么。他天真地想:在大医院里治疗一段时间就会好的,就能出院上学了。

一个月以后,大夫写给宋培春一张纸条:"你要多和人家说话,多读报纸,你已经聋了,如果再不说话,就会又聋又哑。"

宋培春还不相信自己成了聋人。在医院里住了三个月,他还是一点声音也听不见,他才知道耳朵彻底聋了。

没有办法,只能回家。他又去了学校,他坐在教室里,却听不见老师讲课,下课了,也听不见往日的吵闹声。他完全没有能力再上课了。他被迫退学了。

家里承包了几亩地,父母整天在田里辛苦劳作,回到家里就对着他叹气。

他在家里闲待着,一晃两年过去了,17岁了,他一点声音也听不见,他绝望了。不知道命运为什么对他这样残酷,他不知道以后的道路该怎么走。他写这封信,恳求《人民日报》记者帮助他找到能够医治好他耳朵的医生,他请大家救救他。

文句不是很通顺,字迹也不是很工整,但那是一个绝望少年的悲惨呼唤和求告,曹克利的心被深深感动了。他随即给宋培春回了信,对他表示了同情与安慰,并告诉他神经性耳聋并非绝望无治,国产单导人工耳蜗能够让聋人听见声音,建议他来北京协和医院检查,看看能否做人工耳蜗植入手术。

曹克利的信给绝望中的少年带来了希望。他们惊讶有这么先进的高科技,而且,北京大医院的医生工整美观的字迹,更增加了宋培春一家的信心。很快,宋培春由家人陪伴着来到北京协和医院。

他们看到了给他们写信的曹克利大夫。

曹大夫亲切温和,沉稳儒雅,使他们心里更加踏实。

曹大夫给他们看了单导人工耳蜗,他们却大大吃了一惊。那是插座式的,植入部分与体外部分由一根电线连接。那时苏南的乡镇企业已经开始初露端倪，他们感觉这个放进脑袋里的高科技产品的插座，怎么就像乡镇企业生产的电风扇插座一样呢？

这样的东西能够放到脑袋里去吗？

他们不敢冒这样的险，失望地回去了。

不久，王直中教授研制的感应式人工耳蜗诞生了。这比插座式的要改进了很多，它解决了容易感染的问题。

曹克利又写了一封信，把这个消息告诉了宋培春。

宋培春已经18岁了，看到村里同龄人有的考上大学，有的进工厂，有的去当兵，而自己却什么也听不见，什么也干不了，心里更加痛苦。青春的觉醒使他更加不甘于终身做个聋哑人。

接到曹大夫的来信，宋培春又重新燃起了希望。很快，他和家人第二次来到了协和医院。

改进了的感应式单导人工耳蜗比插座式的显得精致了许多。曹大夫

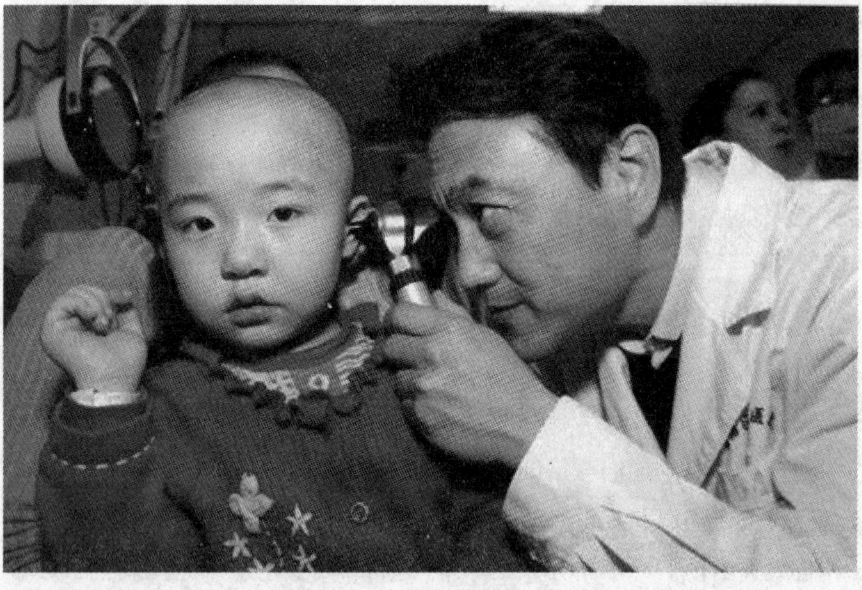

▲ 北京协和医院曹克利教授精心为患儿检查，至2010年6月，他已经完成一千六百多例人工耳蜗手术。

告诉他们:这样的耳蜗已经跟美国、澳大利亚先进国家的产品具有同等的水平,差不多了。

宋培春无法去考察外国先进的耳蜗,但是他们信任曹大夫。

曹克利说:“可以先做一侧,万一效果不理想,还有另一侧留着,等以后科技发达了,还有机会。”

尽管还有重重疑虑,尽管还有种种担忧,宋培春却不想再等下去了。他一咬牙,做了。

麻醉师给宋培春做了局部麻醉,手术开始了。

手术按照流程进行,在开放乳突腔后,眼前异常的情况却让曹克利和所有在场的医生惊呆了——宋培春的耳蜗竟然是实心的,完全骨化了,没有腔隙可以让电极插进去。

这种病例极其罕见。尽管术前准备很充分,但这样的情况还是无法预计。

这种意外,也局限于当时的影像学技术,那时还没有高分辨率的 CT 和核磁共振技术。

怎么办? 继续手术,还是终止?

经过紧急商量,最终决定手术继续进行,在耳蜗的侧壁磨出一条骨槽来固定电极。

手术比预计的时间长了许多,由于是局部麻醉,宋培春忍受了极大的疼痛。

一个月后,开机了。宋培春什么也听不见。

经过反复测试,宋培春依然一点听力也没有。

曹克利和其他医生仔细检查,分析出原因:患者头皮太厚,术后肿胀不消,阻隔了信号的传输。

再次手术,宋培春遭受了又一次的巨大痛苦。

这次开机,宋培春终于听见声音了,吱,吱,吱,像是老鼠叫。已经四年没有听见声音了,那一刻,年轻的宋培春终于长出了一口气——吃了这么多的苦头,也算值了!

但是,这样的快乐没有延续多长时间。宋培春的耳朵里永远只有"吱吱吱"的声音。任何声音经过移植在头颅里的那只耳蜗,让宋培春听见的都只是那永远不变的老鼠叫。

这样单调的声音渐渐让宋培春感到郁闷烦躁。

而且言语处理器的麦克风与衣服发出的摩擦声让宋培春面临难以忍受和不可名状的痛苦。

挣扎的结果是:宋培春关机,不用了。

没有噪音的搅扰使他感觉舒服多了,但是他的头开始经常隐隐作痛。

宋培春写信把这一切告诉曹克利大夫。手术没有成功,他一点也不怪曹大夫。相反,经过这些磨难,他对这个京城里的名医充满了信任,甚至是依赖,有什么心事,都愿意跟曹大夫倾诉,在他心里,曹大夫似乎是一个亦师亦友的兄长。

而曹克利暗暗担心——宋培春隐隐作痛的原因,不知是不是电极被体液渗漏引起的?

曹克利想起江苏宜兴的患者宋培春,想起这十年来宋培春所经受的苦难,心里泛起一阵歉疚。

明天,就要为陆锋做国内第一例多导人工耳蜗植入手术了。这又是一个来自江苏的患者。他与宋培春的年龄也相仿。那么,他的结果会不会与宋培春一样呢?

绝对不会!

多导人工耳蜗与以前国产的单导人工耳蜗不可同日而语,澳大利亚的信息技术和精密的生物医学器械制造更是领先全球,22 通道人工耳蜗已经被美国食品与药物管理局批准用于临床十年了,在国际上已经有数万成功的病例。术前有极为严格的听力学评估、佩戴助听器评估、医学评估、言语评估、心理评估,尤其是影像学的进步,能够在术前准确地掌握患者内耳的结构是否病变异常，这犹如现代军事卫星提供的精确数据，能够引导激光制导导弹在数百公里外精确命中目标。

产品与技术已经很成熟了，那么，就看具体操作了。作为手术大夫，自己准备好了吗？

曹克利等待这一天，几乎等了 20 年。

曹克利 20 年前从北京医科大学毕业，从事以聋症为主的诊断、治疗和显微神经耳科手术。从一开始，他就跟从邹路德和王直中教授从事与人工耳蜗有关的临床和基础研究工作：

1978 年，他参加了北京协和医院人工耳蜗小组的基础研究工作。

1980 年，他参加了中国首例插座式单导人工耳蜗植入患者的临床观察工作。

1982 年，他在协和读研究生期间对五例使用插座式人工耳蜗患者进行了电听觉的心理物理学研究，在国内首次为全聋患者植入单导感应式人工耳蜗。

1988 年，他远渡重洋，去美国加州大学旧金山医学院进修，参加了该院耳鼻喉科 Coeman 听觉研究室人工耳蜗课题组的研究工作。

1991 年，他与北京工业大学合作开展国产多导人工耳蜗的研制工作，并取得阶段性研究成果。

两个月前，他又与同仁医院的韩德民主任医师一起去澳大利亚进修人工耳蜗植入技术，亲聆了克拉克教授的讲学。

曹克利与人工耳蜗结下了不解之缘。

将近二十年孜孜不倦的追求，无数次的实验和手术，漫长的摸索探寻，不都是为了今天这个时刻吗？

为了确保明天的手术万无一失，曹克利又把陆锋的所有检测报告检查了一遍。

所有的检查都符合要求，没有任何疏忽。

他走出协和医院的大门时,夜已经很深了。白天繁华热闹的东单此时十分安静,夜色里,一股槐花的香甜四处弥漫,曹克利深深地吸了一口气,对明天的手术充满信心。

5月4日,一大早,陆荣就来到病房。已被剃光头发的陆锋朝姐姐微微一笑:“我都准备好了。”

陆荣感到从未有过的软弱。两个声音在她的耳边争吵,一个喊:“快点进去!”另一个大喊:“不要进去!”

在进手术室门时,陆锋对姐姐伸出手,做了一个胜利的“V”字。

手术预定四个小时,陆荣在手术室外等候。开始时,她还想给陆锋手术后如何滋补身体。四个小时过去了,不见人出来,她的心揪紧了。又过了很长时间,有护士出来说,手术还要一段时间。陆荣心里惊惶:是不是手术出现了意外?她想起了帕尔曼医生讲到的要用电钻在颅骨开槽,她似乎看到陆锋的头颅骨像墙面的水泥砖粉般地飞溅,她想起了《知情同意书》上种种恐怖的后果,陆荣感觉嘴里发干,脑袋眩晕。

六个小时了,两个护士从手术室里出来。她们边走边说,落下的几句话像刀子一样划过陆荣的心:澳洲大夫不了解亚洲人的面部解剖与白种人不同,可能伤及面部神经了。

陆荣一下子瘫倒在椅子上。

陆荣心里只剩下了一个念头:我是不是作了一生中最坏的决定?

时间在一分钟一分钟过去,而陆荣感觉世界凝固了,所有的钟表都停止了走动。陆荣失去了思维,头脑里一片空白,身体软得像稀泥。

八个小时后,手术室的门终于打开了,一辆推车出来了,陆荣猛扑过去。陆锋头部缠着厚厚的绷带,昏迷不醒。

一群医生护士簇拥而出,群情激奋。

帕尔曼连连说:“Over! Over!”

曹大夫说:“手术成功!”声音激动而沙哑。

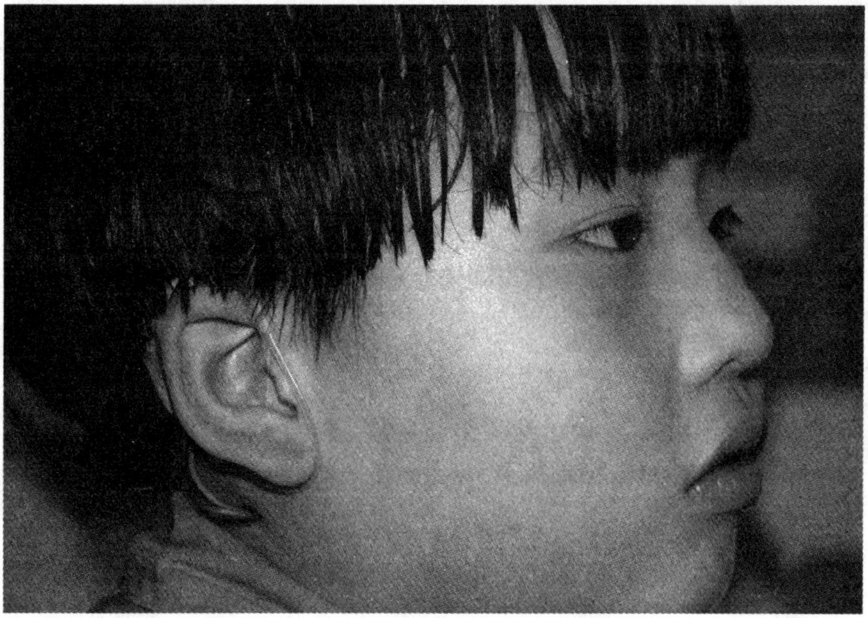

▲ 戴上人工耳蜗后的聋儿

陆荣有点不敢相信:“真的?”

“真的!”

看到曹大夫的眼睛里闪耀的熠熠光芒,她知道陆锋安全了。这时她突然感到全身无力,衣衫湿透,几乎虚脱。

陆荣仿佛也被手术了一次。

回到病房,陆锋一会儿就醒了。第二天,他就能够起床行走。陆荣给家里打了电话,告诉父母,手术顺利。第三天,绷带拆除,陆锋洗了头。第七天,他出院回江苏靖江家里休息调养。医生要他手术后一个月回来开机。

陆荣带着陆锋回去了。到家后,没有告诉父母那惊心动魄的过程,成功与否,一切要等到开机后才见分晓。父母看到孩子们平安地回家,心就安了。

陆锋在家安安静静地休养等待。

6月4日,北京贵宾楼的豪华会议厅。玛莎女士与曹克利大夫一起为陆锋开机调试,许多中国的医生、听力专家亲临现场,见证中国第一例多导人工耳蜗植入者的开机时刻。

摄像机的镜头对着陆锋,静静地等待着。

陆荣紧张地注视着弟弟。

10点整,玛莎打开电脑,与陆锋身上的言语处理器接通。

全场肃静,只有那窗式空调机的嗡嗡声显得有点刺耳。

玛莎依次检测22个电极的阻抗。

曹大夫不断敲着一个鼓,问陆锋:“听到了吗?听到声音了吗?”

随着玛莎调试出各种编程策略、刺激模式、刺激波宽速率,陆锋渐渐地听到一些嘈杂的声音。

陆锋激动地叫起来:“听见了!我听见了!”

这是十年来,陆锋第一次听到的声音。

陆荣的眼睛有些湿润了。

现场观摩的人热烈鼓掌。

玛莎慢慢地调整着每一个电极的听阈,根据陆锋的反应调整,渐渐地接近舒适阈。

陆锋感到声音已经调得不大不小,很舒适,像是一架破旧的电子琴发出的声音,听不清楚任何意思。

玛莎细心地调整着各种技术参数。

陆锋刚才的兴奋与喜悦慢慢消失了。他想起了几年前那个阴雨霏霏的日子,在南京见到的那个女孩,那个植入了国产单导人工耳蜗的女孩。

“能听到声音,但听不懂意思,这是无效听力。”

一个小时过去了,陆锋听到的声音好像都是在水下敲击一个金属管子。

玛莎宣布:“今天的调试结束。”

陆锋的心凉了,他大声说:“我听不清,听不清。”

曹克利写着："今天空调杂音大，以后慢慢调。"

玛莎笑着对陆荣说，不要紧张，下午出去玩玩，回来再说说感受。

在场的中国专家大多露出了一丝失望的表情。

下午，陆荣带着陆锋来到王府井大街。熙熙攘攘的人群，南腔北调，讲着各种方言，她想看看陆锋植入人工耳蜗后对语音有何反应。

陆锋只听到满耳朵的嗡嗡声，没有任何有意义的话语。声音大而杂乱，震得耳朵疼，快四点的时候，陆锋越来越沮丧，头也胀痛起来。

陆荣带陆锋进了一家餐厅，要了一个小包厢，点了饮料和几个小菜。

陆锋没有胃口吃东西，他苦笑着说："姐姐，这次我们上了洋鬼子的当啦。"

陆荣笑笑，在纸上写着："不要着急，还要多次调机，等等看。"

陆荣拿出刚买的《北京晚报》看起来，其实她的心情比弟弟更沉重。

陆锋看着姐姐专注地读报，也渐渐平静下来。

房间里很安静，开着空调很凉爽，桌上的菜肴很精致。陆锋感觉舒服了许多，他喝了一口饮料。

忽然，他听到了一个声音——"陆锋"。

他诧异地抬起头，四处环顾，报纸挡住了姐姐的脸，看不到她。

他以为刚才的声音是一个幻听，是自己梦寐以求而不能的一个幻觉，是一个十年不醒的奢侈而错误的梦。

就在这时，他又听到了那个声音——"陆锋"，尽管这个声音像是一个机器人发出来的，但是他听得清清楚楚、真真切切，这个声音叩响了他那死了十年的耳蜗——"陆锋"。

陆锋问姐姐："是你在叫我吗？"

陆锋用手拨开挡在陆荣面前的报纸，只见姐姐的脸上，两行眼泪正无声无息地流淌下来。

陆荣呜咽地叫："陆锋！"

陆锋应着："姐！"

"陆锋！"

"姐！"

"陆锋！"

"姐！"

陆荣不停地叫着弟弟的名字，如痴如醉地，弟弟一声声应答着姐姐的呼叫。

还有比这更美丽动听的应答吗？还有比这更甜蜜幸福的应答吗？陆荣抱着弟弟，泣不成声："陆锋啊陆锋，你听见啦！你听见啦！"

姐弟俩纵情痛哭，源源不断的眼泪，如决堤的洪水，伴随着十年来积郁心底的痛苦、忧愁、期盼、哀伤、绝望，一同恣肆汪洋，呼啸而来，一泻千里。

在以后的几天里，陆锋的听力恢复得越来越好。外界的声音经过人工耳蜗的处理，传到大脑已经有些变形，但是声音特别清晰，再细微的声音都能够听得清清楚楚。开始的时候，声音很多，很杂，陆锋不知道那些声音是从哪儿发出来的，不知道那些声音是什么意思，但经过几天的康复训练，他渐渐听懂了这些声音。

这一天，他抱着侥幸的心理，给大学时的一个同学打电话。电话通了，他听见对方问道："请问哪位？"

陆锋听出来了，果然是十多年前的同学，心里一阵狂喜。他强抑着激动，说："请你听一听，我是谁？"

同学很疑惑："听你的声音，你有点像我大学的一个同学。但这是不可能的。"

陆锋说："为什么不可能？"

同学在电话那边叹气，说："我的那个同学太惨了，他这辈子永远都不可能给我打电话了，他聋了，聋了十年啦，他不跟任何同学联系。"

陆锋再也忍不住了，他对着话筒大声吼道：“你再听听，你再听听，我就是陆锋，你还听不出来吗？我就是陆锋呀！”

同学在那边惊愕万分，半晌才回过神来：“你是陆锋，你听见了？这怎么可能？这怎么可能？”

陆锋：“我就是陆锋，我听见了，我聋了十年，我死了十年，今天我重新听见了，我活过来了，我又活了，我活了。”

陆锋对着电话，号啕大哭起来。

陆锋感到自己死了十年，今天始得重返人间。

陆荣陆锋姐弟俩告别了曹克利大夫，告别了北京，回家去了。他们没有在电话里告诉父母陆锋已经恢复听力，他们感觉电话里无法述说这惊天的喜讯。

家中二老见一对儿女喜气洋洋地归来，自然很高兴。父亲拿出纸笔，写着：“陆锋，这次看病顺利吗？”

陆锋满脸含笑：“爸爸，你不用写了，我能听见了。”

父亲有点惊讶，手里的笔停了停，又要写下去。

陆荣笑吟吟地说：“爸爸，真的不要写了，他能听见了。”

父亲站起来，和母亲一起走到陆锋跟前，不能相信地问：“你真的听见了？”

陆锋大声说：“爸，妈，我真的听见了。”

陆荣把言语处理器拿给父母亲看，告诉他们就是这个人工耳蜗让陆锋重新听见了。

陆锋见父母还是难以相信的样子，就背转身，对父母说：“你们问我吧。”

母亲问：“陆锋，你饿了吗？”

陆锋答：“我饿了，妈。我想吃妈做的糖醋排骨。”

母亲失声叫了起来：“他听见了，他真的听见了。”

这个世界上真的有奇迹，今天奇迹就降临在他们的儿子身上，当看到聋了十年的陆锋能够与他们交谈的时候，母亲泣不成声，父亲也是老泪纵横，陆锋陆荣被父母亲引得又哭了起来。但是，跟以往不同的是，这次他们是因为欢喜到极点而哭的，他们的眼泪是甜蜜的。一会儿，他们就大笑起来，一家人抱在一起，又哭又笑，又笑又哭，一直到很晚很晚。

十年了，欢乐第一次回到了这个家里。

全家都沉浸在幸福和狂喜中，幸福和狂喜来自于陆荣那个决定——为陆锋做中国第一例人工耳蜗植入手术。

父母亲对女儿的决定赞不绝口，并埋怨女儿怎么连这么大的事情也不告诉他们。

陆锋对姐姐更是感激不尽，这种感激将伴随他终身。

只有陆荣对自己当初那个果断甚至是强硬的决定感到后怕。只有她自己知道在陆锋手术被延长的那几个小时里，她瘫倒在手术室外的椅子上，心里的恐惧和后悔几乎把她整个淹没。那几个小时是她一生中最软弱最害怕的时候。

让陆锋接受人工耳蜗手术的决定，结束了陆锋一生中最黑暗的日子，改变了陆锋的整个生命。

感谢上苍，弟弟终于听见了，他已经回到正常的生活中来了，他的生活将重新开始，一切失去的将重新加倍补偿给他，经过这十年地狱般的心灵煎熬，他已经成熟，他将开始崭新的生命历程。父母亲整日是满脸欢笑，陆锋的康复把他们心头的悲伤彻底驱散，他们的晚年一定会平安幸福地度过。现在该是我离开，去做自己事业的时候了。

1995 年 5 月，陆锋做了人工耳蜗植入手术，6 月开机，随即恢复听力。10 月，陆荣从上海虹桥机场登机，飞往美国留学，这是一个必然的行程，尽管推迟了十年。

第五章

沉默之钟为谁敲响

听你撕裂的疼痛　在黄昏微暝

江畔风烈　故乡辽远

从那一天　你和世界隔成了两个陌生的人

呼唤　也看不见

舞蹈　也听不见

你致命的痛锁住了青春的翅膀

听见　多么奢侈的动词和财富

你就这样丢失了打开世界的钥匙

拱起的脊背面向蓝天

鸽子无数　你沉默如金

韩德民从澳大利亚回到北京，就开始着手人工耳蜗植入的工作准备。

1996 年 2 月，同仁医院第一例成人人工耳蜗植入手术成功。韩德民主刀，植入者是个 28 岁的宁夏姑娘，因药物中毒失聪四年。一个月后开机，开机后立即获得了听力，重新回到了正常生活中。

在开始植入手术的同时，韩德民更多地将精力放在构架中国耳蜗事业整体发展上。要使人工耳蜗在中国健康发展，必须引进澳大利亚的听力学教育，建立听力学专业人才的教育基地。

1996 年，中澳听力学教育计划获得中国国家教委和澳大利亚援外局的正式批准。这个项目是澳大利亚政府援外局和中国教育委员会在 1996 年到 1998 年的十个项目之一。双方合作伙伴为：澳方的澳大利亚国家听力中心、麦加利大学、墨尔本大学；中方的首都医科大学、北京同仁医院、北京耳鼻喉科研究所、中国聋儿康复研究中心。

澳方项目负责人为许时昂，中方负责人为韩德民。

1996 年 10 月，经过一年时间的谋划筹备，中澳听力学教育课程在同仁医院正式开课了。这是中国第一个正规的听力学教育课程。

韩德民全局负责整个合作项目，许时昂具体执行教学业务，两个好朋友再度亲密合作。

这批学员共有 14 名，主要来自各个医院的耳科医生、儿科医生，同仁医院占了五名，可以看出同仁医院对此项目的巨大投入。

学员中还有来自中国聋儿康复研究中心的高成华、孙喜斌、龙墨等人。

不久的将来，这些学员将成为中国听力学行业的中流砥柱。

关佩霞一头短发，一副眼镜，一身合体的套装，不高不矮，不胖不瘦，言谈举止之间，透露着职业女性的干练与自信。她在一家德国公司任职。公司业务主要是从中国出产大理石的地方组织货源，出口到欧洲。关佩霞是业务经理，业绩很好。

她伶牙俐齿，善于言谈。她曾经是北京长途电话局的接线员，是接线最快的接线员，几乎年年都是业务比赛的冠军。

中午吃饭休息的时候，几个有孩子的女职员在一起，眉飞色舞地谈论着她们的宝贝孩子。

一个妈妈说她 3 岁的儿子会讲故事了。

一个妈妈说刚给她的女儿买了一架钢琴。

一个妈妈说女儿喜欢跳舞，暑假去少年宫上舞蹈班。

每到此时，关佩霞便会走开，独坐一隅，不置一词。她从来不在单位里谈孩子的话题。性格坚强的她不会让同事看到她眼里的泪光。

女儿是关佩霞心中不愿被人触及的最痛。

女儿叫抗梦雯,生于 1993 年。刚满月的时候,姥姥就发现孩子太好带了,不哭不闹,吃了睡,睡了吃。姥姥担心孩子是不是有点傻。后来到北京儿童医院检查,检查结果是孩子严重耳聋。

关佩霞不能相信这个事实，她与丈夫抗均平又带着孩子来到同仁医院。同仁医院检测孩子的听力丧失 120 分贝,极重度耳聋。

医生建议做 CT 检查,以确定抗梦雯的耳聋性质,如果是传导性耳聋,可以通过外科手术来医治,如果是神经性耳聋,就没有办法了。

CT 检查结果,确诊抗梦雯患的是先天性极重度感音神经性耳聋。

关佩霞不能接受这个诊断。

但是,面对 CT 结果和那么多的检测报告,理智告诉她一个可怕的事实:孩子聋了。

丈夫问医生:怎么样才能医治这种——感音神经性耳聋?

医生摇摇头,无奈地告诉他们:目前无法医治。

关佩霞的心骤然感到一阵剧痛,她的心被撕裂了。

她的女儿是个聋儿！而且无法医治！

孩子残疾,最痛是父母心。

关佩霞从小就心高气盛,做什么就一定要做最好的。从学校到工作单位,她总是最优秀的。她的座右铭是:只做第一,不做第二。

关佩霞是最优秀的,自己的女儿一定也是最优秀的。

但是她的孩子听不见任何声音。

无论一家人试图用什么响声来引起孩子的注意,最后都是徒劳的。

孩子真的聋了,但关佩霞不相信就没有医治的办法。

关佩霞是个坚强的母亲,她不可能就这样在命运面前屈服。她和丈夫带着孩子到处求医问药,任何可能有一线希望的办法都去尝试。

听说气功能够治耳聋,她就请气功大师给抗梦雯发功。

听说一位老中医有秘方,她就抱着小梦雯上门求医,回来熬中药,给孩子灌中药。那么苦的中药,孩子不肯喝,又哭又闹,关佩霞又骗又哄,一边流泪,一边强制地给抗梦雯灌下去。

抗梦雯一岁半的时候,关佩霞带着孩子去针灸。数寸长的银针,旋转着在孩子幼嫩的脸上扎进去,左边扎三根,右边扎三根。孩子疼得哇哇大哭。关佩霞也心痛得放声恸哭。

一切努力都似泥牛入海,杳无音信。

小梦雯在一天天长大,希望却一天天渺茫起来。

医治的希望已绝。欲哭无泪,只有心在流血。

孩子眼睛里那种茫然和忧郁,让关佩霞不寒而栗——一座看不见的冰山把孩子和父母隔绝了。

他们付出了一切努力,都无法穿越这座冰山。

孩子被隔绝在寂静无声的孤单里,一年又一年。

做父母的只能眼睁睁地看着,无能为力。

关佩霞与丈夫精疲力竭,心力交瘁,沮丧绝望。

关佩霞第一次感到自己是如此的无能,如此的渺小,如此的软弱无助。

但关佩霞却不会就此屈服。孩子失去了听力,不能让她再失去说话的能力。他们听从了医生的建议,给孩子配了助听器。

抗梦雯佩戴大功率的助听器后,能听见大鼓的声音。

父亲下班回到家里,大吼一声"抗梦雯",孩子就回头。

大人拍门拍桌子,小梦雯就抬头。

孩子对低频的声音有反应。

父亲每天回来就大声吼叫,一家人经常拍门拍桌子,爸爸、妈妈、姥姥都高声嚷嚷,让小梦雯能够听到一点声音。

开始时,隔壁的邻居误以为这一家老是发生家庭战争。

小梦雯被训练着看口型，开始艰难地学习言语。

小梦雯学习的第一个词是“妈妈”。

一天教几百遍“妈妈”，一个月了，小梦雯没有说过一声“妈妈”。

一天，关佩霞陪着小梦雯在床上玩。床边有个小收音机放着音乐，小梦雯抓起收音机在手里玩，玩着玩着，小梦雯突然叫了声“妈妈”。

关佩霞一下子起身，小梦雯又叫了声“妈妈”。

关佩霞惊喜交加，她拿过收音机，把音量开到最大，贴在抗梦雯的耳朵上，让孩子感受喇叭的振动。

抗梦雯又连续叫了几声“妈妈”、“妈妈”。

关佩霞用各种办法训练抗梦雯不断发出“妈妈”的声音。

要吃饼干时，叫“妈妈”；要玩具时，叫“妈妈”；出去玩时，叫“妈妈”……

在以后很长的时间里，一声“妈妈”是抗梦雯表达所有需求、愿望和情感的唯一方法。

两岁半时，抗梦雯上了宣武区的一所幼儿园，那里有一个聋儿班。

慢慢地，小梦雯能讲几句简单的话，发音含混不准，那话只有爸爸、妈妈、姥姥能听懂。

看到同龄的孩子像喜鹊一样唧唧喳喳地说话唱歌，关佩霞的心就被深深刺痛：自己曾经是北京长途电话局最快的接线员，可女儿却是一个聋儿。

这是她生命中最大的挫败，这样的挫败她无法坦然面对。

这样的挫败和忧虑像乌云笼罩了她的生活。她的脸上不再有笑容，她的眼睛里不再有欢乐，她远离所有健康的儿童和幸福的母亲。

暗淡的日子就这样一天天地过去。

1996年3月的一天，报纸上的一条消息让关佩霞眼前一亮：人工耳蜗让聋人重建听力！有一种高科技的电子产品通过手术植入，使失去听力的人能够听见声音。

有这样神奇的产品吗？尽管心里半信半疑，关佩霞和丈夫还是立即到处了解这个“人工耳蜗”。

很快，关佩霞接到同仁医院陈雪清医师的电话，让她带抗梦雯去做筛查。

接到电话的第二天，他们就带着抗梦雯来到位于崇文门后沟胡同的北京耳鼻喉科研究所。他们走下楼梯，进了一间地下室。

工作条件很艰苦，但办公室收拾得十分整洁。

接待他们的是一位年轻女医生，一身洁白的工作服，显得清雅秀丽，她的声音柔和，眼光中蕴涵着一种慈爱的温情。

她就是中澳合作培养的首批听力师陈雪清。

陈雪清告诉关佩霞夫妇，同仁医院准备为儿童植入澳大利亚人工耳蜗，现在通知了所有适龄患者，做全面的筛查。

陈雪清为抗梦雯做听力测试。

关佩霞夫妇问什么是人工耳蜗，它是怎么能够让聋人听见声音的。

陈雪清从耳朵的构造和功能讲起，讲到耳朵听到声音的原理，讲到神经性耳聋的原因，讲到人工耳蜗的主要构件，讲到人工耳蜗的工作原理。

陈雪清轻声慢气，娓娓而谈，对关佩霞夫妇所问的每个问题都给予细致的回答。

两个多小时转眼而过。

他们怀着感激之情告别了陈雪清医生。

他们来到大街上，感觉刚刚从一堂科普讲座中出来。尽管他们还没有看见人工耳蜗的效果，但他们知道世界上有了一种神奇的高科技产品，世界上已经有上万个聋人通过它而重新听见了声音。

路旁的树长出了绿叶，使灰蒙蒙的大街一下子变得明媚鲜亮，不经意间，春天已经来到身边。既然今天陈雪清大夫已经给抗梦雯登记筛查，这是不是意味着女儿的耳朵将得以医治，女儿生命的春天也将来临？

几天后，关佩霞接到陈雪清的电话，说明天有一个人工耳蜗的植入者开机，请他们到医院来现场观看。

第二天，夫妇俩提前赶到医院。调机房里有好多人，有医生，有家长。有一位气宇轩昂、仪表极其整洁的中年医生很引人注目，关佩霞知道那就是北京耳鼻喉科研究所所长韩德民，他是这个手术的主刀大夫。

现场很安静，等待着一个奇迹的发生。

植入者是一个宁夏的女子叫张谨，28岁，四年前因药物中毒导致耳聋，整整四年什么声音都没有听到过。一个月前，韩德民大夫为她做了人工耳蜗植入手术。今天，要为她开机测试听力。

陈雪清把言语处理器接上了测试仪器，开始调试电极。

关佩霞永远不会忘记那个场面，当陈雪清调机几分钟后，张谨突然大叫了起来："我听见了，我听见了，我听见了！"她猛地站了起来，带倒了椅子，然后热泪长流，泣不成声。

关佩霞想起电影里一个盲人被医好的场景——当纱布一层层地解下，盲人睁开眼睛，他一下子看到了光明。

今天她在现场，亲眼看到了一个耳聋了四年的人，凭着这个人工耳蜗，立即听到声音。

关佩霞抗均平夫妇都在想一个问题——哪一天，他们的抗梦雯也能够像这个姑娘一样幸福地哭泣呢？

关佩霞夫妇第三次来到陈雪清的办公室时，已是夏天了，这次要为抗梦雯做CT和核磁共振检查。

上次，观看张谨开机给了他们巨大的震惊，他们恨不能立即为抗梦雯做手术。但回去与姥姥一说，老人立即提了许多问题——手术怎么做？有没有危险？植入体对孩子大脑有没有伤害？植入体有多长的使用寿命？如果坏了怎么办？等等。

这些问题让夫妇俩的情绪慢慢冷静下来。问题的核心是手术的安全性。在脑袋上开一个洞，把一个电子元件埋进去运转几十年，的确不是闹着玩的事情。

陈雪清一如既往地用她特有的亲切语气耐心地解答所有问题。

关佩霞拉着抗梦雯离开这间地下办公室的时候，心里依然充满了疑问，虽然每一次来都能够解决好多问题。她不知道下次来又会带来多少新的问题。

但是，她对这位年轻的女医生越来越怀有敬意。她有问必答，言无不尽，而且永远是那样温柔宁静的神态。

关佩霞带着雯雯第四次来到陈雪清的办公室，做言语测试和听神经功能测试，看到了大名鼎鼎的韩德民教授。

韩德民弯下高大的身体，半蹲着，眼睛平视，与雯雯说话。

他说话的语调轻柔温和。

一个伟岸，一个幼弱，两个身形，生动得像一个雕塑作品，关佩霞的心因感动而变得柔软。她没有想到韩德民如此亲切。

关佩霞很快恢复了率直的性情，她直截了当地问了一些尖锐的问题——手术成功率是多少，手术一旦失败的后果，有什么后遗症，手术责任谁来判定、谁来承担，等等。

韩德民的回答简洁明确，语言风趣幽默。

最后，韩德民告诉关佩霞，第一例儿童人工耳蜗植入手术，由他本人主刀。

一家人讨论了许久。抗均平说，如果是韩大夫亲自做，手术成功率就更高了。姥姥说："不管医生的本领有多高，把铁疙瘩放到脑袋里去，太悬了。"

抗均平带着抗梦雯第五次来到陈雪清的办公室，女儿的裙子换成了长裤。这次要做全身检查。陈雪清告诉抗均平，这是最后一次检查了，很快就能知道抗梦雯能不能做手术了。

抗均平还有很多问题——人工耳蜗的维护、维修、易耗材料、使用和保养、耳蜗价格、手术费用，等等。

陈雪清用始终如一的安宁的神态、亲切的语调告诉抗均平每一个他想知道的答案。

几天后，陈雪清来电告知：所有的检测报告结论——抗梦雯完全符合手术条件。

抗梦雯的姥姥明确表示反对。姥姥在抗梦雯满月的时候，凭直觉发现孩子听力异常，对这个失聪的外孙女有着特别的疼爱。要在抗梦雯的头上凿个洞，塞进去一块金属，姥姥坚决不同意。

姥姥拿着一张抗梦雯画的画，说："你们看看，画得多好呀，雯雯一点也不笨，一点也不傻。让她去手术，做坏了，不单聋了，还傻了，瘫了，那不是让雯雯更惨吗！"

关佩霞说："妈，同仁和协和都已经做成功了。我们都已经看到聋了四年的人，一开机，马上就听见了。效果的确太神了。"

姥姥说："那是大人，有小孩做的吗？他们有孩子做成的吗？"

抗均平说："雯雯要做的话，就是中国第一例。"

姥姥说："第一例，以前没有做过，没有做过就没有经验，所以呀，太危险了。"

万一失败了？如果真像姥姥讲的那样——聋了，傻了，瘫了，后果将不堪设想。

如果不做这个手术，不去冒这个风险，就是放弃了让雯雯听到声音的机会，那么，等于宣布将雯雯永远留在无声的世界里，寂静地度过一生。

父母有这么大的权力吗？如果明明有机会让孩子回归有声世界，却因父母的胆怯或错误认识而放弃，孩子长大后一定会怨恨，父母自己也必定会终身自责。

做，或者不做，结果都无法预知。

现在，必须由父母作出抉择。

这个抉择将决定雯雯的一生。

这样的抉择对父母而言，显得十分残酷。

抗均平夫妇不敢贸然决定。

他们又去宣武医院，咨询了两位耳科大夫。

年轻的大夫说可以尝试一下。

年长的大夫说太危险，坚决不能做。

他们不知听谁的好。没有人能够给他们一个绝对正确的答案。

他们再次来到研究所，韩德民、陈雪清一起接待了他们。

他们说：他们想为雯雯做手术，但是心里有许多担心。他们很矛盾，很焦虑，很无助。他们不堪重负。

韩德民说："我们在作出决定以前，必须经过冷静缜密的分析，不要让情绪化的模糊感觉代替我们的理性。首先，这个产品是成熟安全的，全世界那么多的用户已经证明了，我们中国的植入者你们也亲眼看到了。其次，儿童的临床使用，目前国内还没有先例，但在1990年就已经被美国食品与药物管理局批准了。你们知道美国的标准极其严格，因此，对儿童来讲，也是安全的。再次，从手术过程来看，儿童与成人基本一样，没有特别的困难和危险。儿童的临床之所以比成人晚了几年，主要是因为聋童没有语言基础，听力测试比成人困难，而且他们需要系统漫长的言语康复。"

关佩霞说："雯雯姥姥说的傻了、瘫了什么的会出现吗？"

韩德民笑了："老人家爱孙心切，但是她不了解手术。人工耳蜗植入的地方在颅骨，在颅骨做一个凹床，固定植入体，而不是放进大脑，怎么会傻呢？瘫呢？"

韩德民收了笑容："不过，耳蜗紧挨着面神经，如果伤及面神经，会导致面瘫，这是存在的风险。"

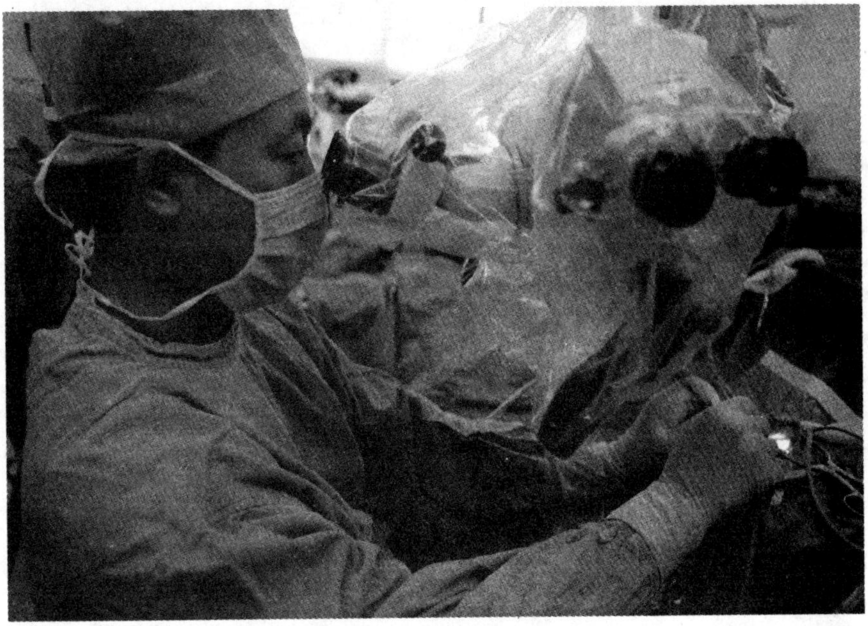

▲ 韩德民为聋儿做人工耳蜗植入手术

抗均平:“这么说,风险不是太大?”

韩德民:“就手术而言,这是一个中等难度的手术。”

陈雪清:“有一个重要的问题,就是人工耳蜗植入的时间。1.5—5岁是孩子语言中枢发育的高峰期,这是学习语言的最佳时期,如果错过了这个阶段,言语康复的难度就会增大,年龄越大,康复效果就越差。”

关佩霞:“我们原想再等几年,等攒够了钱,等别人先做了看看再说。听陈大夫这么说,是不能等了。”

韩德民:“不要错过了孩子学习语言的最佳时期,雯雯所有的检测表明,手术条件非常好。”

韩德民郑重其事地说:“你们记住我的一句话——给雯雯做这个手术,将来受益匪浅。”

一席话,使迷茫中的夫妇俩心里豁然开朗。世界并不是心里想象的那么可怕,脚下就有一条回家的路。

他们给姥姥分析了利弊，看到他俩决心这样大，老人也不再阻拦了。

接下来的问题就是钱。抗均平是机关的公务员，每月五六百元的工资；关佩霞在外企每月 3000 元，拿这份薪水不到一年，在这之前，她在国企也是几百元的工资。一套人工耳蜗 2 万美金，对他们而言，实在太昂贵。

关佩霞以抗梦雯是中国第一例儿童多导人工耳蜗植入为理由，向澳大利亚人工耳蜗公司提出优惠的要求，韩德民帮助与香港办事处进行协调，经过漫长的商讨，最终抗梦雯得到了两万元的优惠。

听说雯雯要做人工耳蜗手术，抗均平单位的工会，关佩霞的同学、朋友，雯雯的奶奶、姥姥、叔叔、阿姨都把钱送来了。

还清这笔债，也许需要 5 年、10 年，但是，现在抗均平夫妇顾不上去细算。他们要作好给雯雯手术的一切准备。

▲ 2012 年春，抗梦雯在德意志大教堂前手拿刚画的素描，显得那么自信与快乐。

1997年3月28日下午1点,抗梦雯住进了同仁医院,29日剃光了头发,31日下午1点进了手术室。

从第一次接通知筛查到住院,整整一年。经过多少的咨询、矛盾、煎熬、挣扎,到最终的决心,这一年,对抗均平夫妇来说充满了太多深刻的记忆。

抗均平、关佩霞、姥姥都被挡在手术室门口。

一个香港医生和一个黑人医生一起进了手术室。

关佩霞心里一顿,没有看见韩德民大夫。她想起手术合同书上那一项项可怕的风险条文……如果不是韩大夫做手术,万一……突然,一种巨大的恐惧攫住了关佩霞,一年来一直纠缠于心的种种担忧和害怕一下子重新全部回来了,她觉得她在把女儿送进一个可怕的深渊。不!不能做!不能做!

她一把推开了手术室的门,闯了进去。门口的护士没有能拦住她。

雯雯光着头,正躺在手术床上,麻醉师准备给她麻醉。

关佩霞冲上去,抱起孩子,回身就走。

手术室里所有的医护人员都惊呆了。

关佩霞大声说:“手术不做了!不做了!”

一名护士盯着她看了几秒钟:“你等着。”转身进了隔壁的消毒室。

一会儿,一个高大的身影出现在手术室的门口:“关佩霞,你干吗?术前经过了多次的精确检测,我们的手术方案也经过多次研究,还有两位富有经验的海外医生在现场,我们确保手术的安全。”

韩德民穿着一身浅绿的手术服,双手一直高高举着,在帽子和口罩之间,一双锐利的眼睛闪闪发亮。

关佩霞呆呆地望着韩德民,他的身影那么高大,话语那么有力,目光那么自信。

关佩霞感到一种温暖的力量注入全身。她恢复了理智,走过去,把怀里的雯雯又放在了护士的怀里。

韩德民对关佩霞说:“让孩子做吧,这会让你一生受益。”

关佩霞并不理解也无从想象"一生受益"的含义,但她愿意全然信赖和依靠这位医生。

在手术室的门将要关上时,韩德民对站在门口的关佩霞说:"如果你想看到手术的过程,可以上二楼去,二楼的护士台是当场录像,你对护士说,是我同意你进去看的。"

关佩霞上了二楼,她对护士说:"我是孩子的母亲,韩大夫同意我看录像。"

护士十分惊讶:"你敢看?"

关佩霞点点头:"我想看看。"

关佩霞看了三个小时,一直看完整个手术录像。

关佩霞从来没有看过手术,也不能完全看懂手术,但这三个小时让她喘不过气来,似乎承受手术的不是女儿,而是她自己。那种惊心动魄,终身难忘。

切口缝合的时候,录像停止了。

关佩霞跑下楼梯,一家人等在手术室门口。

一会儿,香港医生和黑人医生出来了。关佩霞忙问:"手术做完了?"

香港医生问:"你是母亲吗?"

关佩霞说:"我是。"

他们兴奋地说:"手术非常成功。韩大夫做得太棒了。"

6点的时候,抗梦雯被推出手术室,成为中国第一例儿童人工耳蜗植入者。

整整一夜,抗梦雯一直沉睡不醒。抗均平夫妇一夜不敢合眼,他们握着雯雯的小手,等待天亮,等待女儿醒来。

第二天,雯雯终于醒了。一家人又是笑又是哭,姥姥高兴得不知所措。

查房的时候,韩德民带着几个医生走进了病房,他看完雯雯后,对抗均平夫妇说:"手术很成功,雯雯会很快恢复。我跟你们说:你们肯定会因此受益匪浅。”

这是韩德民对他们第三次讲这句话了。他为什么又讲这句话？这句话有什么深意呢？受益匪浅，他们将得到什么呢？

他们在未来的日子里会慢慢明白它的意义。

一个星期后，雯雯出院了。她既不傻，也不瘫，只是头发短得像刚刚冒出来的草芽。

一个月后，抗梦雯回到同仁医院开机。

陈雪清把雯雯的言语处理器接通了测试仪器。

关佩霞等待着奇迹的发生，像一年以前，她在这个房间里亲眼看见的那样。

陈雪清慢慢地调着电极，22 个电极，依次一个个地调着，雯雯却没有反应。调到 20 个电极，雯雯还是没有反应；再试一下，陈雪清点了那个键，雯雯愣了一下，哇的一声哭起来了。

所有的人都吁了一口气——雯雯听见了。

等雯雯平静下来，陈雪清重新开始调机。

陈雪清让雯雯听到声音就举手得一个玩具。陈雪清一个个调着电极，雯雯只是对其中的一两个偶尔有点反应。

陈雪清关上仪器，说：“今天的调机结束，下周再来调机。”

没有期待的惊喜，虽然雯雯第一次对声音有了反应，但关佩霞还是有点失望。

陈雪清告诉她，雯雯以前从来没有声音基础，调机以后，要开始辨音和语训。这是一个漫长的过程，家长要花更大的精力和心血。

第六章
风云爱耳日

他来了

带着窖藏已久的春风　种子与酒

石头里的生命跳跃不已

你在彼岸　悲悯地看着我们

生命的渡舟已经缓缓起航

那巨大的荒原笼罩着天空

道路通向远方　一直连接到我们心里

有路在　脚在

走进画里　走进

童年的每一个空隙

我们经历的每一天如此相同

"3"——这个数字像一只耳朵。

3月3日,是两只耳朵组成的一个日子。

这一天是属于耳朵的,耳朵成了这个世界的主角。

我们生来就拥有一双耳朵。我们用耳朵聆听世界的声音。在母腹中,我们就开始聆听母亲的呼吸。在摇篮中,我们聆听母亲的歌谣。在生命的每一分钟、每一秒钟,我们一直在聆听。白天在听,夜晚在听,甚至在睡梦

▲▼ 谈到聋儿康复的话题，万选蓉显得特别有激情。

里，我们还在听。我们聆听各种各样的声音，慢慢地就理解了这个世界。

1999 年，中国残疾人联合会、卫生部、教育部、民政部、国家计划生育委员会、广播电影电视总局、国家质量技术监督局、国家药品监督管理局、全国妇联、中国老龄协会联合发文《关于确定“爱耳日”的通知》，公布了一组数据——我国有听力语言障碍的残疾人 2057 万，其中 7 岁以下聋儿可达 80 万，老年性聋 949 万；由于药物、遗传、感染、疾病、环境噪声污染、意外事故等原因每年约新生聋儿三万余名。听力障碍严重影响着这一人群的生活、学习和社会交往。

为了树立全民爱耳意识，减少耳聋发生，加强耳病防治，十部委共同确定每年的 3 月 3 日为全国“爱耳日”。

2000 年 3 月 3 日是第一个“爱耳日”。

“爱耳日”是由全国政协委员万选蓉发起的。

万选蓉出生于云南，彝族，美丽典雅，1964 年毕业于中央戏剧学院话剧系，本是一名很有前途的话剧演员。但 1975 年，她第二个孩子梁小昆的出生，让她的事业和生活发生了方向性的改变。

梁小昆 7 个月时得了肺炎，注射链霉素让孩子失去了听力。灾难突然降临，顷刻之间粉碎了万选蓉所有的欢乐。她抱着孩子跑遍大大小小的医院，但没有一家医院能够让她的孩子重新听到声音。

从此，她成了一个悲伤绝望的母亲。

孩子一天天长大，却听不见，不会说，看着孩子那清澈的眼睛一片茫然，自责、歉疚和负罪感像一把钝刀，天天割裂母亲的心。万选蓉的心天天在流血。

小昆 5 岁时，万选蓉带他来到了北京同仁医院耳科门诊。邓元诚医生为小昆做了细致的检查，告诉万选蓉，小昆是药物中毒导致的重度神经性耳聋，没有医治的办法。

邓医生说：“聋人不一定就是哑巴。通过语言训练，孩子可以像正常人一样工作、上学，甚至上大学。”

万选蓉眼前亮了：“真的吗？能够讲话的可能有多少呢？”

邓医生说：“不多，主要看家长下的决心和方法，成功的希望可能只有百分之一。”

万选蓉急切地问：“那该怎么做？”那百分之一的希望在她的心里就是

百分之百的希望。

邓元诚耐心地说："长期戴用双耳助听器，让孩子获得一部分补偿听力，这是他们实现口语交流的唯一方法；与耳科医生保持定期沟通，以家庭训练为主，医师专业指导为辅；家长要因材施教，持之以恒；激发孩子学习的兴趣，注意孩子的心理健康。"

邓元诚拿了一本书给她："好好看看这本书，这个女孩又聋又盲又哑，但后来精通五国语言，成了一名作家和社会活动家。一定对你大有帮助的。"

万选蓉接过书来——《我生活的故事》，作者是海伦·凯勒。

万选蓉充满感谢地告别了这位和善可亲的医生，自小昆聋了以来，她第一次感到一缕阳光照进了心里。

那时，没有康复机构，没有康复教材，没有可以请教的老师，万选蓉就从"妈妈"教起，她与小昆面对面地坐在小板凳上，让孩子看着自己的口型，一遍又一遍地说："妈—妈。"

多少年演话剧的基本功，全用在教小昆学习说话上。

《我生活的故事》给了万选蓉莫大的鼓励。她把海伦·凯勒的老师安妮·沙丽文的一句名言抄下来，贴在墙上——"教育这个孩子是我终身的职责"。

在她的门上还贴了一张纸条："晚上来访，恕不接待"。

白天上班，唯有晚上的时间，那是全部用来给小昆做康复训练的。

"妈—妈，妈—妈。"每天晚上，这句台词都会在他们的窗口回响。

孩子不知道为什么要每个晚上都无趣地坐在小板凳上，不肯学，哭闹。

万选蓉教得嗓子嘶哑，情绪沮丧，精疲力竭，她躲进卫生间，痛哭了一场。出来，看到墙上的那张纸条上的话——"教育这个孩子是我终身的职责"。

万选蓉对自己说："这句话也是我万选蓉的誓言。"

每天早晨，小昆醒来，睁开眼睛，就看到万选蓉指着自己说：“妈—妈—妈—妈。”

万选蓉盛好了饭，也坚持教着小昆说：“妈—妈—妈—妈。”

万选蓉拿出照片，指着相片上的自己，教小昆说：“妈—妈—妈—妈。”

三个月后的一个晚上，小昆突然慢慢地说了一句：“妈—妈。”

万选蓉惊住了。等了一会儿，小昆又说了一句：“妈—妈。”

泪水从万选蓉的眼睛里滚滚而下。

在教了几万遍后，小昆终于叫出了“妈妈”！

小昆这一声“妈妈”，让万选蓉找到了信心。

小昆似乎突然开了窍，学说话的速度快了很多。

万选蓉带孩子去公园。她准备了糖果给几个爷爷奶奶，跟他们说如果小昆叫他们，就把糖果奖给小昆。

小昆说出了“爷爷”，爷爷就把糖果奖励给他。

小昆叫了“奶奶”，奶奶就拿糖果给小昆。

万选蓉教小昆说：“谢谢。”小昆就说：“谢谢。”

小昆变得像百灵鸟一样，特别喜欢叫人。万选蓉不仅让小昆获得了强烈的说话欲望，而且像一个健康的孩子一样快乐。

万选蓉上班从不坐车，也不骑自行车，她给小昆买了一辆小推车，母子俩一路走，一路讲，沿途看到什么，就教什么，人、车、树、花。

万选蓉买回来活虾。虾在凉水里游弋蹦跳，万选蓉对小昆反复地说：“活。活。”一会儿，虾煮熟了，壳红了，不动了，万选蓉又对小昆说：“死。死。”

万选蓉用形象的事物来让小昆理解抽象的概念。

小昆顺利进入了普通小学读书。

1985 年，万选蓉调入北京，两个单位同时向她发出了邀请。

一家是中央民族大学,国家重点大学,请她到艺术系任教,这是万选蓉的专业,是她二十多年酷爱的事业。

另一家是刚刚成立的中国聋儿康复研究中心，是一个处于创立阶段的残疾人康复机构,条件艰苦,不为人知,前景未卜。

万选蓉毫不犹豫地选择了中国聋儿康复研究中心，成为我国第一代聋儿康复工作者。

她总结了小昆康复的经验,创造了一套科学有效的舌操、唇操。这些方法已广为我国聋儿康复教育使用。她编撰了我国第一套《聋儿听力语言训练康复教材》,填补了国家的一项空白。她参与编写的《聋儿家庭康复教材》、《语言病理学》等,奠定了中国聋儿康复研究中心的教学模式。

她从事聋哑儿童康复工作二十余年，有几百个聋儿在万选蓉和其他老师的帮助下学会了说话,进入了正常人的社会。她帮助几百个母亲走出了精神绝境。

她创办了全国第一家不以赢利为目的的民办康复研究机构——北京万选蓉聋儿康复中心。她还担任中国聋儿康复研究中心副主任,是中国唯一获得国家津贴的康复专家。

巩俐主演的在夏威夷电影节获奖的《漂亮妈妈》里那位让多少人感动流泪的妈妈的原型就是万选蓉。

梁小昆顺利地升入中学,并考上了中央民族大学经济管理系,2000 年毕业。他酷爱摄影,理想是成为一个摄影家。

1998 年,万选蓉成为全国政协委员。

1998 年 3 月,在政协第九届全国委员会第一次会议上,万选蓉与 15 名委员正式递交了《关于建议确立“爱耳日”宣传活动》的第 2330 号提案。

2000 年 3 月 3 日被确定为中国第一个“爱耳日”,主题为:预防耳毒性药物致聋。

2001 年 3 月 3 日第二次“全国爱耳日”主题为:减少耳聋发生,实施早期干预。

2002年3月3日第三次“全国爱耳日”主题为：听力助残——救助贫困聋儿。

2003年3月3日第四次“全国爱耳日”主题为：提高人口素质，减少出生听力缺陷。

2004年3月3日第五次“全国爱耳日”主题为：防聋走进社区。

2005年3月3日第六次“全国爱耳日”主题为：全社会共同关爱老年人——健康听力，幸福生活。

2006年3月3日第七次“全国爱耳日”主题为：预防听力损伤和耳聋，人人享有健康听力。

2007年3月3日第八次“全国爱耳日”主题为：珍爱听力，快乐成长。

2008年3月3日第九次“全国爱耳日”主题为：奥运精彩——我听到。

2009年3月3日第十次“全国爱耳日”主题为：正确使用助听器。

2010年3月3日第十一次“全国爱耳日”主题为：人工耳蜗——重建听的希望。

2011年3月3日第十二次“全国爱耳日”主题为：康复从发现开始——大力推广新生儿听力筛查。

2012年3月3日第十三次“全国爱耳日”主题确定——减少噪声，保护听力。

2000年，韩德民接替退休的老院长贺仁诚走上了同仁医院院长的岗位。对韩德民来说，它更是一份无法推却的责任，必须担当起的重担。

上任伊始，一项项前所未有的计划和方案，由韩德民统一部署，得到有力的执行。但有一个项目，却在徘徊不前。这个让韩德民牵挂思虑的项目就是——人工耳蜗植入的发展。

同仁医院的人工耳蜗项目经过五年的探索发展，已经成熟完备。

1996年，同仁医院和澳大利亚国家听力中心合作，创办了中国第一所临床听力学校——中澳听力学校，率先建立了高等院校听力学专业。2000年，中国第一个正规的听力学本科教育计划在首都医科大学以及附属北京同仁医院、北京耳鼻喉科研究所启动，同年开始招收听力学本科学生。一批批合格的听力学专业人士源源不断地被输送到工作岗位上。

技术是成熟的，队伍是精干的，配备是完整的，操作流程是严密无隙的，产品是先进的，这些因素保证了自第一例手术以来，全部手术百分之百的成功率。

但是，五年来，同仁医院累计的手术量只有 50 例。

加上北京协和医院、解放军三〇一医院、上海眼耳鼻喉科医院和其他几家医院零星所做的，全国植入人工耳蜗的总量只有 454 例。

五年，454 例。

韩德民脸上布满忧虑。

他的手上还有另一组数据——中国聋人总数 2057万，其中重度以上耳聋者 300 万，儿童重度耳聋者 80 万，并且，在每年的新生儿中以 3 万的速度增加着。

这两组悬殊巨大的数据，让韩德民感到十分沉重。

简直是杯水车薪呀！

韩德民出门诊，接待了一位患者，鼻窦炎，息肉增生，韩德民建议手术。鼻内镜手术轻便简洁，没有痛苦。

患者问："谁来主刀？"

韩德民说："你是我的病人，当然我来主刀。"

一台漂亮、精美的手术。

术后，患者对韩德民说："韩院长，我们单位有人说您做手术，简直是艺术。看过您手术的同事讲，看您一台手术，就像看卡拉扬指挥一场音乐会，我说也太夸张了。但是今天，您给我做手术，手术刀在您手里，真像是指挥棒，在这么小的鼻孔里，却是游刃有余，大有乾坤。您教了我一课，我相信外科医生技术到了炉火纯青的极致,也就是一位艺术大师了。”

韩德民乐了:“你是干什么的?说相声的,诗人,语言艺术家?怎么这么会夸张。”

患者递上一张名片,韩德民接过来一看——中央电视台《健康之路》栏目制片人段中应。

韩德民心里一动——真是上帝有意安排。

段中应说:“韩院长,今天您不仅治好了我的鼻子,还给我找到了一期节目。”

“什么节目?”

段中应:“我们的栏目是关于健康方面的话题，我们拍一个您和同仁医院的专题,给广大的患者介绍你们的医术和医德。”

韩德民说:“拍我个人没有多大意义，不过我倒是有一个真正能引起全社会关注的话题,从来没有过的,听说你们中央台搞收视率排名,这个节目搞好了能取得轰动效应。”

段中应瞪大眼睛:“什么内容?”

韩德民一字一顿地说:“人—工—耳—蜗。”

他用十分钟时间给段中应讲了人工耳蜗的来源、原理、手术、康复、效果。

段中应不太相信:“让聋人听见，让哑巴说话，人工耳蜗有这样神奇吗?”

韩德民说:“我们已经做了五十多例手术,你可以看看录像。”

段中应看完录像,兴奋地说:“太棒了,奇迹,简直是奇迹。韩院长,我们回去就作策划,一定做一个轰动的节目。”

几天后,段中应电话中的语调充满激情:“韩院长,我们有了一个精彩策划,我们要把人工耳蜗一炮打响,只要这个节目播出,一半以上的中国聋人家庭都会知道人工耳蜗。”

韩德民兴奋不已："你们能够达到这样的效果？"

"我们预先做节目预告，看到节目的人一定会马上通知他们亲友中有聋人的家庭，我们还安排重播，就是一次也没有看到电视节目的人，通过口碑传播，最后也能够听到人工耳蜗的信息。"

"好！太好了！说说你们的大致思路。"

"手术直播。"

"手术直播？"

"对，现场直播。转播车直接开到同仁医院，摄像进入手术室，让观众直接看到手术的全过程。"

韩德民思维如电，他思索着段中应所讲的手术直播的每个环节。

段中应激动地说："因为是直播，就有悬念，观众一定会看到底，一定要求知道手术的结果，人工耳蜗的效果就全出来了。"

"你们以前做过手术直播吗？"

"没有。正因为是第一次，才能引起轰动。"段中应平静了许多，"当然，这里有个风险，对您和同仁医院，直播是有很大的风险，因为你们的每个动作，都暴露在全国的观众眼前。"

其实，段中应心里一点把握都没有，尽管这个策划让台里的上上下下都激动了一把，但冷静下来想想，这个难题太大了，同仁这个拥有百年金字招牌的医院一直讲究中庸稳健，它会做这样超前的风险很大的事吗？韩德民刚刚上任一个多月，他会在这个时刻为一个项目冒险吗？

段中应最初是怀着报恩答谢的心情策划这个方案的，但现在站在韩德民的角度一想，简直就是给他递过去一个滚烫的山芋。

夜晚。韩德民静心考虑"手术直播"的策划。

让观众进入神秘的手术室，有悬念，有惊险，有刺激，吸引眼球是一定的，收视率大涨也是一定的。

但这是电视台的胜利，是《健康之路》栏目组的胜利，是老段这些优秀电视人的胜利。对于医院、医生和广大的耳聋患者呢?

如果手术成功,可以提升医院的品牌,可以提高医生的知名度,人工耳蜗植入项目可以大规模地推进。但是,这是建立在“手术成功”的前提下的。手术万一出现意外呢?

一台手术完成之前,谁都不能够保证百分之百的圆满成功。最优秀的医生大多都有过失败的案例。终会有意外情况的出现,终会有千分之一或万分之一的疏忽,当你做完一万个成功的手术,也许失败就在第一万零一个处等着你。

一次不成功的手术,医生和医院只要面对一次失败,承担一次责任;但电视直播却将一次手术送进亿万家庭,这等于将风险放大了亿万倍。如果这台手术在亿万人的注视下失败,那就等于失败了亿万次。

医院的形象将遭受怎样的损失?百年同仁的品牌将遭受怎样的重创?主刀医生将遭受怎样的打击?这一切都将无法估量!

而自己是刚刚就任的院长,将承担所有的责任。

韩德民在纸上写着:风险巨大。风险承担者:医院院长,手术医生。

谁将是这件事最大的受惠者呢?

毫无疑问,最大的受惠者是那些全国各地的患者。由于公众媒体的缺席,五年来,两千多万的听障人群和社会公众一直得不到关于人工耳蜗技术充分的准确信息,失去了享受这种高科技成果的机会。如果手术成功直播,一定会有相当一部分的适应证患者可能就此获得医治,重建听力,回到有声世界。

韩德民在纸上写着:利益巨大。受益者:患者及其家庭,中国耳科学、听力学、言语康复的学科建设与发展以及由此带来的社会进步。

韩德民把成败利弊全部分析清楚后,心里有了决断。

同仁医院院务会议上,经过讨论,院领导班子都支持直播计划。

2001 年“爱耳日”——3 月 3 日,中国的第二个“爱耳日”,中央电视台现场直播在同仁医院进行的人工耳蜗植入手术。

各方人马进入紧张准备阶段。对各个方面的工作,作了十分完备细致的安排。

手术必须在80分钟全部完成,这对主刀医生的要求太苛刻了。

完成一例人工耳蜗植入手术,在澳大利亚和美国一般需要三小时,在同仁医院一般是一个半小时到两个小时。中国的头颈外科手术水平整体上落后于欧美发达国家,但是人工耳蜗植入手术已经处于世界领先地位。

但必须在80分钟完成手术,而且是在电视镜头之下,在全国亿万观众的注视下,这不仅是对主刀医生技术的严峻考验,更是对主刀医生心理的极限挑战。

2001年3月3日上午10点整,中央电视台2频道《健康之路》开始播出。

这一天,正好是星期六,中央台已经为这次直播节目做过多次广告,无数个家庭等待着收看,许多有耳聋患者的家庭事先不知道直播消息,会很快接到亲友打来的电话,也马上打开了电视机。能够进入以前是绝对禁区的手术室,直面神秘的手术现场,目击一流的医生实施手术的全过程,了解手术的每个细节,聆听最权威的专家讲解并可以与他们互动问答,第一时间见证聋儿听见声音这样“铁树开花”般事情的真实发生,对观众而言,不仅仅是医学知识上的满足,也蕴涵了浓郁的情感诉求和梦想成真的深深企盼。

收看这次直播手术的还有众多医学界、教育界、听力康复界、政府相关部门和相关行业的人士。

主持人经蓓出现在荧屏上,青春而带有一缕书卷气的主持人告诉观众,在今天——中国第二个“爱耳日”的“让聋儿回归有声世界”特别节目里,为大家直播同仁医院正在进行的一台人工耳蜗植入手术。

镜头切换到手术室。

同仁医院耳科医师郑雅丽身穿手术服，手持话筒，面向画面，在手术现场向观众介绍手术已经开始。

主刀医生是：赵啸天，同仁医院主任医师，人工耳蜗中心主任；助理医生：郑军，同仁医院副主任医师；还有麻醉师、器械护士等。

赵啸天坐在手术台前，郑军在他对面，器械护士站在他的右侧。

特写镜头：一把手术刀流畅光洁地走了一条"C"字线，切开了患者左耳后的皮肤。激光止血钳迅速点在出血点上，创口出血很少。这一条"C"如一个素描大师在纸上画出的线条一样，行云流水，气韵生动，显示了主刀医生精湛的功力。

镜头回到演播室。

主持人介绍患者——

屏幕上出现一个可爱的小女孩，胖乎乎的脸蛋，乌黑的短发，一双明亮的眼睛。主持人介绍说：小女孩名叫仲恒，1998 年 12 月 31 日出生在辽宁铁岭一个普通的职工家庭，现在两岁三个月。在 8 个月时，家中装修房子，在刺耳的电钻声中，小仲恒竟然安然大睡。父母产生疑问，到医院检查，发现孩子没有听力，来到北京同仁医院，被确诊为重度感音神经性耳聋。

小仲恒，就是已经被麻醉，正安安静静地接受人工耳蜗植入手术的患者。

主刀医生赵啸天的背景出现在字幕上：赵啸天，主任医师，同仁医院头颈外科副主任，北京耳鼻喉科研究所副所长，从事耳神经外科临床工作三十余年，专长电子耳蜗植入和多种耳聋疾病手术，经验丰富。

主持人介绍两位专家嘉宾——

韩德民，同仁医院院长，北京耳鼻喉科研究所所长……擅长内窥镜头颈外科手术，对电子耳蜗植入手术经验丰富。

刘莎，北京耳鼻喉科研究所副研究员，赴澳大利亚专修听力学，擅长小儿听力测试和助听器选配。

（嘉宾的背后，有9个人在接听热线电话，其中4位是同仁医院的医生。）

主持人问：人工耳蜗是什么样的科技产品？

韩德民拿出一套人工耳蜗模型，讲解道：人工耳蜗分两部分，体外部分是言语处理器，植入体内部分就是刺激/接收器。

…………

手术室。

郑雅丽现场报道：现在手术进行到开放乳突腔。

特写镜头：一块突起的骨头被切割钻完整地凿下。

透过显微镜的特写：钻头在颅骨上匀速地滑过，很快磨出一道骨槽。赵啸天的两根手指正把一块透明橡胶模型放进骨槽。

郑雅丽：现在正在开放面隐窝。

特写镜头：赵啸天的头部侧影。犀利的目光紧紧盯住显微镜，似乎生命的所有力量都凝聚在他的眼睛里。

特写镜头：一支金刚钻头在显微镜下快速准确地打开面隐窝。

演播室。

韩德民：现在是一个十分危险的时刻。面隐窝下一点就是面神经，伤及面神经就会造成面瘫。所以，赵主任注意力高度集中，要保证绝对安全、准确、可靠！

主持人：面对这样的危险，有没有防范的措施？

韩德民：有面神经监测仪，如果钻头靠近面神经，就会发出警报。所以现在的安全系数还是比较大。但是还是要极其小心，这附近集中了许多重要器官，不能伤及。

主持人：韩院长，您是位经验非常丰富的专家，您看今天的面隐窝开放做得顺利吗？

韩德民：手术到目前为止，还是很顺利的。

主持人：现在已经有许多观众打热线电话进来了，请同仁医院的孔颖大夫介绍一下，观众主要提的是哪些问题？

孔颖：今天的电话很多，有北京、上海、广州的，还有澳门的，主要问的是：人工耳蜗是如何代替人的耳朵听到声音的？

刘莎拿出一张人工耳蜗工作示意图：外界的声音被麦克风接收，经过言语处理器，重新编码、过滤、处理，通过线圈，传送到插入耳蜗的电极，刺激耳神经，再传送到大脑，就能够听见声音了。你们看，"这里是《健康之路》节目"，这些电极就亮了。

主持人：人工耳蜗就这样代替了人的耳蜗。

主持人：小仲恒今天才两岁三个月，为什么要在这么小的时候就做这

▲ 2001 年 3 月 3 日，中央电视台 2 频道《健康之路》直播现场

样的手术?

韩德民:人的语言中枢发育有个高峰期,这个高峰期在1.5—5岁,这个阶段是学习语言的最佳时期。在这个年龄段里接受人工耳蜗植入,学习语言会很快。过了这个年龄,就变迟钝了,学习语言就很困难。

主持人:那么过了这个年龄的孩子,长大了聋的,能够做手术吗?

韩德民:病人分两种,一种是从小就聋了,没有语言基础;另一种是有一定的语言基础,叫语后聋,语后聋的一般在手术三个月后,就能够恢复语言功能。

主持人:看来,越早发现孩子听力有问题,对治疗就越有利。那么父母如何才能尽早发现孩子的听力问题呢?

刘莎:在1周到1个月里,医院做听力筛查。在家里,父母注意观察小儿对声音的反应,睡着时是否会被声音惊醒;6个月时,孩子是否对言语有反应;8个月时,孩子是否能够模仿大人的声音。

主持人:在医院里,有对婴儿的筛查吗?

刘莎:早期筛查在我国还未普及,现在同仁医院和北京市妇产医院、海淀妇产医院、济南妇产医院已经开始了。

手术室。

郑雅丽:现在手术到了第四步——耳蜗钻孔。

特写镜头:赵啸天凝神屏气,全神贯注地盯住显微镜。

郑军在冲洗术腔,清除骨屑和积血。

一支被显微镜放大20倍后还是极细的钻头在试探性地往前钻。

演播室。

韩德民:这是最关键的一步。这是最小的金刚钻,要钻磨鼓阶,这个孔的直径不能大于2毫米。钻孔定位要准确,如果有偏差,电极无法插入耳蜗。

主持人:位置找到了吗?

韩德民:还没有。赵主任还在调整,还需要调整。

主持人:但愿今天的手术能够顺顺利利地成功。

手术室。

特写镜头:那支只有1.0毫米粗的钻头往里进了一点,就犹疑地停止了。

赵啸天双手紧握显微镜的把手,来回调整着角度。

赵啸天终于调整好了角度,找到了正确的位置。

细小的钻头又开始向前了,顷刻间,就打开了一个小洞。

演播室。

韩德民:钻开啦!钻开啦!赵主任还是很有信心,你们看到那个小黑洞了吗?就是那个小黑洞!赵主任今天信心很大!

主持人:刚才说到家长担心的第二个问题,就是价格,这个手术费为什么这么昂贵呢?

韩德民:这个手术费并不贵,几千到一万元之间,是一个中等手术的收费。贵的是这个产品,22极到24极,价格在14万—17万之间。

主持人:为什么这么贵呢?

韩德民:这个人工耳蜗是国外的高科技产品,前期研发成本很大,生产环境要求很高,组装也很复杂。目前,都是从国外进口。

主持人:我们有国产的电子耳蜗吗?

韩德民:20世纪70年代末,北京协和医院研发过单导人工耳蜗,但语音效果不好,停止了,现在上海正在研制,我们盼望国产的电子耳蜗能够早日研发出来,减轻家长们的负担,让更多的聋儿能够听到声音。

手术室。

郑雅丽:现在赵主任在固定植入体了。

特写镜头:植入体已经嵌入了植入床,电极导线由植入床通向乳突腔的通道里,四端被黑色的丝线牢牢捆住。一把剪刀准确地剪断了丝线。

演播室。

韩德民:今天的手术很顺利。

主持人:这是什么线? 它就这样放在人体内了?

韩德民:这是非常好的丝线,很安全,它就在体内了,它与人体相容性很好。

主持人:这样一个手术对一个家庭来说,负担还是太重,有没有办法减轻家庭的负担?

韩德民:这个问题需要全社会来关注……

手术室。

郑雅丽:现在开始往耳蜗里放电极了。

特写镜头:电极靠近耳蜗前沿,赵啸天的手指将电极轻轻推进耳蜗深处。

演播室。

主持人:孩子长大后,电极会不会不够长了?

韩德民:人的耳蜗基本不会长大,它会变宽一点,所以不用担心这个问题。

主持人:孔颖大夫,打热线电话的观众有什么问题?

孔颖:观众最多的问题是手术做完了是不是马上能听到声音?

刘莎:做完手术一个月以后,再到医院来开机。听力师为植入者连接人工耳蜗的体外部分,并通过导线连接到操作系统,调出每一个电极的听阈和舒适阈,最后把调试结果储存于植入者的言语处理器中。

(资料 1)听力师为孩子开机调试。

(资料 2)卢老师拿了一个脸上涂了墨水的洋娃娃,给一个刚植入人工耳蜗的小女孩进行单独语训,老师的语音清晰而柔和,语速平稳缓慢。

老师:老师拿的是什么?

女孩:娃娃。

老师:娃娃的脸上有什么?

女孩:脏。

老师:我们给娃娃洗脸。洗脸要用什么?

女孩:香皂。

主持人:老师真是太有耐心了。家长们应该怎么办呢?

刘莎:家长对孩子恢复语言是特别重要。家长要为孩子提供一个声音环境,流水声、炒菜声、猫狗的叫声、鸟鸣声,你都要介绍给孩子,让孩子能够辨别这是什么声音。

韩德民:培养孩子要从培养家长开始。

手术室。

郑雅丽:电极已经插入,现在正在封闭造口。

特写镜头:一把小镊子将一小块白色物体填进耳蜗的孔里。

演播室。

主持人:这是什么?

韩德民:电极插进鼓阶后,立即用小块的颞肌填充钻孔,那白色的是胶原蛋白海绵,封闭面隐窝。电极大部分都进去了,很成功。

主持人:观众打电话进来,他们最关心的是——成功植入人工耳蜗后,效果怎么样?这里有一个片子,我们来看看。

(资料 1)四个植入人工耳蜗的孩子,在舞台上表演诗朗诵《五彩的梦》。

(资料 2)抗梦雯,中国第一个儿童人工耳蜗植入者,在家里与父亲天真逗趣地对话。

在课堂,抗梦雯面对全班同学,讲解“张”字的结构。

抗梦雯向她的手术大夫韩德民报告她的成绩。

韩德民眼睛有些湿润:抗梦雯是我给她做的手术,2000 年,她上了普通小学,当她告诉我她语文考了 100 分,算术 98.5 分,我激动得差点掉眼泪。

主持人:这些孩子不仅听到了声音,学会了讲话,而且他们的性格也变得开朗活泼了。科技的力量改变了他们的命运。

手术室。

郑雅丽:手术即将结束,赵主任正在缝合切口。

特写镜头:“C”字形切口。赵啸天飞针走线,动作轻灵飘逸,打完一结,郑军敏捷地剪断线头。切口很快被缝合。

演播室。

主持人:哎呀,打的结又快又漂亮,真是很优美。

小仲恒头部被包扎起来,手术全部结束了。

赵啸天成功地为小仲恒植入了人工耳蜗,并创造了一个不可思议的纪录——植入的时间仅仅是 45 分钟。

这一切,通过中央电视台的直播,传遍了中国,也传向了世界。而这场直播手术节目,使一个个盼望救助的耳聋患者在漫长无望的医治道路上看到了真正的希望。手术直播圆满成功,这不仅仅是一台手术的成功,一个节目的成功,而且是中国医治耳聋事业的一个重大突破。

2001 年 3 月 3 日上午 10 点，西藏电视台的晋扎早早坐在电视机前，把频道调到中央台 2 套，等待《健康之路》的播出。他目不转睛地看完了整个人工耳蜗手术直播节目，兴奋地喊起来："芸芝有希望了，芸芝有希望了。"他立即打电话给正在北京进修学习的妻子，告诉她马上去与同仁医院联系。

晋边芸芝是晋扎的女儿，才 3 岁，先天性耳聋，听力丧失 110 分贝。晋扎夫妇带着孩子去了很多地方医治，都没有办法。芸芝一天天长大，但是那双美丽的眼睛里都是忧郁，这忧郁像乌云笼罩着全家。

《健康之路》的手术直播对晋扎一家来说如拨云见日。节目里，韩德民院长和听力学专家刘莎两位嘉宾的讲解，解答了晋扎想要了解的一切问题。他没有一点犹豫，他让妻子在北京与同仁进一步咨询，自己立刻开始四处筹款，为芸芝的手术费用到处求援。

当筹集到手术的资金后，晋扎立即带着女儿从拉萨来到了北京。经过排队等待，同仁医院人工耳蜗中心为芸芝做了各种术前检查评估，评估结论是：符合手术条件。

晋扎向同仁医院提出一个请求，他们是西藏来的第一例患者，能否请韩德民院长亲自为芸芝做手术。

他们的要求得到了满足。2001 年 4 月 11 日，韩德民亲自为晋边芸芝做了人工耳蜗植入手术。

从晋扎收看"爱耳日"的手术直播节目到韩德民为芸芝做植入手术，前后总共 38 天。

同仁医院为小仲恒做人工耳蜗手术直播后，在全国激起强烈反响。节目播出的第二天开始，来自全国各地的咨询电话几乎把同仁医院的总机打爆了。从 3 月到 6 月，同仁医院做了 50 例人工耳蜗植入手术，是过去五年的总和。

成功的手术直播使中国的人工耳蜗事业得到迅猛发展，信息的瓶颈被突破，知识得到普及，家庭受到启蒙，大获全胜的不仅是同仁医院，协和医院、三〇一医院、上海眼耳鼻喉科医院、广州中山医院等已经开展人工耳蜗项目的医院同时拥进了许多病人，使原来空闲的病床一下子紧张起来。

2002年3月3日，中国第三个“爱耳日”。

小仲恒做完手术一年了，手术的效果如何？语训康复得如何？不仅让韩德民赵啸天十分牵挂，也是中央电视台《健康之路》栏目组和全国观众所关心的。

《健康之路》开始了。主持人经蓓介绍两位嘉宾，一位是同仁医院的院长，一位就是去年为小仲恒做植入手术的主刀大夫——赵啸天主任医师。

在节目进行到19分钟时，人们盼望的小仲恒终于出现了。依然是一头黑黑的短发，红扑扑、胖乎乎的脸蛋，十分健康。

孔颖、李永新为仲恒调机。

孔颖用手掩住口型，发音：“ɑ——”

仲恒很准地跟着发“ɑ——”

孔颖：“i——”

仲恒：“i——”

孔颖：“sh——”

仲恒：“sh——”

母亲让仲恒背儿歌《小蜜蜂》。

仲恒朗朗背了起来：“小蜜蜂，嗡嗡翁，飞到西，飞到东。”

母亲让仲恒再背一首《小白兔》。

仲恒大大方方、口齿清楚地背诵着：“小白兔，白又白，两只耳朵竖起来，爱吃萝卜爱吃菜，蹦蹦跳跳真可爱。”

播音员介绍：小仲恒做了耳蜗手术后，开朗活泼、聪明伶俐，命运发生

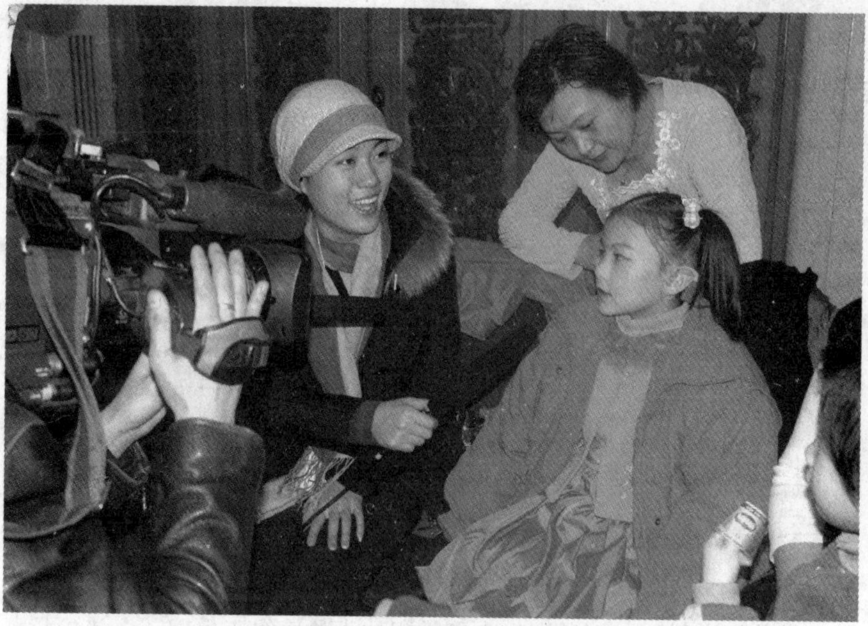

▲ 康复聋儿接受采访

了改变。

赵啸天说：小仲恒恢复得非常好，两三年以后她就可以进入正常小学读书，别人分辨不出她是个聋儿。他希望更多的家长尽快为孩子做人工耳蜗手术。

主持人介绍西藏拉萨的小女孩晋边芸芝。

韩德民说：这是西藏第一例人工耳蜗手术，他急切地想看到这个女孩的情况。

电视画面上的芸芝穿着美丽的藏族长裙，两根长长的辫子，她与父亲晋扎在看图说话。

父亲指着手中的图，问："这是什么？"

芸芝奶声奶气地说："猫。"

父亲："这是什么？"

芸芝："老虎。"

父亲:“这是什么?”

芸芝:“狮子。”

父亲又指着自己的眉毛,问芸芝:“这是什么?”

芸芝:“眉毛。”

父亲指着自己的嘴问:“这是什么?”

芸芝:“嘴。”

父亲指着牙问:“嘴里面的是什么?”

芸芝:“牙齿。”

芸芝的父亲向观众介绍:做手术前,芸芝生活在无声世界里,所有的人都说,芸芝有一双忧郁的眼睛,人也是很懵懂。做了人工耳蜗手术后,孩子的性情变得开朗起来,好像是另外一个人了。

芸芝在音乐声中,跳起欢乐的舞蹈,舞姿别有韵味。

两个天使般可爱的小女孩——仲恒和芸芝,已经把人们对人工耳蜗的所有疑问全部解答了。

“爱耳日”活动至今已经实施13年了。“爱耳日”活动的实施,每年仅7岁以下的儿童药物中毒性耳聋至少可以减少1万—2万名。

这就意味着——每年都有1万—2万名的儿童可以避免耳聋带来的悲惨命运,1万—2万个家庭可以拥有欢乐和幸福。

“爱耳日”活动加大了耳聋预防的公众宣传,使全民的爱耳意识有所提高,对减少耳聋发生、提高人口素质,具有重大而深远的意义。

第七章
谁言寸草心

一对耳朵
从来没有被
眠歌浇灌
好像阴郁的古井
磨断了绳索
把呼唤拦腰砍断

甜蜜的水逃遁了
井沿上饮水的嘴唇
不小心曾滴下蜜来
不小心又噙着苦胆
提起茵陈的苦
谁不噤若寒蝉

人工耳蜗的成功植入，只是聋人回归有声世界过程中的一个环节。术前要筛查，筛查不严，标准模糊，会直接影响手术效果。术后康复跟不上，再成功的手术也不能保证良好的语言效果。三个环节相辅相成，缺一不可。

人工耳蜗是科技的产物，康复的方法也应是科学的。但这项工作在中国完全是一片未开垦的处女地。

康复，康复——一个漫长、艰苦的工作过程，挑战家长、听力师，同时挑战人工耳蜗植入者本人。人工耳蜗将鲜活的生命体和一个没有生命、没有气息的冰冷的"铁疙瘩"联系在一起并要建立和谐关系、呼应关系，使原本喑哑的生命焕发光彩，让聋人开口说话，康复工作至关重要。康复工作做不好，前期的辛勤劳动和心血都将付之东流，昂贵的耳蜗将变成摆设。这是一个艰难的过程，而且，是一个个体无法独立完成的过程，甚至我们都不能单单依靠专门的康复中心，为数不多的康复老师，而需要医疗机构、康复机构、家庭乃至全社会的爱心参与才能够完成。

抗梦雯调机后回到家里。姥姥叫她："雯雯。"

抗梦雯没有任何反应。

姥姥大声叫："雯雯。"

抗梦雯仍然没有反应。

姥姥拍桌子敲门。

抗梦雯还是一点反应都没有。

姥姥就哭了："这下坏了，还不如以前哪。这么多钱白花了，孩子白受罪啦。"

抗均平说："妈，不要着急，下个星期还要去调机。医生说了，康复要很长时间，慢慢来。"

陈雪清定期为抗梦雯调机。

抗梦雯开始康复了，关佩霞把孩子送到北京第一聋哑学校做康复。三四个月后，抗梦雯对语言开始偶尔有了反应。

第二年，为了让抗梦雯更快地康复，关佩霞把抗梦雯送到了中国聋儿康复研究中心。

中国聋儿康复研究中心成立于1985年，是全国聋儿康复工作的技术资源中心和业务管理部门，拥有医疗、特教、科研、工程、情报、管理等各类专业人员，具有国内先进技术水平，具备相当的测听、诊断、验配、听力言

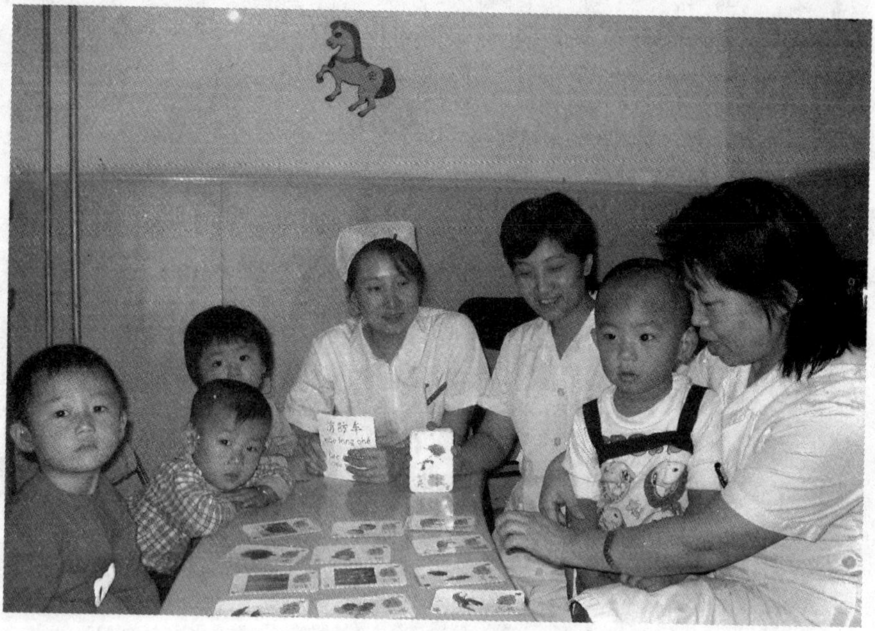

▲ 康复老师对孩子们进行康复语训

语康复训练、培训和科研能力，完成多项国家科研课题，是在全国起示范和指导作用的综合性聋儿康复机构。

雯雯是康复研究中心收的第一例人工耳蜗植入儿童。此前该中心只有助听器孩子的康复。抗梦雯是中国第一例儿童人工耳蜗植入者，她的康复过程是一个很好的开端，直接推动了中国人工耳蜗术后言语康复工作的进程。

康复研究中心为抗梦雯配备了一名专职康复老师——卢晓月，是中国第一个人工耳蜗言语康复师。

人工耳蜗与助听器是完全不同的。助听器就是一个精致的扩音器，它把声音放大后传入耳朵，这是听力补偿；而人工耳蜗是把采集到的声音经过言语处理器重新编码，转化为电子信号传入大脑，植入者听到的声音不再是原来的声音，所以，需要重新学习，辨别、认识听到的声音，这是听力重建。

1999年10月,卢晓月前往澳大利亚墨尔本大学仿生耳研究所进修人工耳蜗术后康复课程。克拉克教授在一个小型的多功能厅亲切会见了中国第一个言语康复师。

一个月后,卢晓月系统地学完了所有课程,熟练掌握了术后康复训练的要领和技巧,满载而归。

回到康复研究中心,已经有6个植入人工耳蜗的孩子来康复了,卢晓月要为他们每个人制订不同的教学计划,她给这些孩子做个训,每周四次,每次一个小时。

对聋儿言语康复训练的传统方法是采用综合手段,即"看"——读唇、手语、指语、手势;"听"——听声音;"摸"——摸喉部发音时感受气流的运动。调动多种感知方法训练学生理解语言。

而卢晓月却放弃了"看"和"摸"。她还用手掩住口,不让学生看她的口型。她只训练孩子的听力。

采用这套外国方法迟迟不能见效时,卢晓月被各种批评和指责围困着。有人说:这样下去会把孩子们耽误了。

卢晓月感受到巨大的压力。她抬头环顾,没有人能够给予她具体的指导,因为没有人知道人工耳蜗究竟应该怎样康复。孙喜斌和龙墨对卢晓月表示支持,他们知道这些康复方法在澳大利亚非常成功。

许时昂对卢晓月的教学作出了肯定,他要她坚持不看短期效果,一定不再让孩子读唇。如果孩子还是依赖读唇,那么他们就不会使用刚刚获得的听力,如果这样,昂贵的人工耳蜗的价值就无从体现了。

给予卢晓月最大支持的是家长。家长们认为卢晓月的教学方法很科学,既然孩子已经获得了很好的听力,那么让他们辨别听懂声音就是最重要的。这时关佩霞给卢晓月一个巨大的惊喜——她用六天的时间教会抗梦雯说出了一个词——"手套"。

早上送抗梦雯上学,出门给孩子戴手套时,关佩霞反复对她说:"手套。"这是卢晓月给家长们讲的一个原理——听觉积累。当这个积累到了临界点的时候，孩子就会把它讲出来。抗梦雯到了第六天的时候，终于清楚地讲出了“手套”。

好像春天里，第一朵花儿开了，原野上的鲜花就跟着一片片地开放了。抗梦雯的语言能力一下子突飞猛进，句子一个个地开始从她嘴里蹦出来。

2005年5月27日，中华人民共和国总理温家宝来到中国聋儿康复研究中心。

“六一儿童节快到了，每当到这个日子，我就想起13亿人口中有3.6亿儿童。而13亿人口中，残疾人有6000万，其中听力残疾的有2000多万；儿童残疾有1000万，其中听力障碍的有80万，每年还要增加2.3万人。”总理一口气报出了一串数据。

“社会对孩子们多一份关爱，孩子们就会多一份信心。你们治疗的不仅是他们的身体，还让他们增加了对生活的信心和勇气，他们一辈子都不会忘记的。”

“如果说一般的幼儿教育很重要，它是人生最重要的基础。那么我认为残疾儿童教育就更困难、更重要。”借用教育家陶行知的话，总理表达了他对特殊教育的重视。

总理的来访，给了研究中心的老师们巨大的激励，也极大地鼓舞了全国从事聋儿康复事业的教师们。

2009年4月，中国聋儿康复研究中心通过不懈努力，被世界卫生组织正式批准为听力障碍预防与康复合作中心。合作中心的成立体现了国际社会对我国聋儿康复工作成就的认可，是中国聋儿康复研究中心发展的成绩，更是我国聋儿康复事业发展的成绩。9月份，合作中心在北京人民大会堂举行了揭牌仪式。同年，全国听力语言康复区域中心认定工作正式启动。根据《全国听力语言康复区域中心认定管理办法》，专家对广东、吉林两省聋儿康复中心进行了评估验收，正式命名两省中心为全国听力语言康复区域中心。

2009年，新疆、北京新建康复中心正式落成，聋儿中心搬入新址；西藏自治区聋儿康复中心通过国家中心和海外机构对口援助，设施更趋完善，服务更加规范；江苏、广东等地继续通过省财政出资，对基层聋康机构的基本建设给予有力支持。

2009年，中国聋儿康复研究中心还组织北京、西藏、青海、新疆等省（自治区、市）的听力语言康复专家及民族语言专家完成了藏、维吾尔语聋儿语训教材的编写，填补了我国民族聋儿语训教材的空白。

2006年至2010年的“十一五”期间，是中国社会经济发展进程中不平凡的五年，残疾人事业在这个大的时代背景下，开创出崭新的发展局面。围绕贯彻《听力语言康复“十一五”实施方案》，中国听力康复事业取得了丰硕成果。

全国共完成98074名聋儿听力语言康复训练，培训121951名聋儿家长，听障聋儿康复入普通幼儿园、小学率达到43%，培训各类专业人员21100名。

听力语言康复事业基础建设大大加强，专业化服务能力得到较大提高。地方及基层聋儿康复机构的规范化建设有了新的进步，13个省级中心进行了新建或扩建，国家和省级组织的达标验收促进了各级机构建设规范化。启动全国省级学科带头人培养，开展国家助听器验配师、中文听觉口语法培训、认证，举办全国听力语言康复教师职业技能大赛，使人才队伍的整体素质实现了新的提升。实施全国听力语言康复教学改革，编写全国首部藏、维吾尔语听障儿童康复教材，完成了多项国家重点科研任务。

截至2010年底，全国聋儿康复机构登记在册1279个，其中50%属于残联系统，30%在教育系统，20%是社会力量兴办。全国登记在册的聋儿康复机构工作人员达到一万多人。其中，康复教师超过七千人，听力师和相关医技人员近千人。

1999年1月31日，北京第四聋哑中学的教务主任崔玮兰退休了。

做了35年聋哑学校教师的崔玮兰，没能享受退休生活的悠闲。

5月，她被聘请为北京市聋儿随班就读教研组教研员。

6月，北京联合大学特殊教育学院请她做社会手语培训讲师。

成立不久的北京联合大学特殊教育学院，师资严重缺乏。9月，她成为特殊教育学院大三的任课老师。

一天，从北京联合大学特殊教育学院的大门走出来，天已经黑了。她在寒风中等了几分钟，挤上一辆公交车。虽然已经过了下班高峰，但是车上的人很多，没有座位，崔玮兰只能抓住一根冰冷的扶手，疲惫地站着。

她的两腿酸痛，浑身乏力，今天上了六节课。

崔玮兰又冷又饿，疲惫不堪地回到家里。外孙小刚跑过来迎接外婆。

女儿米思接过母亲的包，说："妈，这么晚才回来。累坏了吧，快吃饭吧。小强和他爸来了。"

客厅里坐着小强的父亲。小强两个月前植入了人工耳蜗，经耳蜗公司介绍，找到崔玮兰，请崔老师为小强做个别康复训练。她有些诧异，今天并不是他们康复的日子呀。

小强父亲站起来："崔老师，我来打扰您了，您请先吃饭吧。"

崔玮兰说："不忙吃饭，说说你有什么事？"

小刚过来招呼小强一起玩，父亲示意小强过去，小强磨磨蹭蹭地过去了。

小强父亲犹豫片刻，下了决心说："崔老师，我和小强今天来求您一件事，求您帮帮我们。"

崔玮兰说："不用客气，有什么事需要我做，你尽管说。"

小强父亲说："崔老师，我的钱快用光了。我要马上离开北京。我不知道小强要康复到什么时候，我不能再陪着小强待下去了。我必须回南方去挣钱。"

崔玮兰说："小强的母亲呢？她能够来陪小强康复吗？"

小强父亲苦笑着："我不知道她在哪里。她走了，我们离婚了。"

外孙小刚拿着一个变形金刚给小强，小强远远地看着，一脸怀疑冷漠。崔玮兰看着小强，心里想：这个孩子不光是听力的问题，心理也有障碍。

小强父亲痛苦地说："我们离婚，都因为这个孩子。"

崔玮兰叹了一口气，心里很难受。

"唉！我不知道还要康复。我以为，一开机小强就能听到声音，就能讲话，谁知道还要康复那么长时间。所以，崔老师，我今天来求您了。"

"你想让我怎么帮你？"

小强父亲："我想求您收下小强。"

崔玮兰有点吃惊："收下小强？"

小强父亲："崔老师，为小强做手术，我的钱已经用光了。我得赶紧回去挣钱。可小强的康复也一定不能耽误。南方没有康复机构。这两天，我跑了北京两个康复中心，我央求了半天，可是他们目前只能收 7 岁以下的小龄孩子。我走投无路，实在没有办法，所以我才跑来求您，我想把小强托付给您。"

崔玮兰："可是，我只是个退休教师。"

小强父亲："崔老师，我认识您的时间也不长，可我相信您，我看得出来，您心里对孩子好，您的康复水平也高，小强也喜欢您。"

小强跟小刚在玩变形金刚。两个孩子似乎已经成了朋友。

小强父亲："崔老师，您就帮帮我们吧。"

这样的请求，崔玮兰听到已经不是第一次了。

几天以前，石志军，一个 12 岁的男孩，来自山东东营，三个月前做了人工耳蜗植入手术，由他母亲领着来崔玮兰家里做康复训练。做完语训后，妈妈一边流泪，一边说："崔老师，我们的钱花光了，北京我们待不下去了，我得回去了。为了给孩子做这个手术，家里什么都没有了，还借了很多很多的债，这些债，不知道什么年头才还得清。我们陪着孩子在北京，一天要花很多钱，实在没有办法待下去了。可是医生说，如果不康复，孩子就不会听，也不会说，耳蜗就白装了。孩子遭了这么大的罪，到头来仍然是聋子，太冤了！崔老师，求求您，收下志军吧。”

当时，崔玮兰看看石志军，小志军也正望着她，那一双大大的眼睛里充满了茫然、疑惧和忧郁，那一双眼睛让崔玮兰心痛。

自同仁医院开始为儿童做人工耳蜗植入手术以来，渐渐有一些少年儿童接受了手术，但手术后却找不到康复的地方。中国聋儿康复研究中心从1998年刚刚开展人工耳蜗康复工作，可是只招收7岁以下的儿童。一般的聋哑学校对人工耳蜗知之甚少，康复更是一片空白。

澳大利亚耳蜗代理公司为了解决这个问题，聘请了几位经验丰富的特教老师做语训顾问，来给孩子做康复，并给家长做一些培训。崔玮兰也是顾问中的一员。

一直在和两个孩子玩的米思走过来，把两个孩子画的图画放在茶几上，说：“妈，你看，他们画得多可爱。”

崔玮兰看看两张稚气而富有想象力的画，又看看两个几乎一般大的孩子，对小强父亲说：“让我们想想，有什么办法做好小强的康复。”

见崔玮兰答应想想办法，小强父亲千恩万谢，急忙告辞了，他知道崔老师已经累极了，饿极了。

小强与小刚依依不舍地告别，时间不长，两个孩子已经建立了友谊。

夜深了，崔玮兰翻来覆去，不能入眠。

第一次从一盘录像带中看到人工耳蜗的神奇效果时，崔玮兰就坚信——这是能够帮助聋人获得听力的最好途径。

那是1989年，她曾经教过的一位聋哑学生托人从澳大利亚带回来一盘录像带，他做了人工耳蜗植入手术。录像带记录了这个学生手术后的生活场景，画面上另一个人站在他的背后或者侧面，总在他看不见的角度跟他说话。他们一问一答，一呼一应，如此自如，从画面上根本看不出这个人是一个极重度的聋人。

1997年，崔玮兰终于看到了一则消息，人工耳蜗已经在两年前进入了中国。她立即找到了那家代理公司，亲眼看到了让她八年来铭心刻骨、日夜思慕的“人工耳蜗”，亲眼看到了像陆锋那样的人工耳蜗植入者，他们的生活的确与健听人并无二致。

退休之前，崔玮兰把曹克利教授请到北京第四聋哑中学，给全体师生做人工耳蜗的报告。

澳大利亚人工耳蜗中国代理公司很快与崔玮兰建立了合作关系，他们聘请她做语训师，后来又聘她为语训顾问。

这时，她看到了另一个事实，就是人工耳蜗植入者的效果并不一样，语前聋和语后聋不一样，语前聋中小龄与大龄植入者的差距尤其令人惊讶。

她系统学习了英国和澳大利亚有关言语康复的最新成果，仔细研究了许多植入者的康复病例，尤其是大龄植入者的病例，渐渐形成了自己的人工耳蜗术后言语康复体系。

小强父子的来访，让她心里一个朦胧的念头清晰了起来——既然没有人为他们做术后言语康复，不妨让我来做吧。

这是一个崭新的领域，在中国几乎是一个空白，前面的困难难以估量，得有足够的思想准备。做了35年的聋儿教育，累了一辈子，退休了，本想好好与老伴去祖国的名山大川走走看看，修身养性，安度晚年，看来是不成了。

先收下这两个孩子吧，相信以后还有更多的孩子需要术后言语康复的。

但是，特教学院的课务怎么办？自己担任了那么多的课程，是绝对不能半途撒手的。必须先找一个人给两个孩子开始康复。

这个人要懂教育，懂保育，要有特别的耐心，而且还要熟悉聋哑孩子。

▲ 崔老师与康复聋儿在一起

谁具有这些条件呢？

到社会上招聘，也许能够找到合适的人选，但付得起工资吗？能保证待遇吗？你只是一个清贫的退休教师。

老伴倒是一个极佳人选，跟自己一样，做了一辈子的聋康教育，完全符合以上条件，但是，他还在聋哑学校担任教务工作呢。

还有谁能够来担当这个工作呢？

米思！崔玮兰灵光一闪，大女儿米思完全具备这些条件。米思学的是医学，懂儿科，在中学里做过校医，当过老师，最重要的是她喜欢聋哑孩子，从小就跟聋哑学校的学生玩在一起。

米思出生不到两个月，自己就被卷入"文革"风暴中，丈夫被外调，只能把米思送到托儿所，那几年的大部分时间，都是自己的学生去幼儿园把米思接到聋哑学校，逗着米思玩耍：过家家、画图画、梳小辫、捉迷藏。从小到大，米思与她的学生相处得像家人，他们之间没有聋人与健听者之间常有的隔阂。

米思看到聋哑孩子,立即就会和他们玩到一起,不管他们是大是小,男孩女孩。她和聋哑孩子似乎有一种天生的亲情,这种亲情也许就是来自于幼年的特殊经历。

没有比米思更合适的人了!

正在这时,她的房门被轻轻推开了,一个人影溜到了床边,她一看,正是米思。

“都几点了,怎么还不睡呢?”

“妈,我知道你也没睡,过来陪陪你。”

“那两个孩子怎么办呢?”

“不用为难了,我已经有办法了。”

“说说,你有什么办法?”

“我的办法,就是我来教他们。”

“别开玩笑了,你怎么可能教他们,那是要全身心投入的,可不是跟他们玩玩就行的。”

“我是全身心的。”

“那你的工作呢?”

“辞职嘛,不过就是有点对不起老总,他对我很好的。”

“你是当真的?你可想清楚了,我可付不起你高工资。”

“你付得起多少工资?”

“我一个月退休工资就这几百元,扣除生活费,还能付给你 200 元。”

“才 200 元?等于是我现在一天的薪水。”

“所以呢,我跟你说,可得想清楚了。”

“200 元,少了点,但也够喂饱肚子了。成交!”

“别贫嘴了,快回房睡觉去。”

“妈,我是认真的。我已经考虑一段时间了,人工耳蜗是很好的科技产品,今后植入的孩子一定越来越多,而现在术后的言语康复还是一个空白,只是中国聋儿康复研究中心刚刚开始,他们主要针对小龄儿童,那么那些大龄的孩子就是我们的生源。我想现在介入,以后会有很好的发展空间。”

崔玮兰大吃一惊，她没有想到女儿看到那么远的未来。崔玮兰惊喜道:“妈还真不知道,你是蓄谋已久了。”

米思得意地笑道:“那当然。这就是——近朱者赤,近墨者黑嘛。”

一番含有几分嬉戏与撒娇成分的母女对话，使那家颇具规模的外企失去了一位称职的总裁办公室主任，也使米思完成了人生道路上一次重大的转变。

这一夜是难眠的。外面北风呼啸,而母女俩心里却是热血沸腾,她们兴奋地谋划着一个宏大的理想——她们要建立一个一流的人工耳蜗培训学校。

理想是辉煌的,创业是艰难的。

米思在北京的北郊平西王府找了一套房子，崔玮兰拿出了多年的积蓄,支付了房租,装修了房子,购买了电器家具教具玩具和各种生活用品,母女俩开始了中国最早的民办人工耳蜗康复教育。

米思邀请了在医院时的同事郝秀玲护士一起加盟。

她们有两名学生:石志军、小强。

虽然只有两个学生,崔玮兰还是制定了整套的规章制度,从一开始就按照一个正规学校来进行管理,并根据每一个学生的不同特点,为他们量身订制完全个性化的教学计划。

每天傍晚 6 点,崔玮兰从联合大学特教学院上完课走出校门,坐上 39 路车,到地安门换乘 358,到东各庄已经是 8 点。她做的第一件事就是检查孩子们一天的成绩,做半小时的个别训练,布置明天的教学计划,10 点吃晚饭。晚饭后,辅导米思的进修课程。米思在攻读母亲为她开出的英国美国澳大利亚的有关言语康复的教材,那都是英文原版的。

崔玮兰每夜躺倒在床上,总在 12 点以后,浑身如散了架地疼痛。但第二天5点半，必定准时起床，天上的星星还闪烁着。经过两个小时的路程到联合大学特教学院，开始一天繁重的教学工作。

一个柔弱多病的退休教师，被一个理想的火花点燃，熊熊燃烧起来，她身上迸发出的人性的温暖光芒，将照亮许多聋哑孩子黯淡的人生。

米思严格按照崔老师制订的教育计划进行康复训练，并督促两个学生完成昨夜崔老师布置的作业。她带着两个孩子先学聆听，教孩子们辨认各种声音。

上完课，他们一起看电视，听广播，一起玩耍。

下雪了，他们跑出去堆雪人，打雪仗。

他们一起吃饭，一起睡觉。

孩子感冒拉肚子，米思就给他们医治。

小强还不能生活自理，得帮他穿衣，洗脸，洗澡。

米思给小强洗澡时，看到孩子背上臀部有许多烫伤的疤痕，米思的心好像被揪了一把地疼。不知这个孩子受过多少苦。米思对这个自小失去母爱的孩子更加疼爱。

他们像一家人一样生活。

▶ 米思（左二）应邀参观法国残障协会

米思自己的孩子小刚却常常见不到妈妈，米思全天24小时伴随着志军和小强。

训练每时每刻都会进行，只要有可利用的声音资源，米思马上教两个孩子分辨这是什么声音。

那一年的冬天特别冷。石志军和小强刚刚植入人工耳蜗，需要经常去调机。米思和郝秀玲把所有的衣服全部给孩子穿上，小强穿得鼓鼓囊囊的，就像一只毛茸茸的大熊。米思带着他们坐358线公交，去协和医院调机。

两个孩子的听力康复效果很显著，让手术医生欣喜不已。一个、两个、三个……学生从同仁医院、协和医院、三〇一医院源源不断地拥来了。

米思已经读完了母亲安排的有关课程，迅速成长起来。

2000年7月，北京联合大学特殊教育学院首届大专生毕业了。崔玮兰圆满结束了在这里的工作。她回到了自己创办的那个小小的特殊教育实体，她没有为这个教学机构取名，但家长们已经约定俗成地称之为——崔老师语言培训中心。

其名质朴而亲切，一如崔玮兰其人。

当时，大龄儿童人工耳蜗术后言语康复训练，没有任何机构作过研究，没有任何教材，一切都靠康复教师在教育实践中摸索。

好像来到了一片原始荒漠，崔玮兰与米思是第一批拓荒者。

崔玮兰仔细研究了人工耳蜗与助听器的不同。当学生通过人工耳蜗重新听到声音后，训练他们讲话就是最重要的功课。但是，这些大龄学生发音器官已经退化，声带肥厚，舌头僵硬，也不会正确地呼吸运气。

崔玮兰编制了一套舌体操，安排固定时间，让学生运动舌头，恢复舌头的灵活性。

崔玮兰训练学生练习呼吸运气，让学生渐渐掌握使气流作用于发音器官，正确发出声音。

崔玮兰和米思根据教学实践自编教材，针对不同年龄的学生编写了

13 部教材，这些教材后来被众多的人工耳蜗语训机构广为采用。

崔玮兰的教学思想的核心是——个性化教学，就是一个学生一个教学计划。

如何来验证教学的成果？谁来检验康复课程的效果？

崔玮兰把这个权力交给了家长。

在普通的学校里，教学效果的评估都是由教师说了算，评估是单方面的，只评估学，不评估教。没有人对教方作出评估，没有人把有关方面对教师的评估公之于家长。

崔玮兰却把教学评估的权力完全交给了家长，一切家长说了算，家长说好就是好，家长说不好就是不好。

崔老师语训中心开办八个月后，第一个来验收教学质量的家长就是小强的父亲。

在这里，他第一次听到小强叫他“爸爸”，他第一次与儿子进行了对话，这给了他极大的快乐。尽管这些对话很简单，句子也很短，但这已经远远超过了他的预想。

他十分感谢崔老师、米老师，他告诉她们，他这一年挣了不少钱，买了一家酒楼，还经营着歌舞厅，有了女朋友，他们准备结婚，他这次来要把小强带到南方去。

米思立即提出异议，她说经过八个月的艰难训练，小强的康复刚刚有了进展，必须继续，如果现在停止，将前功尽弃。

看到儿子已经能够讲话，没有必要再父子分离，快乐的父亲执意要将儿子带走，崔老师、米老师都没有办法挽留。

小强上车前回头望了一眼，他的眼神好似一把小刀，仿佛把米思的心挖空了一块。从此，南方的那座城市就成了她的一份牵挂。

第八章
脚印——大地的诗行

花园里
最弱不禁风的那一枝
是你要格外悉心照料的
羊群里
丢失的那一只
才是你最萦怀的

不曾问过
但已有答案
假如生命再来
你依旧会
用双手拢住阳光
照那坐在黑暗中的孩子
说　来吧
到这里来

崔老师语训中心迅速发展起来。越来越多的家长慕名前来，把刚刚做完手术的孩子放心地交给崔老师。

来崔老师语言训练学校的不仅仅是学生和家长，还有许多来进修和培训的教师。每年,北京市康复中心、北京市残联都在这里举办培训班,崔老师和米老师给他们上课,并在学校观摩和实习。这些培训的学员原来学的都是幼儿教育,在中国的师范教育体系里,没有人工耳蜗康复的课程,这里是极好的课堂和实习基地。崔玮兰把凝聚了无数心血的研究成果和盘托出,与人共享。

也有外地的民间私营机构来观摩学习,崔玮兰都一视同仁。

需要更多的老师和保育员。崔玮兰开始向南京特殊教育学院、邯郸特教学院和其他师范学院招聘教师。

2001 年,一个重要人物加盟进来了,他就是米老师的爱人王建强。

他人如其名,一米八五的身高,彪悍强壮,面容俊朗,是中国最早的一批体育硕士研究生,是北京一所重点中学的高级体育教员。

王健强经常到语训中心来看米思。他看到孩子们的耳朵后面那神奇的"人工耳蜗",他惊叹,这个奇妙的电子仪器,竟然能够让这些聋孩子听见声音,开口讲话!

他经常来,来着来着,就不走了。因为孩子们喜欢他,他也非常喜欢这些孩子,再说与爱人在一起也是一件快乐的事。他成了语训中心的体育教师。

2001 年 3 月 3 日,人工耳蜗植入手术在中央电视台直播,随后做人工耳蜗植入手术的患者激增,导致了术后康复需求量的激增。崔老师语训中心快速发展起来,正式注册为两个教学机构:北京西城人工耳蜗培训学校,主要用于康复小龄生,由崔玮兰和米思负责;通州人工耳蜗培训学校,主要用于康复大龄生,由王建强负责。

2002 年 3 月 28 日,王建强带领 14 个大龄学生来到了通州一个小区安营扎寨。

早晨,王建强带领学生们跑步。中午他带领学生在小区里捡垃圾,擦楼梯,打扫过道,使小区里的男女老少对这些特殊学生抱着同情宽容的好感。这个“文明行动”里包含着王建强的一片苦心——走路脚步重，敲门声音响，这是耳聋人的习惯，他们自己浑然不知，但是对邻居也许就是干扰了，王建强让孩子们明白，用美好的行动与健康人和谐相处。

从2002年到2012年，王建强带领学生在通州数次搬迁，校园一次比一次大。目前，学校校舍宽敞、环境优美，占地近一万平方米的校园整体布局合理，设施完备。

2011年底，通州人工耳蜗培训学校在校学生114名，康复教师36名，其中硕士研究生3名。学校成为北京市人工耳蜗定点康复机构、通州区听力语言康复指导中心，承担着国家“贫困聋儿人工耳蜗抢救性康复项目”定点康复的工作。2011年，学校被北京市社会组织评估为4A。2012年，承担国家康复机构教改试点单位的任务。

2002年2月的一天，成立不久的北京通州人工耳蜗培训学校校长王建强接到一个电话，是一位家长打来的，他说：“我儿子14岁，去年做了人工耳蜗植入手术，孩子还有点弱智。你们收吗？我跟你们说在前面，孩子的情况比较严重，我们已经跑遍了北京的康复中心，他们都拒绝了。你们如果不收，我们就不带孩子过去了。”

王建强听出这个家长极其疲惫和灰心，他说：“我们收，你把孩子送来吧。”

虽然，学校收过这样的学生，但是，这个孩子的情况完全超出了王建强的想象。

孩子是由父亲抱着进来的，瘦得皮包骨头，缩作一团，四肢瘦得像柴火棍一样，嘴角流着黏稠的口水，刚到不久，就在裤子里屙了一泡屎，弄得满屋臭气。

孩子的父母都是国家干部，家中还有瘫痪的老人，全家人为这个孩子心力交瘁，精疲力竭。

他们对王建强说：只要孩子像个人一样活着，没有更高的要求。学校愿意收留孩子,就很感谢了。

望着这对苦难的父母,王建强心里满怀怜悯,收下了这个名叫邓飞的孩子。

邓飞的入学评定是:该生不会站立,有听功能障碍、脑瘫、低智商、运动障碍等残疾,吞咽困难,流涎,单侧肢瘫痪,没有进行过任何康复训练,无任何行为习惯,随地大小便。没有进行任何教育,没有任何学习习惯,智力发育较低下。

王建强为邓飞配备了一个单间,有卫生间和浴室。邓飞一旦排泄,随时换洗。

王建强有丰富的医学知识,他判断邓飞如此瘦弱,原因是营养不良。邓飞没有咀嚼功能,吃什么都是囫囵吞咽,导致了消化不良和便秘。他开出一份营养食谱,让食堂为邓飞单独做饭,所有的饭菜一定捣碎炖烂。饭后配一只香蕉。

四个月后,王建强开始训练他走路。

邓飞很执拗,不肯走。

王建强拽着邓飞的手,强行地牵着他,一步一歪地走,走直线,训练他的平衡能力。

邓飞渐渐健康起来。

王建强安排老师给邓飞上课认字,邓飞很喜欢在写字板上写字,画画。

2004 年 8 月,赵胜强,一位身材颀长、文质彬彬,刚刚毕业的青年教师,来到了通州人工耳蜗培训学校,全面负责对邓飞的康复训练。

刚走出校门,就面对邓飞这样一个多种残疾的学生,这个考验对赵胜强来说,难度实在太大了。

第一眼看到歪歪倒倒、满嘴哈喇子的邓飞,赵胜强心里却有一种喜欢,他觉得邓飞特别单纯,一双眼睛清澈无瑕。

2004 年的盛夏,正是雅典奥运会精彩纷呈的时候,正是超女平民造星运动如火如荼的时候。

这一切娱乐和时尚与22岁的大男孩赵胜强无关。

赵胜强白天与邓飞一起吃，一起玩，仔细观察，晚上帮助邓飞睡下后，开始研究康复计划。桌上、床上摊满了各种书籍资料，大多是生理学、医学、语言学、心理学、教育学的。

一个月后，赵胜强为邓飞制订的一套康复计划，在王建强的指导下开始实施。

第一步——培养生活习惯。

早晨7点钟，赵胜强把睡在一个房间里的邓飞叫起床。

在赵胜强帮助下，下颚肌肉退化的邓飞刷完牙，再洗脸。

赵胜强培养邓飞的表达能力。邓飞已经认识几百个字了，邓飞想要什么，赵胜强就让他写在写字板上。

饿了，要写“吃饭”。渴了，要写“喝水”。尿急屎急了，要写“上厕所”。

不写，不让去。邓飞很快就写了。每次去厕所都做记录，掌握其规律。

赵胜强用奖惩办法对邓飞的行为习惯进行强化，邓飞对赵胜强很依赖，奖惩制度很有成效。

过程中的困难，健康人和生活在健康人群中的人们根本无法想象。

“饿”这个字，邓飞认识，也会写，但他不知道“饿”是什么意思。他饿的时候不知道用“饿”这个字来表达。

赵胜强卡着点，带邓飞去吃午饭。

吃饭前，赵胜强问他：饿不饿？

邓飞茫然地看着赵胜强，他不懂什么叫“饿”。

赵胜强给他讲，并写在写字板上：饿要吃饭。

刚吃完饭，赵胜强又问他：饿不饿？

邓飞愣了愣说：饿。

赵胜强又打来一份饭，放在邓飞面前，让他吃。

邓飞吃不下。

赵胜强给他讲，并写在写字板上：不饿不吃饭。

离开食堂10分钟后，赵胜强又问：饿不饿？

邓飞说：饿。

赵胜强拉着邓飞回到食堂，打一碗饭给他吃。邓飞吃不下，赵胜强就在写字板上写：不饿不吃饭。

每天这样练习，三个月后，邓飞终于明白了什么叫“饿”。

第二步——脑瘫康复治疗。

赵胜强查阅了很多资料，针对邓飞的症状采用了上百种康复方法，从头部控制训练到身体协调能力训练、前庭功能开发、肢体大运动和精细运动训练，结合推压按摩治疗等多种手段对其康复。

邓飞整天流着口水，口水从嘴里挂下来，滴在衣服上，滴在写字板上，滴在书籍玩具上，也滴在赵胜强的西服上，一块块污迹带着一股难闻的异味，素来清洁的赵胜强却笑着说：“看着邓飞流口水的样子，特单纯，特可爱。”

笑容里流露着他对邓飞真实的喜欢。

流口水的原因是肌肉萎缩，赵胜强采用一种手指按摩的治疗方法，坚持了很多年。

第三步——听觉言语康复。

邓飞不喜欢戴人工耳蜗，常常反抗赵胜强给他戴机器。赵胜强运用听觉游戏和音乐的聆听，把机器的音量由小到大调节。邓飞对声音有了兴趣，赵胜强立即伸出大拇指，以一个灿烂的笑容给予奖励。

在听力培建过程中，邓飞开始时听力发展较正常，慢慢地他养成了不好的听觉习惯，对于赵胜强给出的声音信息全部猜测。赵胜强一边做脑瘫训练，一边进行对视训练，强化注意力训练，同时对声音信息给予相应的强化物刺激。

邓飞的听力有了明显的改善，语言有了良好的发展。

第四步——文化知识的学习。

▲ 正在康复中的孩子们在上集体课

赵胜强对邓飞进行手指语强化训练，采用填鸭式教学教授基础知识，丰富邓飞的词汇语言，结合日常情景进行教学，让邓飞认识日常物品及短语。

邓飞上课的时候很认真。

赵胜强几乎把所有的时间都给了邓飞，他与邓飞一起住，一起吃，一起洗澡，一起上课，一起玩耍，除去为其他孩子上课的时候，他所有的时间都与邓飞在一起，形影不离。

一个20岁出头的大男孩，在一个充满各色诱惑的都市里，安安静静地把自己所有的时间、精力、智慧和热爱都给了邓飞这样一个多种残疾的孩子。

如果你爱一个人，你一定会把自己最珍贵的给你所爱的人。生命中什么是最珍贵的？时间是最珍贵的。金钱、环境、机会都可以重来，唯有时间不能再来，时间过去了，就永远过去了。所以，如果你爱一个人，那就与他

(她)分享你的时间、你的生命吧。

赵胜强为邓飞所做的一切,已经远远超出了一个教师的职责范围,也远远超出了邓飞父母的期望。

这个为邓飞量身订制的康复计划实施一年后，邓飞取得了这样的成绩:能够书写 1700—1800 个字;能够正确运算两位数的加减题;能够电脑打字,喜欢玩电脑游戏;能够说简短的句子,与人进行交流;会拍皮球、跳绳、打羽毛球,会骑三轮车去公园。

邓飞身高 175 厘米,体格强壮。每天与赵胜强老师早晨跑步 800 米。

父亲来看儿子时,听到了一句他不敢相信的话:“爸爸,我想爸爸。”

父亲走的时候,又听到一句让他热泪纵横的话:“爸爸,再见爸爸。”

大恩难谢。邓飞的父亲紧紧握着王建强的手说:“你们救了这个孩子!你们救了这个孩子！”

这样的情景不管在医院,还是在康复机构并不鲜见。每一个孩子康复的道路各不相同，但一个康复得好的孩子的背后，不是有家长的全力支持,就是有老师的辛勤培育。孩子越能感受到爱和关注,就越愿意去回应,就有说的动力和听的愿望。在孩子们的康复路上,爱心相伴,是取得良好康复效果的规律。

作为国内第一家民办人工耳蜗培训学校的创始人，崔玮兰潜心投入聋儿康复事业,破冰开荒,无怨无悔。如今,这所学校已经成为一个标杆,一个样板,成了大家学习和参观的基地。同行们在这里学到的不仅是特殊的教学方法和技巧,最重要的是要有一颗爱孩子的心,这是办学的根本。爱,应该是教育的根基,只有爱的教育才会有爱的果实。每天都有动人的故事在这里发生。

有一个家长,孩子做了手术以后选择康复学校,他是外省人,对北京不熟悉。他跑遍了大大小小的康复机构,最后来到了通州人工耳蜗培训学校。

他站在学校小小的操场上，看课间的活动。他看见几个女教师与一些女孩在跳绳，看见高大威猛的王校长与几个小孩子打羽毛球。

他看见一对父女手拉手散步，后来才知道那戴眼镜的中年人是学校的教务处葛主任。

他看见一个二十来岁的哥哥扶着一个十六七岁的弱智弟弟去食堂吃饭，哥哥把饭团一点点捣碎，把菜一点点捣烂了拨到弟弟的碗里，后来才知道那哥哥是赵老师。

看到这里，他知道了要给儿子找的康复学校就在这里。

他也是一位教师，他考察的角度很独特——不看你的楼有多高，不看你的电脑有多新，不看你的校园有多漂亮，不看你的公开课上得有多好。

他只看一点——学生看老师时的眼神。

如果学生看老师的眼神是喜悦的、明亮的、坦荡的、亲切的、温暖的、依赖的，那么，这所学校是值得你信任的；如果学生看老师的眼神是躲闪的、畏缩的、幽暗的、抗拒的、怨恨的、憎恶的，那么当心，你的孩子在这里很可能是不快乐的。

这位家长的视角实在很独特。的确，今天这个世界上什么都可以包装，唯独孩子的眼神不能包装。

2004 年的秋天，米思去南方参加一个全国学术会议。

她想这一次一定要去看看小强。小强走了已经四年了，不知道康复得如何，生活得怎么样？四年来，牵挂和思念一直萦绕于怀。

会议完毕，米思赶到另一个城市，找到了小强的父亲。

小强父亲告诉她，小强已经送到湖南老家，与奶奶一起生活。

小强父亲告诉她，小强对自己的女友有敌视的心理，两人互不相容，经常发生冲突。每次冲突，小强总会大叫——我找米老师去。

小强父亲经营着酒楼和舞厅，周围的人很复杂，他担心孩子受到不良影响，就把孩子送回老家了。

米思心里愈加不安，想见小强的念头更加强烈，她决定去湖南，一定要见到小强。小强父亲也想回去一次。于是两人坐火车到了长沙，又坐汽车来到桃花江畔的一个村庄。

稻田、竹林、清溪、小桥，远近的人家屋顶上炊烟袅袅，一如唐诗中的意境。

辣椒、腊肉、鲜鱼、狗肉、时蔬，纯正的美味，淳朴的民风，还是沈从文笔下那般的美好。

这一切，却让米思无法快乐，因为她看到了小强，一个长高了许多的小强，一个沉默的小强，一个眼神阴郁的小强，一个已做了人工耳蜗手术五年却不愿说话的孩子。

小强见到米思，十分开心，蹦前蹿后，像一条快乐的小狗。他叫了她"米老师"后，就黏在米思的身边，天很晚了，也不愿去睡觉，但不愿多讲话。一个晚上，米思只听到小强讲了很少几句话，清晰度很低。

小强在附近一所农村小学上一年级，老师和孩子都讲方言。离开北京后，小强的言语康复就中断了。四年来，小强的言语能力没有进步。

乡村的夜晚很安静，偶尔传来几声狗吠，更显得静谧。米思躺在小强奶奶新铺的床上，呼吸着被子上散发出的阳光和乡情的芬芳。热爱自然、喜欢旅游的米思很喜爱这个美丽的乡村，但是这里的语言环境对小强的康复却十分不利。如果小强继续留在这里，他的未来会怎么样呢？

米思辗转难眠，不知何时才入睡。

第二天，米思醒来的时候，却见小强穿戴整齐地坐在床前，身边放了一个小包。小强含混不清地说了句什么，见米思没有明白，又说了一遍，米思听懂了，小强说："米老师，我跟你走。"

这句话，正是让米思想了一夜的话。唯有回到北京，重新进行严格正规的言语康复，小强才可能获得良好的语言能力。而且被耽误了四年，现在补救工作刻不容缓。

父亲四年前中断了小强的康复，一直很懊悔，见小强要跟米思回北京，当即一口答应。

米思带着小强告别了奶奶，从乡村到了县城，从县城到了省城，从省城到了京城，一路上，小强的话慢慢多了起来。虽然语音不清，但孩子的心情却越来越开朗。他们走到西四大拐棒胡同前的一座塔楼时，小强叫了起来：“奶奶家，吃饭。”

米思想起来了——2000年大年三十，她带着最早的两个学生石志军和小强，回到妈妈家吃年夜饭。当时，崔老师就住在这楼里，两个孩子都叫崔老师为“奶奶”。

米思眼睛湿润了，心里又感动又难过：在北京，这样的普通居民楼有成千上万栋，一个6岁的孩子，凭着曾经在这里吃过一顿年夜饭的记忆，五年后重新回来，竟然还能够准确无误地认出了这里是“奶奶家”。

米思把自己的感动告诉年轻的教师——给孩子的心灵洒一点阳光，就能让他们一生灿烂。

崔玮兰和米思一起给小强制订了一套康复方案和补课计划，由米思实施。

经过半年的康复，小强的语言清晰度大大提高，讲话欲望很强烈，文化课也有很大的进步。米思把他送到官园小学，重新读一年级。

一到周末，米思就先接上小强，再接上儿子小刚，带他们一起回家过周末。两个孩子一起做作业，打游戏，一起踢球，一起吃麦当劳，像一对亲兄弟。

两年中，因为奶奶去世，小强回过一次老家。走后一个星期，小强父亲打电话来，告诉米思：奶奶的后事已经办完了，明天他送小强坐飞机回北京，请米老师去机场接小强。最后，父亲在电话里嘟哝了一句：这孩子亲情淡漠，奶奶死了，他都没有哭一声。

第二天，米思到首都机场，接到了小强。在机场大厅里，小强一见到米思，就扑进她的怀里，哇哇大哭起来：“米老师，奶奶死了，奶奶死了。”

米思不停地抚摸着小强的头，安慰他，她知道孩子冷漠的外表下，有一个饱受伤痛、渴望亲情的心灵。

从南方传来了一个意想不到的消息:小强的妈妈回到了父亲身边,他们复婚了，一个破碎的家庭又重圆了。促使妈妈回来的最重要的原因是——小强听到了声音,她的儿子被人工耳蜗拯救了,她心中的愧疚减轻了,她从那永远不可原谅的自责和审判中解脱了,她能够回来重新担当一个母亲一个妻子的职责了。

2006 年的 8 月,是小强 12 年生命中最幸福的时光。生身母亲终于来到北京看小强了。母子相见,泪如雨下,十年离散,今天骨肉团聚,令在场的老师们唏嘘不已,动容落泪。

小强被这巨大的幸福弄得晕晕乎乎的。他常常怀疑自己是不是在做梦。早晨一睁开眼,就叫妈妈,其实妈妈正坐在床头看着他。

小强看着妈妈说:“妈妈,我想你。”

妈妈的眼睛又湿润了。妈妈恨不能一天把十年的爱全部补偿给小强。

▲ 崔老师在公益活动中义务为听障人士做手语翻译

她说："小强，起来，妈妈陪你去玩，北京有那么多好玩的地方，妈妈都陪你去玩。"

小强抱着妈妈说："妈妈，我们不去玩，我们就待在房间里，我只想跟你在一起。"

2006年9月，小强升入官园小学三年级。他感觉他是最快乐的人。他的妈妈那么爱他，他的爸爸那么爱他，米老师、崔老师、王老师那么爱他，还有许多爱他的老师，他有很多要好的同学，他还有小刚弟弟，而且，他还有一个神奇的"人工耳蜗"，这个神奇的"人工耳蜗"能够让他听到所有爱他的人的声音。

2006年，崔玮兰感觉身体不适。她感到乏力、恶心、食欲不振，并且大量便血。身体长期高负荷运转，现在严重抗议了。医生诊断，她患了胃部恶性间质瘤（胃癌）。做完手术，她的胃只剩下了四分之一。

崔玮兰觉得时间紧迫，时不我待。

2011年，由崔玮兰发起，联合业内众多知名专家，正式成立了"爱洒无声"志愿者服务总队。崔玮兰任服务总队的队长。他们每周六举办"康复机构每周开放一日"活动，通过参观、学习乃至实际操作等方式，让社会了解听障人士生活现状，了解听力语言康复概况……

2012年春天，崔玮兰已经是七十高龄的老人了，还是那样精神矍铄，还是那样温和慈祥，一头齐耳的微卷蓬松的灰黑短发，一件宝蓝色的棉夹克罩在黑色的毛衣上，显得随意却不失优雅和活力。

没人看得出来，这是一位身患癌症六年的古稀老人。六年了，崔玮兰真是很感谢自己的身体：胃癌一直没有复发，使她能够继续从事她所热爱的特教事业。

女儿米思告诉她，她们的第一个学生小强考取了家乡的中专学校，准备上玉雕专业。小强的妈妈对崔老师、米思和学校念念不忘。

小强是幸运的，因为在他生命中最需要帮助的时候，崔老师、米老师出现了；邓飞是幸运的，因为在他生命最软弱无助的时候，王老师、赵老师出现了，他如今已能够阅读图纸、熟练地操纵机床，成为一名自食其力的工人。

这样幸运的孩子，还有很多很多，像崔老师、米老师、王老师、赵老师这样的老师有很多。在全国各地的康复机构中，这样的老师还有许许多多……

崔老师语言培训中心在经过艰苦创业后，进入了一个全面提升的时期，至今已经拥有四个康复机构，在河北、西安、大连设有三个教学点，康复教师78人，每年服务听障人群三百余人。“办中国一流的人工耳蜗康复培训学校”不再是一个梦想，一个口号，已经成为现实。

到2012年，崔老师语言培训中心创办十几年来，两千多人从学校毕业，康复效果显著。其中6岁以下的儿童大部分进入普通幼儿园，有的还考入蓝天幼儿园、西四北三条幼儿园等市区重点幼儿园；7—18岁的学生许多进入普通中小学学习，考入中专、技校、大学。

他们中的很多人已踏入社会，走上了工作岗位，用自己的知识和才干回报社会。有些人已经结婚生子，过着平静而幸福的生活。

他们心里都庆幸，生活在这个科技发达的时代，能够享受到人工耳蜗这样的高科技产品带来的福祉。他们永远感激那些医生、听力师、护士为他们所做的一切。他们更不会忘记，在语训中心所走过的这段生命历程。在这里，他们从无声世界的黑暗里，跌跌撞撞地走向有声世界，开口说话。他们在享受着学习、工作、生活的快乐时，心里永远唱着一首感恩的歌。

第九章
阳光瀑布

你的歌声是续在
光线上的麦芒
刺痒人心
是舞蹈在摇曳麦穗
一种把脸颊砸得生疼的
欢欣

你的歌声
在塔尖缭绕
驱赶人群不停地东突西进
你的歌声
是诵念　是赞美
是祷告的网　捕捞灵魂

可是　你的歌声

我们都相信雪域高原上传来的歌声是天籁之音，仿佛射线一样，可以贯通天地，穿透时空；在那圣洁之域里，人们还供奉着一位妙音天使，她是最会唱歌的天使，她的声音能把祥云带向人间，好像普被万象的日光一样。

朵梅多吉，藏语的意思是“美丽的花朵”，她是王建英的女儿。她盼望着这个生在高原的女儿能有格桑花的容颜和妙音天使的歌喉。

2002年5月的一天早晨，王建英从噩梦中醒来。

在梦里，她怀抱着女儿走在一条大路上，突然，路面开始塌陷，她来不及反应，就从悬崖坠落。那是一个黑暗的深渊。耳边只有呼呼的风声，天旋地转，她失去了重心，她想伸手抓住什么，但怀里抱着孩子不能松手，她想呼救，嗓子似乎被卡住了，一点声音也发不出。身体在急速地坠落，在虚空中，她无所依托，只觉得五脏六腑都在痉挛抽搐，心脏狂跳，几乎要从胸膛里蹦出来。她绝望无助地听任身体向那黑暗的深处坠落，坠落，坠落。

王建英被噩梦惊醒，心惊肉跳，虚汗淋淋。她急忙看看女儿，朵梅多吉还在酣睡。

风，在原野上凄厉地呼啸。5月了，天气还是这么寒冷。

王建英深深地叹了一口气。

这样的梦已经做了好多次，自从发现朵梅多吉的耳朵听不见声音以后。

王建英出生在河南，随父母支边来到青海，长大后在一家小型铝厂做财务。她的丈夫叫才仁额力，藏族，7岁的时候父母双亡，由哥嫂养大。他与王建英是一个工厂里的工人，平时沉默少言，性格内向。王建英知道他的身世后，一种同情、怜惜、心疼的复杂情感油然而生。才仁终于感觉到王建英那温暖的目光，在那温暖的目光的鼓励下，向王建英求婚。

王建英幸福地答应了才仁的求婚。王建英心里立下一个誓愿：一辈子好好爱这个男人，一定不让这个男人再受苦。

结婚半年后，王建英发现自己怀孕了。

夫妇俩心里像涂了蜜一样的甜。才仁整天哼着歌。王建英又高兴，又担心。做什么事情都小心翼翼，不进城，不爬山，甚至连公交车都不敢坐，因为她听厂里的女工说有一个孕妇坐公交颠了一下就流产了。

女儿终于顺利地生下来。

自从有了女儿以后，丈夫更是曲不离口，他似乎什么歌都会唱，流行歌曲、民歌、童谣，甚至英雄史诗《格萨尔王》的说唱，他都能够张口即来。更令王建英惊讶不已的是，丈夫抱着女儿，随口就能即兴编出一段歌词。

才仁额力对妻子说："我虽然只读到初中，没什么文化，但我会唱歌，我要教女儿唱歌，我要把我会的歌都教给她。"

才仁额力给女儿取名为：朵梅多吉。

女儿的出世如一道阳光，驱走了才仁额力从童年时就压抑在心里的忧郁。但是，快乐的时光是短暂的。

朵梅多吉的体质很差，40天的时候，黄疸高，老是打针。抱在怀里，孩子软得好像没有骨头。2个月的时候，发现孩子的听力有问题。8个月的时候，到省会西宁的儿童医院检查，朵梅多吉被诊断为脑瘫并重度神经性耳聋。

灾难来临猝不及防，夫妇俩遭到当头棒击。

当时，王建英不想活了：我的孩子怎么会这个样子？我的孩子怎么活下去？我这样活着还不如死去。她不吃，不喝，不睡觉，如痴呆了一样。

一周后，厂里的女工来看她时，惊呆了：这个面容枯槁，神情痴呆，貌似中年的女子怎么可能是她们的小姐妹王建英呢？

一个星期，王建英老了20岁。

夫妇俩抱着朵梅多吉，到西宁，到兰州，到郑州，西部的大医院几乎都跑遍了。诊断结论都是一样的：重度神经性耳聋。无法医治。

才仁额力的心沉到黑暗的深处。

女儿是个聋子，不仅不可能跟他学唱歌，她连父亲的歌声都听不到！

才仁额力的歌声断了，曾经的快乐像罗布泊的水一样消失了，只留下一片干涸与死寂的沙砾。

看着丈夫越来越阴沉的面容，再想想女儿未来的命运，王建英肝肠寸断。她心疼女儿，更心疼丈夫。才仁从小就是孤儿，这么多年，他的日子太苦了。她思前想后，斗争了无数个日日夜夜，有一天，决断地说："才仁，我们离婚吧。"

"什么？"才仁不敢相信自己听到的话。

"我们离婚，孩子我来带。你还年轻，你再找个好女人结婚，生个健健康康的孩子，快快乐乐地过日子。"

才仁心里又温暖又酸楚，挽着妻子骨瘦如柴的肩膀说："建英，不要说傻话。不管孩子生什么病，她都是我们的朵梅多吉。我们再苦再累，也要在一起过日子。"

在王建英的故里郑州，做完CT检查，医生排除了脑瘫的可能。

满一岁的前两天，孩子能够走路了，脑瘫可以排除了。这给了他们一点安慰。

但孩子听不见任何声音，既不能听，更无法说。孩子未来怎么办？王建英的心里有一块巨大的石头压着，她一直感觉喘不过气来。

2001年3月3日，她正在家，突然同事打电话来叫他们马上看中央电视台2频道。他们急忙把电视调到中央台2频道——正在播出《健康之路》的手术直播节目。

整个节目80分钟，镜头不断地从手术室切换到演播室。亲眼目睹手术全过程，又如置身课堂亲聆权威生动形象的讲解，才仁夫妇真觉得乌云散去看见了蓝天，他们知道朵梅多吉有希望了。

他们决定不惜一切代价为女儿医治耳朵。两人的工资加起来才1000元，他们四处筹钱。工厂尽管效益不好，但工会发动工人，还是为朵梅多吉募集了5100元。最后，他们把自己的住房抵押了2万元。

2001年10月3日，才仁夫妇带着5万元钱，来到北京同仁医院。令他们惊喜的是，为朵梅多吉诊断的大夫正是他们特别崇敬的韩德民院长。这让他们心里格外激动。

韩德民大夫仔细地做了各项检查，发现朵梅多吉的耳蜗先天畸形，耳蜗只有一周半,而正常的耳蜗应该是两周半。

耳蜗畸形,是植入手术的巨大障碍,效果往往很不理想,国内外对此一直很谨慎。但同仁医院对耳蜗畸形已经有很好的治疗经验了,在这方面已经处在世界先进水平。韩德民大夫告诉才仁夫妇,手术能做,虽然困难大些。他风趣地说:“这就好像一架钢琴,缺少了一组键盘,手术后孩子可能讲话不清楚。”

只要让孩子听到声音,才仁夫妇就感谢不尽。他们告诉韩大夫,他们有5万元,给孩子做耳蜗够不够?

韩德民的心沉重起来。他告诉才仁夫妇:单单一套耳蜗就需要17万元。

才仁夫妇的笑容一下子僵硬了。这5万元,已经让他们倾家荡产,债台高筑了。17万,他们一辈子也挣不到这么多的钱。那是一座根本无法逾越的大山呀。

才仁夫妇绝望的眼神又一次深深刺痛了韩德民的心。他屡屡被这样绝望的眼神刺伤。他能够为这样耳蜗畸形的孩子做一流的手术,他甚至可以发动医院的医护人员捐献爱心来募集资金,以免除患者的手术费和住院费,但对耳蜗设备的巨额费用和以后的康复费用,他实在是无能为力。

多少个聋儿,因为资金的困难,就这样被拒绝在有声世界的外面。

今天,这个可爱的小女孩,因为她的父母拿不出足够的钱,就失去了医治的机会。朵梅多吉,这朵青藏高原“美丽的花朵”,在以后的艰难岁月里,还能绽放出生命应有的美丽吗?

2001年7月,与深圳发展银行合作的人工耳蜗贷款,是一种尝试,但是银行方面为了避免风险,设置的进入门槛太高,像朵梅多吉这样的家庭还是不能享受贷款的帮助。有什么办法能够打破资金的坚冰,让孩子们及时得到医治呢?韩德民痛苦地思索着,尽管这个问题已经远远超出一个医生,一个医院院长的工作范围。

才仁夫妇失望至极,拖着疲惫不堪的身心,带着朵梅多吉离开北京,回到了家里。

日子在孩子的沉默中一天天过去。焦虑、无助、自卑、对孩子充满了强烈的负罪感，每一天都在绞杀着父母的心。

王建英被噩梦惊醒。在暗淡的天光和大风的呼啸中，又开始了无望的一天。

工厂没有活干，今天停工。上午11点多，王建英去了残联。残联的工作人员接待了她，并发给她一张登记表让她填写。王建英满怀希望地填好表，小心翼翼地问："朵梅多吉可能会得到多少捐助？"

残联的工作人员回答说："你家的孩子不是急症，这样的孩子很多，我们的经费有限，耳蜗那么贵，有那么多钱的话，我们可以救济很多的残疾人了。可能会补助你们100到200元的。"

王建英心里的希望之光又被熄灭了。

外面的风更大了，王建英从里到外都感到寒冷。她顺道把朵梅多吉从托儿所接了回来。她紧紧地抱着孩子，顶着风，一边流泪，一边走，心里说："女儿啊，你生在我们家，真是受罪啦，爹妈没有本事，挣不到钱给你治病，爹妈对不起你，对不起你呀。"

王建英觉得日子过得就像是噩梦，但噩梦可以醒来，这种日子何时有尽头?

幸运之神光顾了这一家人。

朵梅多吉是幸运的，这朵高原上美丽的花朵在春天到来的时候也迎来了她生命的春天。

获悉朵梅多吉的不幸之后，当地各级政府领导和青海省红十字会发起了为朵梅多吉植入人工耳蜗的募捐活动，很快就筹集到了人工耳蜗植入手术所需要的费用。

2002年5月28日，在青海红十字会尼玛会长的陪同下，才仁一家三口坐上飞机，到了北京。这是他们第一次坐飞机。他们感觉发生的一切就像在云端里穿行一般。

朵梅多吉当天就住进了同仁医院。朵梅多吉再次做了严格的术前检查和各项评估。韩德民院长与耳蜗中心一起研究手术方案，手术由赵啸天主任主刀。

手术安排在 6 月 4 日。上午 9 点，才仁夫妇看着已经剃了头发的朵梅多吉被推进手术室。他们失魂落魄地在外面等待。

尼玛会长与他们一起等在手术室外的走廊里，她不停地安慰他们。

一个半小时后，手术室的门开了。赵啸天大夫微笑着出来，对等候在门外的人说："手术成功。"

王建英和才仁都哭了起来。

手术后的朵梅多吉恢复得很快。尼玛会长天天都来病房。病友们都以为她是朵梅多吉的亲戚。

手术后的第八天，朵梅多吉出院了。

7 月 15 日，给朵梅多吉植入的人工耳蜗开机。

朵梅多吉被第一次听到的声音吓着了，她哇哇大哭起来。

才仁和王建英抱头痛哭——女儿终于听见啦！

尼玛会长也不停地擦拭着眼泪。

朵梅多吉的手术一次成功，但她的言语康复却费尽周折。

开机后，只做了两个多月的语训，因为厂里催着上班，才仁夫妇就带着朵梅多吉回青海了。托儿所的阿姨是藏族，孩子们讲方言，朵梅多吉的康复等于被终止了。

手术半年后，才仁夫妇见朵梅多吉还是不能讲话，心里焦急，于 2003 年 3 月 1 日，带着朵梅多吉，再次来到北京同仁医院。

耳蜗中心语训部的李海珍对朵梅多吉进行测试，发现孩子听到的只是乱音。必须从辨音开始，重新对朵梅多吉进行语训。

还是因为上班的缘故，才仁夫妇很快又回去了，朵梅多吉的语训再次中断了。

▲ 韩德民教授(右二)与青海聋儿一家合影

2004 年 7 月,“青藏高原光明行”活动在青海举行。韩德民作为中国防盲指导组组长来到西宁。他的心里一直牵挂着这个藏族小女孩,这个孩子康复得怎么样了?

7 月 9 日,朵梅多吉被接到西宁,在省政府的一间办公室里,韩德民教授与同仁医院的听力师陈雪清给朵梅多吉做了全面检查。

结果是令人担忧的:朵梅多吉只能说几个单词,不能讲完整的句子。

韩德民神情严肃,对才仁与王建英说:“必须回北京进行言语康复,否则就前功尽弃了。”

2004 年 8 月 1 日,王建英带着朵梅多吉来到北京,进入中国聋儿康复研究中心,接受系统语训康复。语训老师卢晓月在朵梅多吉入学的时候,对朵梅多吉的语言能力做了评估,评估结论是:差。

10 月,才仁从青海来电话告知:王建英已经被厂里安排下岗,发 240 元生活费。才仁让王建英安心在北京陪孩子康复。

朵梅多吉在安静的环境里，语训康复有了飞速的进步。到12月底，她已经能够讲一连串的句子，她喜欢提问题，有强烈的交流欲望。

卢晓月老师说："需要进一步的巩固。"

这年，王建英陪着女儿在北京过年，没有回家。

2005年3月，新的学期开始了。王建英身上只剩下几元钱了。

王建英正在为钱发愁的时候，才仁及时汇来了12000元。才仁告诉王建英，这钱是州委州政府委托残联的领导送到家里的。

这笔钱足够保障朵梅多吉和妈妈在北京进行半年的康复了。

让王建英惊讶的是：她和才仁都没有向任何组织和领导说过自己的困难。

让王建英惊讶的还有：州委书记是新来的，他怎么知道朵梅多吉这样一个聋儿在北京，他怎么知道她们母女正缺钱呢？

2005年7月，卢晓月老师给朵梅多吉的拼音成绩打的是："满分"。朵梅多吉已经能够流利地讲话了。

中央电视台《东方时空》节目组来中国聋儿康复研究中心拍摄一段公益广告——"请帮助我们"，呼吁全社会来关心聋哑儿童。朵梅多吉在广告片里有一个漂亮的亮相。

2005年7月底，朵梅多吉顺利结束了在中国聋儿康复研究中心的康复，回了青海。

2006年6月16日上午10点，北京同仁医院耳蜗中心调机房。听力师陈雪清、调机师孔颖正在为朵梅多吉做调机。朵梅多吉一边用彩色水笔画画，一边跟听力师聊天。

孔颖："朵梅多吉，你和妈妈什么时候来北京的呀？"

朵梅多吉："昨天，我和妈妈坐火车到北京的。"

孔颖："你爸爸怎么没有来呢？"

朵梅多吉："爸爸要上班，爸爸说不能对不起领导。"

孔颖："朵梅多吉，长大后，你干什么呢？"

朵梅多吉："我在幼儿园里学舞蹈，我学好了就到北京来，跳舞给你们看。"

朵梅多吉的画画完了，那是一个有花、有草、有树的家园。

朵梅多吉穿了一条裙子，扎了两根小辫，到 11 月份就满 7 岁的朵梅多吉真是一个如花一样美丽的小姑娘。

无法想象这是一个耳蜗先天性畸形的重度耳聋的孩子。

王建英看着眼前的景象，泪水不停地流淌。她想起有一次，朵梅多吉一直哭个不停，王建英不知道孩子怎么了。她不停地问："你怎么了？怎么了？"朵梅多吉只是哭，哭得脸色由红变紫，又变青，哭得嗓子都哑了，哭到后来连气都喘不过来。王建英又急又怕，最后送到医院，挂了急诊，才知道孩子是肚子痛。

眼前的朵梅多吉与一个正常的儿童一样，健康，活泼，无忧无虑，充满幻想。

王建英无法相信这一切都是真实的。她直到现在都无法相信发生在她女儿身上的这一切都是真实的。尽管每一天她都与女儿在一起，尽管这一切都是她亲身经历，亲眼目睹，但她还是不敢相信这一切都是真真实实的。

王建英眼里噙满泪水："这怎么可能呢？这怎么可能发生在我们这样的家庭呢？我就怕这是我做的一个梦。"

朵梅多吉的命运被彻底改变了。才仁的前景也跟着发生了变化。原来的铝厂倒闭了，州政府领导照顾他，把他安排到了公路养护站。这是一个事业单位，没有市场竞争，也没有下岗风险，工资还比原先略高。

公路养护站的人都喜欢才仁，因为才仁会唱很多很多的歌，因为才仁的歌唱得很棒很棒。

州里的领导已经换了三届了，对才仁一家的关心却一直不变。

2012 年春天，朵梅多吉已经在家乡的普通小学上六年级了，即将到来的小升初考试，并没有让小姑娘感到太大压力。朵梅多吉喜欢语文，考试成绩都是九十多分，数学和英语要差一些，但爸爸妈妈说没关系，只要她努力了就是好孩子、好学生。

朵梅多吉课余时间喜欢画画、看动漫，爸爸会带着她去上绘画的兴趣班。她一直说普通话，对当地方言听不好也说不出，虽然有时候显得有点孤单，但有几个要好的朋友经常陪伴她，一起玩耍。

朵梅多吉最近总画妈妈，妈妈王建英不在她的身边。

王建英2011年查出患了肺癌，在北京接受手术做完化疗后一直居住在母亲家里，因为自己的家所在的地区海拔高，只有等天气暖和以后才能回去。

这个坚强的母亲命运多舛，在得知自己的病情后，她一直告诉身边的人：没事的没事的，真的没有事。女儿在十年前因得到社会的捐助而得以重获听力，现在能和同龄的孩子一起读书，丈夫获得州政府安排的工作，一家人生活有了保障，这么多年了，国家和政府的关心和帮助实实在在地、源源不断地降临到这个普通的百姓家里。王建英每每想到此，内心充满幸福。唯一遗憾的是，自己为社会为国家做的实在太少太少。恩重如山，却无以回报。

王建英希望朵梅多吉初中毕业后能去特教学校学习一技之长，成为对社会有用的人，大恩无法言谢，只有把孩子培养成材，才是唯一能够向国家表达的感谢。

2006年6月16日上午，在北京同仁医院耳蜗中心调机房里和朵梅多吉在一起的，还有一个同样是来自青藏高原的藏族男孩——西拉多吉。

2005年7月17日下午。西藏自治区林芝县布久乡珠曲店。

这是一个只有35户人家、一百八十余人的小村落，群山环抱，交通闭塞，几乎与世隔绝。一年四季，极少有外人光临此地。

这一天，安静的村子突然沸腾起来了。一群穿着白大褂的人出现在村头。村民们奔走相告，一个喜讯迅速传遍整个村子。

原来，从首都北京来的“青藏高原光明行——西藏行”的医疗队来为村民做义诊。

全国防盲指导组组长、同仁医院院长韩德民教授和海南航空集团副董事长王健先生带领“西藏行”医疗队来为藏民们义诊，为村民做白内障摘除手术，使患者重见光明。

听说北京的医疗专家来为大家义务看病，平时缺医少药的村民们扶老携幼地赶来。一时间，人头攒动。

韩德民带领专家们为村民仔细检查，对手术适应证患者安排手术。

来看病的村民不仅仅是白内障患者。患有各种疾病的村民都来请医生们看病。城市远隔重山，村民们生病之后很少能够去城里医院看病。

韩德民听说村里有一位桑久多吉老大爷，年老病重，常年卧床不起，不能前来看病，急忙赶到桑久多吉老大爷的家里。韩德民在桑久多吉老大爷的床前，弓着腰，细心地为他做了全面检查，最后诊断桑久多吉老大爷“心功能不全”，然后从药箱里取出药品，赠送给桑久多吉老大爷，并耐心

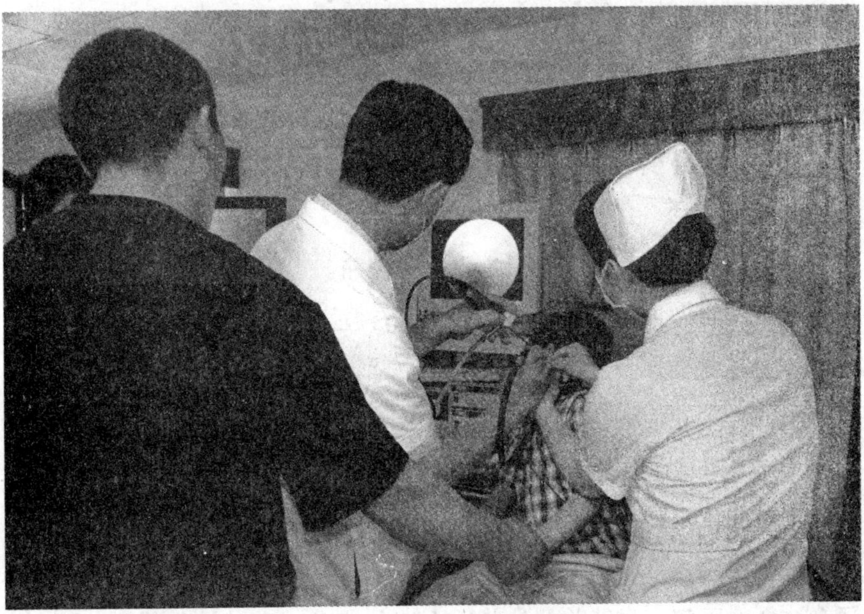

▲ 医生为西藏聋儿希路做检查

地告诉桑久多吉老大爷的家人服药的方法。

桑久多吉老大爷躺在床上，老泪纵横，一家人倒上酥油茶，敬给韩德民以表示心中无尽的感激。

正在这时，一位满面皱纹、饱经沧桑的老奶奶领着一个六七岁的男孩走了过来。老奶奶颤巍巍地走到韩德民的面前，突然双膝一弯，跪倒在韩德民面前。韩德民大吃一惊，急忙连搀带扶地把老人拉起来。

韩德民温和地说："老妈妈，有什么不舒服，告诉我们，我们一定想办法，把你的病医好。"

有人把韩德民的话翻译成藏语，说给老奶奶听。

老奶奶一边哭一边说，不时用手势比划。

通过翻译韩德民了解到：老奶奶是为她的孙子来求医的。她的孙子西拉多吉，今年 7 岁，有一个哥哥，一个姐姐，一个哑巴伯父，一个出家的姑姑，加上父母和爷爷奶奶，一家九口。家里人叫他希路，"希路"在藏语里的意思是"病重而没有死掉的人"。希路小时候经常发烧生病，病得很厉害，八个多月时注射庆大霉素导致耳聋。

爷爷给他取这个名字，纪念这个孩子侥幸活了下来。

老奶奶的哭诉，让在场的人都感到难过，几位女大夫也抹起了眼泪。

韩德民蹲下身体，看着希路，希路也看着他，一双童稚的眼睛弥漫着茫然和疑惧。

这个藏民的聋儿让韩德民心里一阵疼痛。

他为希路做了初步检查。检查完了，神色忧郁。

一直在韩德民身边的海南航空集团副董事长王健问道："韩院长，这个孩子的耳朵能治吗？"

韩德民叹息一声："初步检查，这个孩子可以植入人工耳蜗。只是——"

王健问："只是什么？"

韩德民说："一套人工耳蜗需要 20 万元，终身的维护费用还得 20 万元。这个牧民家庭靠养羊放牛养活八口人，怎么拿得出这笔钱呢？"

王健说:“韩院长,你说40万元就能够把希路的耳朵治好?”

韩德民说:“对,40万元,能够让孩子听到声音,开口讲话,进入学校接受教育。”

王健略微沉吟,走到一边,掏出手机,打起电话。几分钟后,他走了回来,兴奋地说:“韩院长,40万元已经解决,刚才我与陈峰董事长商量决定,我们海南航空公司全额捐赠40万元,给希路植入人工耳蜗。”

韩德民惊喜道:“真的?这么快就决定了?”

王健微笑着说:“决定了。”

现场响起一阵热烈的掌声。有人把这个巨大的喜讯告诉老奶奶时,老人家激动得又哭了起来。短短的几分钟,老人家哭了两次,但那完全是悲喜两重天。

希路看看韩德民,看看王健,又看看哭得一塌糊涂的奶奶,他感到有一件什么好事发生了,而且这件事似乎还与自己有关系。这时的希路还不明白,就在这短短的几分钟里,他未来的命运已经被改变了。

第二天,韩德民将孩子带到拉萨市人民医院,对希路进行了全面检查,所有的检查指标显示希路完全符合接受人工耳蜗植入手术指征。

7月21日,希路由父亲夏加桑木陪着,随同医疗队一同回京。

7月25日,韩德民安排希路入住同仁医院东区星级病房,并亲自给希路做了详细的术前检查和准备。

韩德民知道:这一对父子,第一次来北京,从青藏高原一个闭塞的山村来到这么一个繁华喧闹的大都市,离开了家人,离开了草原,离开了羊群牛群,一定会又兴奋又害怕又有些孤单。因此,他们除了需要金钱上的资助,还需要精神的安慰。

韩德民给希路带来了许多玩具,希路最喜欢的是一部电动汽车,每天抱着电动汽车,爱不释手。韩德民不管有多忙,每天都会到病房来看望希路。他每天都会来,与希路一起玩一会儿,与希路的父亲聊聊家中的牛羊,介绍即将要做的手术以及术后康复需要家庭所做的事情。

◀ 人工耳蜗植入手术后的藏族儿童

韩德民想：希路的人工耳蜗手术、康复和终身维护费都由海南航空捐助了，但希路的父亲在北京陪儿子手术，会影响家里的生产和生活得帮助他们解决生活问题。

7月29日早晨7时30分，同仁医院东区13层病房前厅，一只半人多高的红箱子上一排"扶贫助残捐款箱"的字十分引人注目。

海南航空集团董事长陈峰从海南赶来，他说：是医务工作者的热心和爱心感染了他们，作为一个企业能够参与"青藏高原光明行"，他深感荣幸。陈峰认为爱心就在每一个人的心中，如果人人都能献出自己的一份爱心，我们的社会将会更加和谐。

随后，海南航空集团与澳大利亚人工耳蜗公司签署了捐赠协议书。

澳大利亚人工耳蜗公司的代表表示，将以最优惠的价格为希路提供最好的耳蜗并承担住院及治疗费用。

8点整，希路被推进手术室。

韩德民主刀给希路实施了人工耳蜗植入手术。

10点，希路被推出手术室，手术非常顺利。

韩德民随后走了出来，手术口罩还挂在脖子上。夏加桑木大步跨上去，双手恭恭敬敬地捧起韩德民的右手，弯下身体，用自己的额头去轻轻触抚韩德民右手手背。

这个拙于言辞的藏民汉子，用他们民族极虔敬的礼仪，表达心中的感激之情。

一个月后，陈雪清、孔颖为希路开机调试。陈雪清对夏加桑木说：开机后，进入术后康复阶段，因为希路没有任何语言基础，所以康复将很漫长很艰苦，家庭要作好充分准备。

出乎意料的是，夏加桑木提出要回家。他说：8月底，青藏高原即将进入冬季，他必须立即回家，安置牲畜过冬。他要带希路回家，孩子的母亲很想念希路。希路也想念母亲，想念哥哥姐姐和村里的小伙伴们，要跟父亲一起走。这个来自辽阔草原的孩子，在北京的高楼病房里待了一个多月，也憋坏了。

理由很充分，无法挽留这一对父子。

希路与父亲走了，回他们的珠曲店了，那里没有康复老师，乡亲们都讲藏语，希路得不到任何语言训练。

韩德民为此很担忧。

八个月后，海南航空公司把希路接回同仁医院。

陈雪清对希路的语言能力做了评估，结果是差。希路错失了八个月极其重要的康复时间。在家中没有人对他做正确的康复训练，也没有良好的普通话语言环境。他能够通过人工耳蜗听到声音，但他根本不理解声音的意义，所以大部分时间里，他把人工耳蜗关了。

这正是韩德民担心的。韩德民与海南航空商量了，与希路的父亲夏加桑木商量了，无论如何，一定要让希路来北京重新康复。

这次陪希路来北京的是他的姑姑措木。措木在青海一座寺庙出家，她向寺庙住持请假获准，来到北京同仁，陪伴希路完成术后康复。

同仁医院人工耳蜗康复中心的李海珍为希路单独制订了康复计划。

希路每天按时去康复中心，学习很认真。第三天，他学会说："拜拜。"

上完课回到房间，姑姑措木继续教他学习语言。

姑姑请了两年的假。大家一起下了决心，希路不康复好，决不离开北京。

2008 年底，经过在同仁医院两年多的康复训练，希路能用普通话与人进行基本的交流了，姑姑带着他返回了家乡。

德兰修女说："永远不要害怕给予，不要只给予剩余的。当我们给予时，我们有着深深的幸福，因为施比受更有福。"一个人并不是要变成亿万富翁以后才可以做帮助别人的事，只要我们在自己生活的时代里拿出全部的爱和善意给身边的人，我们就可以成为大慈善家。像德兰修女直到她临终的时候，她全部的财产只有一本圣经和一身洗得灰白的修女的衣服。但是，谁能说她不是世界上最富有的人，她身上有无穷无尽的爱，她把这样的爱无穷无尽地给了那些有需要的人。

"施比受更有福"，一句良言，一个微笑，一次善意的倾听。

海南航空公司志在蓝天，爱洒人间，他们走过的地方，一路芬芳。

第十章
心声灿烂

倾听是多么幸福的事
当你走在风里‘听见
阳光落地　落在花瓣上
落在露珠上　落在草尖
落在青色的麦芒
那一抹清澈如水的声音

阳光在风里飞行
左耳与右耳是一双翅膀
张开　永无相见
却彼此倾听
你的笑语就是我的呢喃

人工耳蜗的昂贵价格,使无数的听障聋人被挡在医治的门外。

人工耳蜗不仅仅是引进的一个高科技的产品，也不仅仅是实施一台精细的手术,它还关系到社会医疗保障体制的建立与完善,关系到一个社会的公平和稳定。

2001 年 5 月,北京同仁医院、深圳发展银行北京分行、澳大利亚人工耳蜗公司发起的“慈善医疗救助基金——聋儿关爱工程”在京启动。中华慈善总会宣布：中华慈善总会接受北京同仁医院和深圳发展银行北京分行分别捐赠的资金各5万元，接受澳大利亚人工耳蜗公司捐助的人工耳蜗一套。这10万现金和一套人工耳蜗作为“慈善医疗救助基金——聋儿关爱工程”的首批捐助。这一专项救助工程主要用于资助特困聋儿接受人工耳蜗植入手术。

第一名接受该工程救助的患儿是来自辽宁鞍山的3岁男孩孙川霖。

孙川霖出生于一个普通职工家庭，他和他孪生哥哥都患有先天性重度感音神经性耳聋。

家有一个聋儿，已经不堪重负，一对双胞胎聋儿，使年轻的父母陷入苦难的深渊。聋儿关爱工程的启动，解救了他们的一个孩子。

5月25日，韩德民亲自为孙川霖成功地实施了人工耳蜗植入手术。

这次手术花完了“慈善医疗救助基金——聋儿关爱工程”的首批捐助经费。

孙川霖的同胞哥哥只能等待。全国上百万的聋儿只能等待。

2002年，澳大利亚人工耳蜗公司发起一个活动，为了对成年语后聋作科研，将有20个名额可以享受优惠，只要10万元就可以买一只人工耳蜗。这消息令曹克利大夫心里一动，他一定要争取一个名额留给一个特殊的病人——宋培春。

1983年植入的国产单导人工耳蜗让宋培春受尽痛苦。由于不能获得有效听力，手术后不久，宋培春就把耳蜗关机了。但是植入体使他的头部一直隐隐疼痛。到1997年，疼痛加剧，宋培春无法忍受，再次来到北京协和医院，由曹克利再次手术，取出了植入体。对宋培春，曹克利心里总是有一股歉疚之情。

宋培春已经结婚成家，并且有了一个儿子。在无声的世界里，他默默地做着裁缝的工作，安命于一个聋人黯淡的生活。曹克利传来的消息还是在他心里激起了波澜，虽然国产单导人工耳蜗让他吃尽了苦头，但是对声音的渴望一直蛰伏在心底，当一个新希望出现的时候，他在妻子的陪同下又来到了协和医院。

20年前的手术记忆犹新，宋培春对手术十分恐惧。曹克利安排了他与几个多导人工耳蜗植入者见面，看到他们听力和语言的良好状况，在家人的全力支持下，宋培春终于下了再次手术的决心。

手术很顺利，尽管他的耳蜗早已骨化，但是有了术前影像学评估，曹克利早有了对应的解决方案。两个小时，毫无痛感。

一个月后，曹克利给宋培春开了机。宋培春听到了一些嘈杂的声音，他心里有些惊惶，是不是又失败了？他再也经受不起打击了。曹克利告诉他，他的耳朵二十多年没有听到声音了，康复需要一段时间。他将信将疑地回去了。慢慢地，他听到的声音越来越清楚了，有一天，他终于听到儿子喊他“爸爸”，宋培春的眼泪哗哗地流了下来。

他的妻子每天晚上给他读报，以帮助他恢复听力。

有一天，曹克利接到一个电话，他不敢相信这是宋培春打来的。他放慢语速和宋培春讲话，宋培春基本上都听清楚了。曹克利长长吁一口气，顿感轻松，压在心头20年的石头终于挪开了。

宋培春开了个服装加工店，生意很兴隆。由于他的手艺好，附近的外贸服装厂也经常请他打版做样。到2005年，宋培春就把所借的钱全部还清了。他心里有一个希望，就是2007年的时候，他的儿子能考上大学。他现在已经有能力供养儿子上好的大学了。细细想来，十年后的今天，他的儿子应该已经大学毕业了。

也是这一年，韩德民应台湾长庚纪念医院邀请，赴台湾作学术访问。

长庚纪念医院建于1976年，是台湾最大的企业——台塑集团的董事长王永庆为纪念他的父亲王长庚建立的不以赢利为目的的医院，医院的门诊容量和床位不仅在台湾是最大的，也是世界最大的。

长庚医院副院长、素有“台湾人工耳蜗之父”之称的黄俊生教授和韩

▲▼ 黄俊生教授考察各地康复中心

德民是多年的好友。

台湾人工耳蜗起步于上个世纪的80年代。1985年黄俊生与几个医生开始在美国加州参与人工耳蜗植入试验，包括评估、开刀。随后，长庚医院开始执行人工耳蜗植入先导计划。1986年，台北荣民总医院进行先导性开刀，进行维也纳型四导人工耳蜗植入。

1996年12月，雅文基金会成立，基金会大力推广听觉口语法教育，对于幼儿听力康复工作贡献卓著。

1997年,台湾当局开始对人工耳蜗进行材料费补助。

1998年,黄俊生电子耳基金会成立,提供无息贷款给听障人士。

1999年,台塑集团捐赠400套人工耳蜗给台湾地区听障儿童。

谈到台塑集团捐赠400套人工耳蜗时,韩德民心里风起云涌。400套人工耳蜗,价值新台币4亿元,折合人民币1亿元。他对台塑董事长王永庆先生热心于慈善和社会公益事业早有耳闻,但是如此巨额的捐赠义举,还是让他感怀不已。

韩德民问:"这400套人工耳蜗都做完了吗?"

黄俊生说:"没做完。现在台湾医疗卫生水平提高了,一年发现的新生耳聋患者不到100例。"

韩德民笑了:"黄教授,王永庆先生捐助了那么多人工耳蜗,你们也用不完,何不拿些到祖国大陆去做做?都是炎黄子孙嘛,让我们也做做。你看,我整天闲着没事干。"

黄俊生爽快地说:"好啊。这是件好事情。不过,这事要跟王董事长商量一下。"

一句看似玩笑的话,其实饱含着韩德民的良苦用心。人工耳蜗进入中国大陆这么些年,经过前期艰难的努力,已经被聋人家庭逐渐认识。无数聋儿家长已经知道人工耳蜗能够救治他们的孩子,但因为拿不出钱来而无法手术,只能眼睁睁地看着孩子错过最佳时间,一生坠入无声世界中。

韩德民一直在为广大的患者家庭寻觅可能的解决方案。

两年以前,他得知台塑集团捐赠400套人工耳蜗给黄俊生电子耳基金会的消息,预料到台湾地区消化不了这么多的人工耳蜗,他在考虑怎样能够与黄俊生合作,拿一些人工耳蜗到中国大陆,救治一批聋儿。

凭着他所了解的王永庆,他的这番心思未必是妄求。

王永庆做了很多慈善公益的义举,很多台湾民众从中获益匪浅——

1981年,王永庆发起了眼角膜捐赠运动,率先捐赠了自己的眼角膜。

20年来,有一千二百多名患者在长庚医院实施了眼角膜移植手术,重见光明。

1985年,王永庆与弟弟王永在合捐1亿新台币,创下台湾私人捐赠的最高纪录。

王永庆创办明志学校,设立长庚医院,成立明德基金会生活素质研究中心。

…………

韩德民想:人工耳蜗,人工耳蜗,王永庆先生能不能捐些人工耳蜗给中国大陆的聋儿?

韩德民对黄俊生说这番话,是好朋友之间的幽默和戏谑,但何尝不是几分情急的索求呢?

话点到为止。韩德民转而问道:"刚才,你讲到的雅文基金会是一个什么样的基金会?"

黄俊生以一种十分崇敬的口吻说:"雅文基金会的创立者叫乔安娜,是个美国姑娘。1978年,她与台湾青年企业家郑钦明结婚,生了两个可爱的女儿。小女儿雅文11个月时,被检查出重度耳聋。他们在全世界寻找医治雅文的办法,后来在澳大利亚墨尔本为雅文植入了人工耳蜗。他们从加拿大聘请了朱蒂来教雅文言语康复。朱蒂发明了一种听觉口语学习法。在朱蒂的帮助下,雅文的学习走上了正轨。乔安娜想:在台湾不知有多少耳聋的孩子,他们的家庭没有钱给他们植入人工耳蜗,也找不到好的老师做康复训练。我的雅文好了,还有许多像雅文一样的孩子在无声的世界里受苦,我应该帮助他们。于是,乔安娜与丈夫建立了一个基金会,为台湾的聋哑孩子免费提供医治和康复教育。乔安娜在基金会成立的时候立下一个誓言——她要使台湾在20年后没有不会说话的听障儿童。"

韩德民惊叹:"20年后,台湾没有不会说话的听障儿童——这么大的志向!"

黄俊生说:"为了实现这个誓言,乔安娜把全部精力都放在了基金会上，她丈夫也不断地把企业的资金输入到基金会，凭着乔安娜的努力，基金会在十年时间里，让2000个孩子走出了无声世界。”

2000个孩子！一个从美国来的女子，在十年里，让2000个孩子获得了听力，她是凭着什么力量做了这样伟大的事业？

过了一会儿，黄俊生说：“乔安娜去世后，她的丈夫接过了雅文基金会。乔安娜临终前，他向乔安娜保证：他一定实现他们的誓言——20年后，台湾没有不会说话的听障儿童。”

黄俊生缓缓地说：“乔安娜给她两个女儿的遗书里，希望她们能够专注于生命中真正应该追求的目标。乔安娜说：生命的关键是——心中要有爱。正是因为乔安娜心中有着爱，所以她才能够帮助2000个听障孩子回到健康的世界里来。”

2003年9月，中国第一届人工耳蜗大会在长沙举行。《中国人工耳蜗植入工作指南》正式颁布。

这是我国第一部人工耳蜗植入的纲领性文件。它建立了中国人工耳蜗植入行业标准，规范了工作流程，使中国人工耳蜗工作者有了可遵循的准则。

从最初引进人工耳蜗手术技术，到建立听力学教学基地，培养手术医生、听力师、康复师等专业人才，通过电视直播和出版物普及人工耳蜗知识，与国际一流科研机构合作新课题，制定人工耳蜗工作指南，一片未开垦的处女地上，一座行业的大厦拔地而起。

经过八年不懈的努力，中国人工耳蜗事业已经打下了坚实的基础。

2003年8月，韩德民接到黄俊生教授来自台湾的消息：王永庆决定向中国大陆聋儿捐赠5套人工耳蜗。

韩德民心中高兴：这一扇门终于开了。

韩德民请黄俊生转达对王永庆先生的衷心感谢，同时他提出一个方案:这是来自台湾同胞的捐赠,格外珍贵。5 套人工耳蜗,价值 100 万人民币,如果用这笔钱设立一个基金来资助贫困家庭,便可以使更多的孩子和家庭受益,取得的社会效果会更好。

黄俊生很快给了韩德民答复:王永庆董事长很赞赏韩德民的思路,就按照韩德民的方案实施。

2003 年 9 月 1 日,黄俊生来到北京,代表台湾财团法人长庚纪念医院董事长王永庆,与北京同仁医院签订了捐赠协议书。协议书中明确由台湾财团法人长庚纪念医院向同仁医院捐赠 5 套总价值 100 万元人民币的人工耳蜗,并为祖国大陆贫困聋儿提供治疗帮助。

第一个得到基金会资助的是来自山西的张妍妍,她才 2 岁,她得到了 3 万元的资助。2004 年 4 月 6 日,韩德民亲自为小妍妍做了人工耳蜗植入手术。

第二个、第三个孩子的手术很快就开始了。

2004 年 5 月 18 日,第 21 个孩子成功接受了人工耳蜗植入手术。

这批资金一共资助了 21 名贫困家庭的聋儿。王永庆先生捐赠的人工耳蜗手术全部完成。

手术后一个月,孩子们回到同仁医院,陈雪清和孔颖等医师为他们开机调试。之后,21 个孩子分别进入中国聋儿康复研究中心、北京聋儿康复中心、西城人工耳蜗培训学校等康复机构做康复训练。

一条清溪,从闽南秀丽的群山中逶迤而来,她婀娜多姿地走了一个 U 字路线,好像一个母亲张开的双臂,把一个集镇紧紧地抱在怀里,然后招呼着一条条清澈见底的山涧小溪,汇合成浩荡的晋江水,一路欢畅地注入东海。

在近代几百年里,有许多安溪农民从山里走出来,为了谋求生计,他们沿着清溪的路线,坐船经过晋江,漂洋过海,有的来到台湾,有的去了马来西亚,有的落脚在印度尼西亚。这些散落在东南亚各地的安溪人的后裔已经有二百多万人,远远超出了今天的安溪人口,今天的安溪成了著名的台胞之乡、侨胞之乡。

被清溪河水怀抱的集镇就是福建省安溪县城,是铁观音的故乡,一个因茶而生香的地方。

安溪政府成功策划并实施了铁观音茶文化产业项目，以此带动了地方的经济发展。有了丰厚的财政收入,便开始轰轰烈烈地进行城市建设。

安溪特殊教育学校的周玉娟校长忧心忡忡。根据城市规划,有一条新马路要从她的学校穿越。她的学校被限期搬迁。

她那一百多个聋哑学生何处安身呢?

政府给他们学校安排了一个临时的校址，那是离县城三公里处一个倒闭了的工厂的厂房。

那是个不适宜教学的场所,虽说是临时的,但这个“临时”究竟是多长时间？没有人明确告诉周玉娟。新的学校在哪里？也没有人来告诉她。

离搬迁的期限越来越近了,周玉娟心里越来越焦急。

2004 年 6 月 2 日，县教育局局长突然带了许多县里的领导来到学校视察,并通知周玉娟:明天有贵宾来校参观,要她做好接待工作,并要求她准备好由聋哑学生表演的节目。

领导走的时候,郑重地告诉周玉娟:明天来的是安溪最大的台胞,是台湾最大的老板——王永庆。

6 月 3 日上午 9 点,安溪特殊教育学校的大门前,周玉娟带领全体师生列队迎候。

一长串高级轿车鱼贯而来,停满了校门前的场地。众多官员簇拥着一位高瘦的老人缓缓走来。

热烈的掌声响起，周玉娟和全体师生以崇敬喜悦的心情欢迎这个富可敌国的传奇乡亲。

王永庆身着一套黑色西服，头发花白而稀疏，面容清瘦而矍铄，面带微笑，向师生们招手致意，神态亲切慈祥。他的太太李宝珠走在他的身边。

这是88岁的王永庆第一次回到家乡，安溪特殊教育学校是他到安溪的第一站。

乍看上去，这位和蔼的老人，不过就是哪一位学生的爷爷，如果不是身后那么多的官员和随行人员，真难以想象他是一个庞大经济帝国的“君王”。

周玉娟走在王永庆的身边，一路介绍学校的布局。

王永庆带着浓重的闽南口音问：“学校现在有多少学生？”

周玉娟说：“120名。”

“校舍够不够？”

周玉娟叹了口气，说：“原来还有弱智脑瘫班，因为校舍不够用，都退

▲ 福建安溪特殊教育学校学生表演舞蹈《快乐的采茶女》

了。现在只有一个专业了,都是聋哑生。”

王永庆点点头,若有所思。

他们来到饭堂,坐下来,观看文艺节目。

第一个节目是舞蹈《爱的奉献》。音乐响起,一群女孩翩翩起舞。

周玉娟告诉王永庆：这些跳舞的孩子其实听不到音乐，她们都是聋儿,她们只是靠眼睛观察来协调统一动作。

王永庆十分动容,看得很专注,这个节目结束时,鼓了很长时间的掌。

第二个节目还是舞蹈,周玉娟告诉王永庆:这个舞蹈是孩子们根据家乡茶农种茶收茶的情景创作的,舞蹈的名字叫《快乐的采茶女》。

女孩们在无声中旋转、穿行,翻飞如燕,美丽如蝶,也许表现的是她们自己熟悉的生活,所以更加自然生动。

在舞蹈结束的时候,周玉娟看到王永庆的眼里泪光闪烁。

老人是不是想起了自己的童年，想起了在台湾新店山里帮助父亲种茶的苦难岁月？是不是为眼前这些听不见又说不出的孩子感到难过?

王永庆坐着不动,他还想看节目。周玉娟有些难为情地告诉他:节目演完了。她心里极其懊悔:要是多准备些节目就好了。

他们又去观看学生们上劳动技术课。看到学生们在学习缝纫衣物、编织渔网,王永庆高兴地说:“很好,很好,让孩子们走进社会,自己生活。”

最后一项内容:学生们向王永庆献赠纪念品——学生们的书画作品。画中有展翅的鹰、奔腾的马,书法作品多是一些励志和为王永庆祝福增寿的话。

老人再次激动了,他说:“这么好的礼品,我收下了,我要带回台湾去,我要给长庚医院里的病人看看,我要把这些字画带回去,给那些绝望的人看看,让他们看到生活的希望。这些孩子身体残疾了,还这么坚强！”

王永庆与孩子们拥抱,合影,他不停地与孩子们说话。孩子们茫然地看着他。老人意识到了:“哎呀,你们听不见,真可惜,真可惜。”

一个半小时后,参观结束。安溪特殊教育学校的全体师生列队欢送。

车队浩浩荡荡地离去。

慈祥的王爷爷走了。

学校搬了,搬进了临时校址——那个倒闭的工厂。十几米高的破旧车间,四面漏风,冬天阴冷,夏天闷热,周玉娟和她的老师们就在这样的环境中进行着教学活动,并高度紧张地防范着可能出现的安全隐患,这一百多个男女学生全都是寄宿生。

周玉娟的一颗心整日悬着,她需要 24 小时保证所有的学生安然无恙。

每个夜晚,周玉娟都在紧张甚至恐慌中度过,她最怕电话响起,她怕那电话来自学校的值班老师,告诉她有什么事情发生了。一头浓密的黑发里,很快出现了许多银丝。

孩子们倒是慢慢适应了这个环境。他们有时会想起那个慈祥的王爷爷,会想起那次见过的气派的场面。他们知道了他们有一个多么富有而又多么遥远的乡亲。

但他们谁也不会想到这个遥远而又富有的乡亲会与自己发生什么关系。

一天，安溪特殊教育学校所有的学生都在用激烈的手势表达着激动的情绪,一个惊天的消息迅速传播——王永庆,那个慈祥的王爷爷,要给我们造一个新学校,最高级的,很大的学校。

有人用手语说:这是真的,因为王爷爷很有钱。

有人不相信,用手语说:有钱的人多啦,在安溪就有很多有钱人,他们给我们捐过多少钱?

争辩激烈而无声。莫衷一是。

2005 年 12 月底的一天,周玉娟带领全校师生员工,去参加他们新学校的奠基仪式。当王永庆的代表和当地领导一起挖起那象征性的第一锹土时,安溪特殊教育学校的师生们终于相信了这个梦想成真的事实。

▶ 安溪明德特殊教育学校学生正在进行康复学习和训练。

孩子们沸腾了,他们嗷嗷乱叫着,他们无法用正常的言语表达心中的狂喜与感恩。

2006年6月24日下午,安溪特殊教育学校校长周玉娟陪同北京来的记者参观了正在紧张施工中的新学校。那是在安溪南二环上北侧的山坡上开出来的一片新地,建校工程分三期完成,第一期占地72亩,建筑面积10969平方米。在五层的主体教学楼的楼板上,留下了为信息智能化布线的槽口。生活楼,餐厅已经封顶。整个建筑群依山而立,气势不凡。后面将要建造运动场。按照设计的效果图来看,这是一个设施完备、美如花园的学校。

新校舍的建设按照王永庆先生的要求有条不紊地进行着。

在初夏灿烂的阳光下,周玉娟校长豪情万丈:“等学校装修完,设施全部安装好,我们就要向全省招生啦!”

2007年11月,安溪明德特殊教育学校落成剪彩并投入使用。

2008年10月16日,惊悉王永庆爷爷病逝的消息,明德特殊教育学校四年级女生谢伟华哭了,她所佩戴的“人工耳蜗”就是王永庆爷爷捐献的。

王永庆1917年出生在台湾新店一个穷困的山村。他的祖籍在福建安溪。至于他的哪一代先祖在什么年代漂移台湾,并无考证。安溪当地的领导曾经想找到王永庆的祖先居住过的地方，费了许多时间和精力，但最终还是没有结果。在安溪，王姓的人家散落在大大小小、方圆数千里的山里，无法辨析其中的血缘关系。当王永庆来到安溪——这块先祖生老病死的故土时，他一直没有说出他的原籍究竟是在安溪的哪个山村，他家族的祖坟埋在安溪的哪片山坡，不知是他也不知道，还是他不愿说。

这样，整个安溪的山山水水就都成了王永庆的故里，居住在安溪远远近近村落里的百姓就都成了他先祖的邻居。

王永庆来到安溪，轻轻地来，悄悄地走。他对故土那种永远流淌在血脉之中的深情，没有通过豪言壮语表现出来，而是化作"润物细无声"的春雨。他给这些生活在无声世界里的孩子们的帮助是那么及时，那么实在。

那天，王永庆在离开安溪特殊教育学校时，就对当地的领导表态，他要捐赠一所高标准的特殊教育学校给家乡，他全额投资，配备最先进的设施，招聘最好的教师，让这些聋儿得到良好的教育。

王永庆有更大的一个心愿，那就是让这些聋哑学生能够听见声音，开口说话。

他在走出安溪特殊教育学校大门时对周玉娟，也对着在场的众官员说："这些孩子听不见，以后到社会上很困难，有什么办法让他们听到呢？要想办法让这些孩子听见。"

当时，听到这句话的人，只是把它看成老人一个善良的心愿。谁也没敢奢望这个愿望能够实现。

更没有人知道，此时，北京同仁医院韩德民院长带领着人工耳蜗中心的全体医护人员，正在把王永庆的愿望变成现实。

2004年8月9日下午，同仁医院多功能厅台前的蓝色背板上，两排红色的大字格外醒目：世界因我而动听——财团法人长庚纪念医院捐赠人工耳蜗纪念仪式。孩子由家长带着来到这里，一方面汇报术后康复的效果，一方面对王永庆资助他们植入人工耳蜗表示感谢。

尽管天气炎热，但21个孩子和他们的家长都来了。手术百分之百的成功，言语康复也很有效果。孩子快乐而活泼，能听也能说了，家长脸上都是笑容，心里是说不尽的感谢。许多母亲话没说几句，眼泪就流了下来，但她们现在的眼泪是快乐和感恩的眼泪。整个大厅一片欢声笑语。

两个男孩子向黄俊生、韩德民献花；家长代表向黄俊生赠送感谢锦旗；孩子们表演诗朗诵和舞蹈；最后大家一起合影。所有的手术医生、听力师、术后康复师、家长和孩子们都簇拥着黄俊生和韩德民合影。黄俊生抱着一个男孩，像一对祖孙，韩德民抱着一个孩子，像一对伯侄，那欢乐的场面像一张全家福。这个活动叫纪念仪式，纪念的是21个重度耳聋的孩子重返有声世界的难忘时刻。活动简朴、自然，充满真情，尤其是孩子们的讲话和表演，更加让人感动。

这次活动的录像让王永庆知道——同仁医院是可以信任的。他当即作出了一个决定。

黄俊生通过电话把王永庆的决定告诉韩德民：王永庆先生说，继续给中国大陆捐人工耳蜗。这次捐200套。

韩德民不太肯定自己听到的数字："你说多少？200套？"

黄俊生肯定地说："200套，24C型的。"

韩德民想：从5套一下子猛增到200套！200套人工耳蜗，价值3800万，真是大手笔啊！

黄俊生说："这个数字很大，做起来是一个大的工程，要有一个系统的计划。周末我就去北京，见面细谈。"

让王永庆一举作出捐赠200套人工耳蜗决定的一个重要原因，就是2004年6月他第一次踏上故乡福建安溪的土地，在安溪特殊教育学校度过的那一个半小时。那些可爱又可怜的聋哑孩子，使他那一颗悲天悯人的心更加柔软，他要帮助这些孩子听到声音，回到有声世界来。就像他捐赠人工耳蜗给台湾的听障儿童一样，他也要帮助他故乡的孩子们。只是他担心:中国大陆有没有好的医院和医师来实施手术,有没有好的康复机构来完成手术后的言语康复。

在黄俊生带回来的这些录像片里，王永庆看到了孩子们术后的康复效果,他完全放心了。现在,他的心愿可以实施了。

他对黄俊生说:无偿捐赠200套人工耳蜗给中国大陆,唯一的要求是其中的100套分配在福建,尽量照顾安溪的耳聋孩子。

这个要求,表露了一个海外游子对故土的赤子之心,拳拳之意。

黄俊生在周六夜晚的9点到达首都机场。他在中国大陆的助手蔡庆涌接上他,到酒店安顿下来已经是晚上11点钟。明天是星期天,他要与韩德民商量决定许多重要事情,然后在星期一一早返回台湾,他在长庚医院还有很多的工作。

这时的黄俊生还不知道，这将是他未来相当长一段时间里的工作状况,他只能用周末到周一的时间在台湾与北京之间往返飞行,他两个星期就要做一次这样的飞行,而且会安排密集的会议、商谈、考察、讲话等活动。这对于一个已经70岁的老人来说,是十分辛苦劳累的。

两个月里,韩德民与有关政府部门和几家基金会商谈,并把商谈结果及时传递给黄俊生。黄俊生两个星期来一次北京,在韩德民的安排下和有关方面会谈,并考察医院和康复机构。经过多方洽谈,到2005年1月初,尘埃落定,一个项目构架基本建立。

2005年1月11日晚,在北京长安俱乐部,举行了捐赠项目工作协调会。参加协调会的有长庚纪念医院、中国残疾人联合会、中国残疾人福利基金会、中国聋儿康复研究中心、同仁医院、协和医院、三〇一医院、厦门第一医院、厦门中山医院以及福建等地残联、康复系统相关代表。会议讨论通过了《听力重建　启聪行动实施方案》。

2005年1月12日上午10点,“台塑关系企业暨财团法人长庚纪念医院王永庆董事长向中国残疾人福利基金会捐赠人工电子耳（人工耳蜗）200套(价值3800万元人民币)捐赠仪式”在人民大会堂北京厅隆重举行。

▲ 2005年“听力重建　启聪行动”捐赠200套人工耳蜗仪式现场

中国残疾人联合会主席、中国残疾人福利基金会理事长邓朴方，卫生部副部长陈啸宏，统战部副部长陈喜庆，中国残疾人联合会党组书记王新宪，中国残疾人联合会理事长汤小泉，教育部、民政部、国务院台湾事务办公室等部委领导以及北京同仁医院、解放军总医院、中国聋儿康复研究中心、受助聋儿代表，Cochlear公司亚太区总裁Mark Salmon先生等一百余人出席了捐赠仪式。

长庚纪念医院决策委员会主任委员吴德朗教授把“台塑关系企业暨财团法人长庚纪念医院王永庆董事长向中国残疾人福利基金会捐赠人工电子耳(人工耳蜗)200套(价值3800万元人民币)”的捐赠牌交给了中国残疾人联合会主席、中国残疾人福利基金会理事长邓朴方。

王永庆的女儿王瑞慧代表父亲与中国残疾人福利基金会副理事长刘雪冬签署了捐赠协议。

全国残疾人康复工作办公室为此下发了《转发听力重建　启聪行动

实施方案的通知》(全康办[2005]4号),要求有关省残联认真贯彻落实,做好项目工作。

项目第一步是前期筛查工作。

福建省安溪县的筛查是最早开始的，在项目确定之前6个月就开始了。在王永庆访问安溪特教学校后的24天,即2004年6月27日,黄俊生就由中国聋儿康复研究中心副主任孙喜斌陪同，来到了安溪特殊教育学校,为全校聋哑学生做了全面的听力测试。黄俊生仔细检查了有残留听力的学生,对不能发音的学生配发助听器,帮助他们补偿听力,对重度耳聋的送到厦门第一医院做全面检查,符合手术条件者准备植入人工耳蜗。

2005年3月27日,孙喜斌带领听力门诊主任龙墨等听力学专家组到达福州,与福建省康复中心会合组建筛查分队,在福州、厦门、泉州、安溪四地进行筛查。当到达安溪的时候,他们看到了一个壮观的场面,近两百个聋儿在家长的陪同下,浩浩荡荡,排着长队等待筛查。

筛查是一个复杂的过程,有很多项内容:听力评估,智力评估,家庭教育评估,康复现状、儿童听觉言语康复状况评估,年龄政策、家庭经济状况评估。许多项评估里包含了多条细则。这需要逐项检测、询问、填写,需要细心、耐心、一丝不苟。

孙喜斌和他的专家队伍必须严格做好术前的筛查，以确保人工耳蜗植入的万无一失。

从2005年2月至9月,福建省残联康复处配合中国聋儿康复研究中心,共筛查了548名聋儿,上报项目办公室136名,最后确定手术95名,实际手术90名。

安溪县筛查343名,上报项目办公室31名,实际手术11名。

今天,人们最容易看见的就是一些数字,这些数字的背后有多少心血和汗水,多少长途的跋涉和多少的不眠之夜,应该向支撑起这些数字的人们献上深深的敬意,他们永远不应被忘记。

2008 年 5 月,记者随同韩德民院长一起去台北,向王永庆董事长汇报人工耳蜗捐赠项目在中国大陆的进展情况。在短短一周的时间里,记者深深为台湾同行在他们专业领域里的敬业精神,他们服务患者、注重效果的踏实务实的工作态度所打动。也就是在这一次的工作汇报中,记者有幸和黄俊生教授和科林集团的林文正董事长有了深入的交谈,他们虽然有各自负责的领域,但他们都是一样务实的人,注重细节,为人低调。林董事长完全用中国传统文化的理念管理自己的公司,清晨的早读和分享数十年如一日,“以人为本,服务至上”的公司经营理念,为在此工作了几十年的老员工们一致认同,并积极践行。透过一整套为听力重建、康复服务的系统,他们几十年如一日,服务台湾社区和祖国大陆的听力重建事业,既有先进的运作模式,更重要的是他们的服务理念。

那一次的台湾之行,记者有幸与王永庆先生进行了长达近两个小时的愉快交谈;同时,还认识了一群新的朋友,大家在共同的事业当中,相互激励,结下深厚的友谊。

转眼四年时间过去了,林董事长赤脚在阳明山上健行的身影长留在我们心中。他好像一个生活在当代的古人,侧耳觅松风,举目唤白云,日复一日的修行练就了他一身的仙风道骨,虽没有一字半句的高言大志,但他心思缜密,情系弱势群体。他说:我是个生意人,但已不是个纯粹的生意人了,我心里更多的是想做好事情,帮助有需要的人。其实,要感谢他们,他们让我们变得有用,他们需要听,让我们懂得了以呼唤去回应,能为他们效力是我们的缘分。

第十一章
爱是所有季节的果实

金属在脑海里寻找
手的后面还是手
眼睛说着温柔的话语
耳朵盛开　我们在一起

那一池映日的荷花就是世界
多少年的月光铺就这一次相遇
生命里哭　生命里喊　生命里大声召唤轻声呢喃
要有声音　要听到
用心　用耳　用全部生命
打开那扇从未开启的门

在王永庆先生大批量捐赠资助祖国大陆聋儿植入人工耳蜗的前后，一些海内外机构、基金会、非赢利性组织、企事业单位和热心慈善公益的个人也纷纷慷慨解囊，用一份份爱心捐赠资助，帮助一批聋儿植入了人工耳蜗。

2002年2月6日，美国ABC电子耳蜗公司麦迪·塞姆集团公司、奥地利人工耳蜗香港创力（中国）企业、德国西门子听力集团等17家国内外厂商为西部聋儿献爱心，捐赠人工耳蜗、助听器和语言训练康复设备705

台/件，价值277.783万元。

2003年8月8日，江苏男孩朱逊获得中国儿童基金会捐赠的人工耳蜗。同年9月24日，“中国儿童少年人工耳蜗专项基金”正式启动。

2005年11月8日，华夏慈善基金会向北京市残联捐赠120万元人民币，为5位聋儿植入了人工耳蜗。

2009年3月3日，全国第十个“爱耳日”，中国红十字基金会“天使回声”基金捐助仪式上，天使回声基金下设的天籁基金宣布再次资助30名失聪患儿。自基金成立以来，累计募集善款近四百七十万元，已经对60名贫困失聪患儿实施了救助。

2011年3月，鄂尔多斯市残联联合各旗区残联、市红十字会和慈善总会，为鄂尔多斯市籍的11名聋儿免费提供了总价值209万元的人工耳蜗，并成功为他们实施了人工耳蜗植入手术。最小的年龄仅有2周岁，个别的有32岁。

2011年10月12日，由湖南人民广播电台举办的芒果Radio“祥和中国节”在秋季发起的“爱心认购祥和三宝，真情捐助失聪儿童”行动，得到了广大爱心企业与热心听众积极参与和踊跃捐款。首批获得捐助的一岁多的失聪儿童李诗绮、三岁半的黎静涵在湖南郴州湘南学院附属医院成功地进行了人工耳蜗植入手术。

2011年11月，杭州诺尔康神经电子科技有限公司向中国残疾人福利基金会“集善工程——助听行动”捐赠了100套总价值980万元人民币的国产人工耳蜗和100万元善款，用于救助我国贫困听力残障人士恢复听力走出无声世界。

上海市慈善基金会设立了“花儿绽放慈善救助项目”。2007年，这个项目又扩大到资助重度聋儿植入人工耳蜗，使其最大限度地恢复听力。至2011年6月，项目已出资1004万元，资助2367名聋儿，资助其中102名重度聋儿植入人工耳蜗。

2011年11月28日，“黎明复聪工程”在石家庄市第一医院正式启动。

该项目将以较市价便宜5万元的价格，向来自平山县的50名低收入家庭聋儿提供国产人工耳蜗，帮助其解决听力障碍问题。

2012年2月13日下午，中国听力医学发展基金会“老牛基金”百万捐赠——人工耳蜗项目在北京启动。“老牛基金”向中国听力医学发展基金会捐款100万元人民币，用于资助10名贫困听障儿童植入人工耳蜗。一个多月后，第一批接受手术的4名听障儿童陆续接受了植入人工耳蜗的手术。

2012年3月，地处粤西经济欠发达地区的茂名市人民医院耳鼻喉科为两名3—5岁的极重度耳聋男孩成功施行人工耳蜗植入手术，这是粤西地区首例人工耳蜗植入手术，这次人工耳蜗植入活动受益于中国贫困聋儿救助行动大型公益活动之“爱尔启聪中国行——2010走进广东茂名”。

…………

这些捐赠帮助受赠聋儿获得了听力，改变了命运，成为呼吁社会爱心、弘扬人文关怀的经典实例。但是，面对300万重度耳聋患者，80万重度耳聋儿童，每年还在增加的3万名重度耳聋的新生儿，这些社会捐赠的实际救助力量就显得微弱，它们如孤岛上飘扬的旗帜，是一种精神的象征，呼召着更多的追随者。

◀ 中国残疾人联合会孙先德副理事长看望救助对象

更多的救助来自于家庭的力量，来自于比血还浓的爱的力量，在最初的伤痛和绝望之后，家长们擦去眼泪，想尽一切办法对孩子实施救治。在中国几千名已经植入了人工耳蜗的聋儿身后，都有一个惊天地泣鬼神的故事。一位家长如是说：孩子，有你以前，我是块朽木；有你之后，我是块钢铁。

许志宏抱着两岁的儿子走出医院大门的时候，外面正下着雨。

天空灰蒙蒙的。湿漉漉的街道像条河，河里有许多彩色的雨伞漂来漂去，有许多彩色的雨披漂来漂去，有许多彩色的汽车漂来漂去。

雨点打在脸上，冰冷冰冷的。

一个月前，他坐了五天半的火车，从乌鲁木齐来到杭州。当他怀里抱着两岁的儿子，背着两只大旅行包，走进这个美丽的城市时，这里没有一个朋友，没有一个熟人，没有一条认识的街道，这是一个完全陌生的城市。

许志宏怀里揣着一个地址，一个被胸膛焐热的地址，那是一个医院的地址，那是最后的一个希望——据说那家医院能治耳聋，许志宏就抱着儿子从四千多公里外的地方来了。

这个儿子是一对双胞胎男孩中的哥哥。1994 年 9 月 7 日，妻子周喜花生下这一对双胞胎儿子，他是多么自豪、骄傲。他与妻子都是阿勒泰地区可可托海矿山子弟中学的教师，结婚不到一年。他教体育，英姿勃勃，开朗活跃；周喜花教英语，清秀宜人，认真细心。学校里的老师学生都喜欢这一对新来的年轻教师。那一段时间，学生们发现许老师的声音更洪亮了，身姿更挺拔了，眼睛更亮了，人也更帅了。是啊，22 岁，许志宏就成了两个男孩的父亲！欢乐整天写在脸上。

许志宏给孩子取名，哥哥叫许健，弟弟叫许康。人世间有千万种向往与憧憬，许志宏周喜花夫妇对孩子最大的祝愿是——健康。

8 个月时，带孩子的阿姨告诉周喜花：许健听不见邻居的摩托车的声音。许志宏夫妇心里不安起来，他们也发现大儿子在听觉上有些异常，但没有想得太严重。到七月，学校一放暑假，夫妇俩立即带了许健到新疆一家大医院就诊。

医生诊断许健是——重度神经性耳聋。

“许健是个聋儿？”这怎么可能呢？夫妇俩用惊愕的眼光询问对方，像在一场噩梦中相遇。

他们急忙抱着许健去了第二家医院。诊断结论：重度神经性耳聋。

他们还是不相信，紧接着又去了第三家。诊断结论：重度神经性耳聋。听力丧失 105 分贝。

周喜花“哇”的一声哭了。许志宏惊呆了。

孩子对任何声音都没有反应，连爆竹声都听不到。

许健是个聋儿！这个晴天霹雳般的灾难，一下子粉碎了新婚的甜蜜、得子的欢乐，两个年轻的父母跌入了悲痛的深谷。

日子在暗无天日中一天天过去。最强烈的剧痛慢慢麻木。妻子先接受了这个无法否认的事实。她对丈夫说：“聋了，不等于一辈子聋，现代医学这么发达，我们找最好的医院去，一定把孩子的耳朵治好。”

妻子的话，使许志宏振作起来，从此，他们踏上了漫长而艰难的求医之路。

新疆医学院附属医院、新疆第二人民医院、空军总医院，新疆所有的大医院都跑遍了，所有的医生都摇头。

他们精疲力竭，回到家里。休整一下，目光又投向外地大医院。

许志宏抱着许健，从新疆到了北京，去了同仁医院，去了协和医院，都是无功而返。后来又去了上海医科大学附属医院，也是同样的结果。

为了来杭州，他想把家里仅剩的一件电器——电视机卖了，周喜花不同意，她说要看新闻，现在的医学技术发展很快，靠电视能及时了解医治耳聋的信息。最后妻子把结婚戒指变卖了。许志宏羞愧难过，一个男人，竟让妻子卖了结婚戒指。周喜花对他说：“只要儿子的耳朵治好了，比戴什么金银首饰都开心。”

他们就这样积攒了最后的一点钱，积攒了最后的勇气，抱着许健，来到杭州。

但希望的大门依然对他们父子紧闭。雨还在不紧不慢地下着。

许志宏问一家店铺要了一块塑料薄膜，把怀里的儿子遮掩好，走进了雨中。

他沿着马路，一直往前走，没有目标。雨里的林荫路格外幽暗，两旁的店里都亮起了灯。在那一扇扇豪华闪亮的门里，许志宏不知道自己能够跨进哪扇门里去。

他只知道有一扇铁门在儿子的耳朵里面，这扇大门紧紧关闭着，有一把大铁锁把大门死死锁住了，把这个世界所有的声音都阻挡在儿子的大脑之外，隔绝在健康之外，隔绝在快乐之外，把儿子的一生隔绝在幸福之外。

谁能够把他儿子耳朵里的那把铁锁打开？谁有那把钥匙？那个能让许健听到声音的人在哪儿？

你在哪里？你在哪里？你在哪里呀——

许志宏抱着孩子，在雨里漫无目标地走着，心在绝望地呼叫，滚烫的泪水混合着雨水溪水般地流淌。

这个25岁的父亲，抱着两岁的儿子，跑遍了整个新疆，又从新疆到北京，从新疆到上海，从新疆到杭州，一直在寻找那个能够为许健医治耳聋的人。

许志宏感觉自己再也走不动了。他的钱消耗尽了，他的青春快乐消耗尽了，他的信心和勇气也消耗尽了，怀里的孩子太重了，他抱不动了，他累极了，他感觉自己马上就要倒下了。

西湖微波荡漾，烟雨茫茫，几只船影若隐若现，远处的山峦渐行渐淡，化入水汽迷蒙中。美丽的西湖，果真是"淡妆浓抹总相宜"。

绝望者眼里的美丽，只是美丽的绝望。

他看看怀里的孩子，许健趴在自己的胸膛上睡得正酣。父亲的胸膛是温暖的，安全的。孩子睡梦中咧着嘴笑了，像个甜睡的天使。他心里充满了温柔与感动。

雨已经停了，西湖静若处子。垂柳如倩女环侍，远远近近的山峦若有所思，天地间一片宁静。

一个声音从这片宁静中传来——孩子的耳朵目前还不能够治好，但通过语言训练和教育，他能够像健全的人一样过正常的生活。

许志宏猛然惊醒。

这是大夫说的话。这样的话，几乎每一个大夫都对他说过。为什么自己从来就没听进去呢？他想起医生的告诫："越早进行语训，就越有利孩子的语言和思维发育。孩子才两岁多，是进行语训的关键时期，不要耽误了！"

如醍醐灌顶，许志宏眼前的迷雾顿时散尽。这么长的时间，自己只在一个单向的线性思维里自我折磨：如果耳聋治不好，孩子的一辈子就完了。

其实，人感知这个世界有多种渠道，人与世界的交流也有各种方法。失去听力，是痛苦不幸的，但决不是末日来临！

我原本是送孩子去一个公园，让孩子获得快乐。但原先的那条路封闭了，发现此路不通，是一条死胡同，那为什么不赶紧回头，绕过这堵墙，抓紧时间另找通道，把孩子送进公园呢？

我的目的是送孩子进公园，这是最重要的，是唯一的目的。

雨过天晴。大地洁净，西湖更显得妩媚，碧波荡漾，杨柳微拂，湖面上画舫往来，白堤上游人如蚁。夕照的光芒把西山群峰勾描出一道金边。天空一架彩虹飞临。

许志宏从长椅上站起来，把孩子叫醒，他要和儿子一起用眼睛来欣赏西湖非凡的美丽，他要把快乐与美好留在孩子幼小的心里。如果若干年后回忆起这次杭州之行，他希望孩子留下美好美丽的朦胧印象。

许志宏抱着许健，沿着湖滨路，走向花港观鱼时，心里回荡着一句话——上帝关上一扇门的时候,必定会为你打开一扇窗!

许志宏带着孩子回到家里,与妻子一起开始给许健做语言训练。

这是一个极其艰难的开始。夫妇俩没有聋儿康复的专业知识,也没有语言训练方面的技巧。他们一边学,一边教。他们找来可能找到的书籍与报刊,又去乌鲁木齐请教聋哑学校的老师。他们本来就是优秀的教师,现在的学生又是自己心爱的儿子,他们倾尽全力。

课余时,学校的球场上再也看不到许志宏的身影,他的队友们失去了一个好伙伴。一放学,许志宏就立即回家。

许志宏放弃了所有的娱乐,放弃了交际,放弃了所有与教育聋儿无关的活动。他与妻子一起去幼儿园,把两个孩子接回家,然后对许健进行言语康复与智力开发。

因为他知道:3—6岁是幼儿语言发育的高峰期,错过了这个阶段,聋儿进行言语康复将难上加难。

教许健说话的难度仍然超出想象。他们做了卡片,画上一个男人,一个女人,一个孩子,分别写上“爸爸,妈妈,健健”,开始教学。

“爸—爸。”许志宏脸对着许健,张大口型,指着自己,大声念道。

许健望着他,目光茫然。

周喜花耐心地一遍遍教。孩子还是没有反应。

两人每天花在许健身上的时间不少于三小时。

一个星期过去了。一个月过去了。三个月过去了。孩子没有开过一次口。

一天,一个老师拿着一张报纸,兴冲冲来到他们家。一条简讯让他们大大振奋。有一种人工耳蜗植入手术,能让聋人重建听力。北京同仁医院为一个女童做了植入手术。

什么是人工耳蜗?要做什么样的手术?需要多少钱?效果怎么样?

经过多方打听,据说效果很好,但是价格令人咋舌——23万!对这对清贫的教师而言,无疑是一个天文数字。按他们当时的工资收入,是他们夫妇俩20年工资收入的总和。

哪里去挣这笔钱呢?

许志宏对妻子说:如果有人给20万,他愿意把自己变卖了。

妻子说:“别瞎想啦。钱我们慢慢积攒,过几年,耳蜗也许就便宜了。现在最要紧的是健健的语训,不能错过这个关键的时期。”

许志宏点点头。

1997年冬天,一个要为儿子植入人工耳蜗的梦想深深地藏在许志宏的心里。

给孩子进行言语康复异常艰难。半年过去了,许健没有一点反应。

白天教,晚上教,连做梦也在教。许志宏喊着梦话“爸爸,妈妈”,把妻子惊醒好几次。

一个音,一个字教了几万遍,好像在教一块石头。

夫妇俩口干舌燥,嗓子嘶哑,声带出血,又累又沮丧。

又是一次毫无结果的训练后,许志宏心情恶劣地打开电视,一个节目立即吸引了他,他急忙叫妻子过来一起看。

周婷婷从出生起就不曾听过这世界的声音。然而,5岁时她就认识两千多个汉字,8岁背出圆周率小数点后1000位,被载入吉尼斯世界纪录。上小学,她不仅与正常孩子坐在一起读书,竟还连跳两级。10岁她又与父亲合写出版了12万字的《从哑女到神童》一书。11岁被评为全国十佳少年。现在15岁,已经读高三的功课,准备明年考大学。

原来哑女是可以变成神童的!

他们怎么把一个全聋的孩子培养成神童的呢?

电视里播着周婷婷第一次开口的经过——婷婷指着床头的饼干盒子向奶奶比划。奶奶抱起饼干盒子,引导她:“饼干!饼干!”

婷婷对语言没有任何概念,只伸着小手要,奶奶铁了心就是不给。婷婷大哭起来,五分钟过去了,半个小时过去了,一老一少僵持着,一个泪眼模糊，一个泪流满面。奶奶的嗓子哑了，但依然抱着饼干盒子，不懈地重复着“饼干”二字。终于，婷婷停止哭泣，嘴唇嚅动了半天，模糊不清地吐出了两个字：“布旦。”

许志宏牢牢记住了那位父亲的姓名——周弘。

原来，神童是这样培养出来的。

第二天回到家里，许志宏拿来一只橘子，放在许健面前。许健想拿橘子，许志宏把橘子放在自己手心里，许健盯住橘子。开始训练。

“橘子。”“橘子。”

只有许志宏一个人的声音。

许志宏嗓子已经嘶哑，完全失去了耐心，听到孩子哭声，猛地一拍桌子：“你开口说呀！”

孩子受了惊吓，哇哇大哭起来。橘子滚到了墙角。

在外面已经听了很久的妻子进来，抱起大哭的许健，也哭了起来。小儿子许康也被吓哭了。许志宏见娘儿仨哭成一团，几年来压抑在心底的心酸悲苦一齐翻涌上来，也号啕大哭。

夜深了，孩子都已睡着了。许志宏摸着妻子瘦弱的肩膀说：“喜花，给健健看了这几年病，我们家也看穷了，人也看老了，可健健却一点起色也没有。看样子健健是没办法了。”

“我们去请教周弘老师吧，他把周婷婷教得那么好，一定有很高的水平。”

许志宏千方百计联系到了周弘。周弘理解一个聋儿父亲的心情，他建议不要把聋儿看成一个残疾孩子；不要给孩子压力，玩乐是孩子的天性，在游戏中学习；要不断鼓励孩子，发现优点，给予充分的赞赏与肯定，培养孩子的自信。

许志宏夫妇改变了方法。他们更多地带孩子到野外玩耍。他们指着草，教许健说：“草。”重复数遍。跟孩子玩捉迷藏，大人躲在树后，等许健抓

▲ 个别进行的康复训练

到自己，就指着树教他："树。"重复数遍。

春天来临，他们采一朵野花给孩子，放到他的鼻子下，让他嗅花的气味，说："花。"重复数遍。

每天如此。教孩子认识"山"、"天"、"牛"、"马"、"羊"。

时间一天天过去，孩子仍然不会说一个字。

孩子的沉默像一块铅压在许志宏夫妇的心头。

铁树开花，哑巴讲话。十聋九哑。或许，许健真的一辈子要生活在无声的世界里了。

夏天快到了，野外更加美丽了，远山雄伟壮丽，原野水草丰美。黄昏的时候，许志宏带着许健来到草地，一群牛在悠闲地吃草。这些天来，他不再急切地教孩子认这认那，他随许健自由玩耍，他发现孩子变得活泼而开心。

许志宏却沉浸在忧虑之中。

突然，他听到一个陌生的声音“偶！偶！”

只见许健小手指着一群牛，嘴里发出“偶！偶！”

许志宏刹那间思维短路，他不敢相信自己听到的是许健的声音。

许健跑到父亲的身边，拉着他的手，在他手里比划着，口中还在喊：“偶！偶！”

许志宏有点眩晕，他明白了许健在向他表达着什么，他定定神，看孩子在自己的手心里划来划去。

孩子又在父亲手心里划了四道，然后指着牛群叫：“偶！偶！”

许志宏看清楚了，孩子在他手心里写了一个字，如一道闪电照亮黑暗的长空，许志宏心里忽然明白——孩子在说：“牛！牛！”

许志宏眼泪“哗”地就下来了，他一把抱起许健，往家里飞跑。他冲到家门口，大叫：“喜花。喜花。”

见丈夫抱着孩子跑得气喘吁吁，满脸泪水涟涟，周喜花惊问：“怎么啦？”

许志宏：“说了，说话了，健健。”

许志宏一手抱着许健，一手拉着妻子，一路狂奔，又跑回草地。

他把许健放下，脸对着孩子，指指那群牛，说：“告诉妈妈，告诉妈妈。”

许健拉过妈妈的手，在手心里写了一个字——牛，嘴里说：“偶，偶。”

周喜花喜极而泣。

许志宏跪在草地上，双手拥抱着妻子和儿子，任眼泪尽情流淌。

所有的辛苦终于有了回报，所有的期盼终于有了回应。孩子能够说话了！孩子有救了！

小许健说出的这个“牛”字，花了许志宏夫妇整整一年时间。他们把这件事看成一个里程碑，它标明了许健学习语言的起步。

山重水复疑无路，柳暗花明又一村。

这极大地鼓舞了许志宏夫妇。他们更积极更快乐地投入语训中。

一个月后，许健说出了第二个词语："娃哈哈。"

1999年春节，许健已经认识二百多个字了，会说十几个双音节的词语。夫妇俩作出了一个重大决定：为了让许健获得更好的康复训练，把他送入南京"婷婷聋童幼儿园"学习。

大年初五，许志宏怀里揣着东拼西凑来的一万元钱，带着许健，登上了去南京的火车。

春运高峰，只买到一张站票。车厢过道上都挤满了人。各种臭气弥漫在密封的车厢里。地上堆满了人和行李。许志宏一直站着，五天五夜，一直站到南京。

当他带着许健来到"婷婷聋童幼儿园"，见到敬仰已久的周弘老师后，激动与兴奋让脚上的疼痛烟消云散。

把许健托付给周老师，许志宏安心了，好像把一颗种子种在一块肥沃的土里，只等着收获的季节。那亮光已经可以看见了。

日子过得十分清苦，但夫妇俩的心情却是快乐的，因为希望在一天天发芽。高云校长特别允许他们在校长办公室用学校唯一的一部电话打长途，夫妇俩总是轮流与儿子通话，许健在几千里外喊着"爸爸，妈妈"，许健只会叫"爸爸，妈妈"，他就不停地叫"爸爸，妈妈"。儿子遥远的呼喊，令父母的泪水止不住地往下流……

许志宏夫妇拼命工作，把所有的时间都花在教学上，把所有的精力都花在学生身上。他们希望以此来感恩。

学校放暑假了，许志宏立即去了南京。半年了，他终于看到日夜思念牵挂的儿子，他发现儿子长高了许多。他热切地与儿子讲话，发现儿子并没有热烈的反应。他心头一沉。老师说许健性格有些孤僻，对学习兴趣不高，不爱参加集体活动。可能是因为环境陌生而产生排斥心理。老师建议家长多陪陪孩子，可能会改变这种情况。

许志宏决定留在南京，陪儿子康复，正好是暑假。

儿子最开心了，但父亲必须解决生计。他跑出去想找一份临时的工作，跑了一个星期也没有找到。周弘老师就说："你也是当教师的，就在我这儿帮忙吧，住办公室，每月300元。"

许志宏感激不已，心想我总是遇到好人。

他有更多的时间与儿子在一起了。儿子的眼睛明亮了，一天天开朗起来，喜欢与同学玩耍了。

很快，在忙碌与快乐中，暑假就要结束了。他与妻子商量，再请两个月假，稳定巩固许健的进步。

新学期开学的第二个星期，周弘老师叫他去接电话，说是新疆来的。他一听是高校长打来的。高校长的声音有些犹豫，他感觉不安，问：是不是喜花病了？

高校长电话里说：周喜花老师在办公室里晕倒了。

许志宏急了：她怎么了？她生什么病了？

妻子自嫁给他后，就没有过上一天安稳的日子。

许志宏觉得自己有愧于妻子，心里向苍天祈求：千万不要让喜花出事！

高校长似乎平静下来，用一种比较坚决的态度说：喜花不要紧。她已经醒了。就是，就是，你父亲从伊犁打来了电话，说是你的小儿子许康，康康的耳朵也聋了。

什么？

你父亲说，前一些日子，康康发烧，去医院打了点滴。回来后，就感觉孩子有点迟钝了，过了几天，发现喊他也没有反应，老人害怕了，赶紧送医院，检查结果是药物中毒导致耳聋，听力丧失95分贝。

许志宏感觉天旋地转。

他真的是欲哭无泪。唯有心在流血。

第二天，许志宏拉着许健的手走进办公室，向周弘告别。他感谢周老师为他们父子所做的一切。但他要提前带孩子回去了。命运向他发起新的挑战。他无可逃避,他要回去战斗了。

两个儿子都聋了,双胞胎弟兄不仅长得相像,命运也将相似。许志宏也为许康配了助听器。

许志宏夫妇决心一定把两个儿子一起培养好,决不放弃。他们申请调回伊犁老家,以便让两个聋儿得到更多的照顾。

2000 年 9 月,许健进入学前班,与他一起进幼儿园的还有他的父亲许志宏。

这在当地成了一大新闻,一个中学教师主动去当幼儿园老师。

许志宏的动机很简单,他只想在许健跨进正常社会第一步的时候,作为父亲的他就在孩子身边。

他与妻子商量后,拒绝了把孩子送进聋哑学校的建议。无论如何也要帮助孩子进入正常的社会圈子。

为了许健在普通幼儿园能顺利融入健康孩子的群体,为了许健的言语康复与学习取得理想成绩,为了防止更多的歧视和心灵受伤,许志宏想自己必须守护在孩子的身边。

许志宏当了一名幼儿园教师。为了儿子,没有什么不能放下的。

许志宏很快就成为最受孩子欢迎的老师,而许健在父亲近距离的关注与呵护下,言语康复和心理康复有了突飞猛进的长进。

一年后,许健顺利升入了普通小学——霍城县芦草沟学区中心校。同时升入这所小学的还有他的父亲许志宏。

进入一年级,学习任务更重了。一个班 50 个孩子,老师是按照听力健全孩子的学习进度进行教学的。许健在课堂上大部分时间不知老师在教什么。

这需要许志宏夫妇在晚上花三个小时来帮助他,重新学习一天的功课。

父亲教语文，妈妈教英语、算术。

弟弟许康有语言基础，戴上助听器能获得较好的听力，所以他比哥哥高两个年级。兄弟俩上下课时间并不相同。如何让许健独自安全地过马路呢？

第一学期，每天都由许志宏牵着孩子的手步行去学校。走到马路边，父亲的手不由自主地加大了力量握紧，生怕孩子突然挣脱跑出去。

“过马路，左看看，右看看。”父亲一边大声念口诀，一边左看看，右看看。

父亲要许健跟着学，一边说，一边做：“过马路，左看看，右看看。”

等到近处没有车辆的时候，许志宏才牵着孩子过马路。

一过马路，孩子死命挣脱父亲的手，小手已被父亲握得通红通红的。

这样的训练，每天四次。天天如此。

一个学期下来，许健已经形成了条件反射，一到马路边，必定停下脚步，左看看，再右看看，等没有车辆的时候，才过马路。

第二个学期，许志宏放开手，让许健自己去学校，他在后面悄悄跟着。许健过马路，总是左看看，右看看，这已经成为设定好的程序了。跟了三个月，许志宏放心了，许健自己上学，过马路了。

一年级，二年级，许健都是班上最优等的学生。

而弟弟许康成绩更好，英语成绩是年级第一。

许志宏夫妇以大爱养育他们两个聋儿的事在当地被传为美谈，媒体纷至沓来。渐渐地，有家长带着耳聋的孩子登门，请许志宏夫妇收留他们的孩子，帮他们一起康复。

他们无法推诿。他们深深体会到家长们的难与痛。他们收下这些孩子，把他们当成自己的孩子，与许健许康一样进行康复，语训，教学。

令人担心的事发生了，许健的学习发生了障碍。

三年级，他的语言开始跟不上了。

四年级，许健的功课全面滑坡。

孩子和家长的努力几乎到了极限。

这是因为许健没有任何听力造成的。许健的学习以及智力发展到了一个临界点。

一个准备已久的计划应该马上实施——为许健植入人工耳蜗。

许志宏一直在搜集有关人工耳蜗的信息，从产品功能、效果、手术、价格、康复掌握得越来越清楚，当然，他最关心植入后的效果。

2001年，许志宏夫妇在中央电视台《健康之路》看到了同仁医院的手术直播。

2003年，一位在许志宏家接受康复的孩子做了人工耳蜗植入手术，开机后来到许志宏家里。周喜花站在孩子的身后，用普通音量说："Good afternoon."孩子背对着周喜花，马上回应："Good afternoon，teacher."

孩子反应如此敏捷，听力与正常人几乎无异。

许志宏夫妇亲眼目睹了植入人工耳蜗具有如此的效果，心里又惊又喜。

没有任何疑问了。现在所缺的就是——钱。

2005年冬季，人工耳蜗在中国市场最便宜的一款已经降为14万元，加上手术费、住院费、调机费、康复费和往返路费等，怎么也要17万元。

许志宏与周喜花把存折打开，里面只有3万元。这是几年来他们省吃俭用积攒下的全部资金。

缺口14万。夫妇两人的月工资总和是2300元，如果每月积存1000元，需要12年才能把做手术的钱攒够。

许健已经11岁，不能再等下去了。决战的时刻到了。

许志宏周喜花向自己的父母兄弟姊妹求援，向自己的亲戚朋友同事求援。

能借的都借了。所有的办法都想尽了。许志宏愁得生出了白发。

周喜花对他说："把房子卖了吧。我们租房住。"

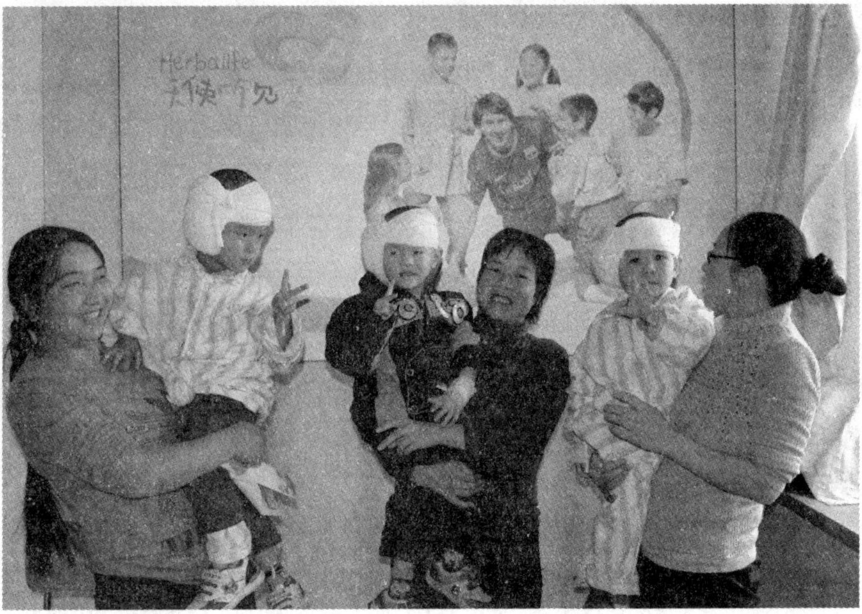

▲ 做完手术的孩子们良好的精神状态

许志宏:“喜花,那我们可是彻底的一无所有了。”

周喜花:“我们有两个可爱的儿子,给健健装了耳蜗,等他听见了,快乐了,我们家就什么都有了。”

许志宏看着妻子,瘦弱而憔悴。想起当年的周喜花那样秀美,不由心生愧疚:“喜花,我是一个没有本事的男人,结婚十几年,我没有让你过上一天好日子,现在,连安身的房子都没有了。喜花,你嫁错人了。”

“志宏,你知道当初我为什么嫁给你吗?你说过,喜花,也许我不能够给你财富,不能够给你权势,但我一定能够给你最丰富的感情。”

周喜花的眼里闪耀着美丽的光芒:“我就因为这句话嫁给了你。”

许志宏泪光莹莹,百感交集。

“志宏,把房子卖了吧。如果下辈子,你还愿意娶我,我还是嫁给你。”

如果有这样的一位女子做你生命的伴侣,在一生的道路上与你携手同行,那还有什么困苦你不能承受呢?

2006年大年初八，许志宏带着许健，带着沉甸甸的17万元，来到北京。

2月17日，协和医院，曹克利大夫为许健植入了奥地利人工耳蜗。

3月20日，许健的人工耳蜗开机，少年许健第一次听到了这个世界的声音。

3月20日夜晚，许健从父亲手里接过电话，问候千里之外的母亲说："妈妈，你的感冒好了吗？"

周喜花泣不成声，在电话那端不住地呼唤："许健！许健！"

这是许健生命中第一次听到来自母亲的声音。

4月5日，许志宏发现，许健在两天里学会了以前需要一年才能学会的词语。

这是上天对他们夫妇最大的回报。如果没有早期的智力开发，没有良好的语言基础，没有健康的心理素质，植入人工耳蜗的许健不可能取得这样好的康复效果。

坚韧不拔的意志，钢铁一样的决心，破釜沉舟的勇气，把铁杵磨成绣花针的耐心，患难中夫妻彼此的安慰与鼓励，放弃一切也决不放弃孩子康复的信念，汇聚成爱的洪流，这洪流源远流长，滔滔不绝，终于把许健——这艘搁浅了12年的生命之舟推出暗礁，驶向那广阔的海洋。

每个聋人的背后都有故事，有些说得出，有些说不出，有些要借着他人之口才能讲出来。无法想象，多少无言的心事在西风中凋零而去。

自古以来，因为上苍的笔误也好，后天的病痛灾难带来的恶果也好，有无以计数的人生活在无声的世界里。他们静静地来，默默地去，似乎没有留下任何一点痕迹。是什么力量，能够让铁树开花，枯藤发芽，石头说话？

我们听见，唱响在所有故事中的主旋律只有一个，那就是爱。

爱是所有季节的果实。

第十二章
人靠人才能成为人

先祖们

用一个听字诠释了听

用眼

用耳

用心

且有全人的关怀

用这个听

一定可以听见今天的我们

多想也听回那古旧的年代

旷野里

沙哑粗粝的歌声

带着小儿时节的可掬憨态

曾经在许多城市的机场或街头，遇见这样奇怪的人，不说话，笑着将一张卡片塞到你手中，然后等在旁边拿走一元或者两元你可能给出的零钱。这个人并不耽延，突然出现在你的面前，又突然离开，他（或她）的背包里有很多一样的卡片。他（或她）走后，你仔细看，上面是一排又一排的小手，做着各种的手势，后面印着翻译过来的语言："我爱你！"等等，大都是一些日常用语。

我们这才知道，他们都是聋人，在为一些聋人慈善机构募捐。

他们需要帮助。就像我们随时可能成为别人的帮助，而我们也不能离开别人的帮助一样。

“人靠人才能成为人。”这不仅是遥远非洲的乌班图的哲学，也是中国的，更是世界的。

2004 年 7 月，中国第一部反映聋人生存现状的纪录片《白塔》在法国马赛纪录片电影节获最佳导演处女作奖和观众提名奖两项大奖。导演苏青说：我关注他们，是因为那其实是一个很大的社会问题，他们代表了一种生活。这种生活与社会有直接的联系。从他们身上能看到很多让我思考的东西。因为他们的思想其实是正常的，但表达方式不一样。这种不一样造成了一种对抗，而这种对抗更能表达人与社会的关系。

聋人需要的最大帮助是尊重和理解，而不仅仅是施舍。

人们的权利来源于他们自身的努力，而不是别人的给予。

人类的韧性令人佩服，体现在聋人身上时，更是让人肃然起敬。其实，有一种默然无语的抵抗从来就不曾停止过，“也许藏有一个重洋，流出来却是两滴泪珠。”在聋人心中积聚的呐喊，如能被喊出的话，一定是以让天下聋人都能听见的分贝呼喊出来的。如果那渴望的激情被允许喷发的话，火山的岩浆会直逼云天。

《千手观音》从中国的舞台，跳上世界的大舞台，每到一处都获得巨大的成功。武汉姑娘邰丽华一夜之间走进 13 亿人的心中，这个生活在无声世界里的美丽姑娘，让自己的身体变成了弓弦，奏出了人世间最深情柔媚的旋律；同时又让自己变成琴键，弹出了人世间最激越和华彩的乐章。

记者问邰丽华：“你有时会不会觉得老天不公平，没有给你一个健全的身体，让你听不到这个世界？”

邰丽华回答：“没有。我感觉残疾不是缺陷，而是人类多元化的一个特点，残疾不是不幸，只是不便。其实所有的人的人生都是一样的，有圆有缺有满有空，这是你不能选择的。但你可以选择看人生的角度，多看人生的圆满，然后带着一颗快乐感恩的心去面对人生的不圆满——这就是我对生活的感悟。”

一个对生命有这样感悟的人，她才可以舞出雀之灵，轻盈得像一阵风，柔软得像一片云，比泉水更清亮，比月光更纯净……生命律动，踏歌而飞。

2006年9月1日，星期五下午，快下班的时候。

北京光华路和乔大厦澳大利亚科利耳人工耳蜗公司中国办事处办公室。

陆锋正在打电话："姜大伟，今天星期五，一会儿我去学校接你，上我家去过周末。"

下班后，他驾车开上京通高速公路，向通州人工耳蜗培训学校驶去。

陆锋，中国第一个人工耳蜗植入者，自1995年5月4日植入人工耳蜗，至今已经十多年了。植入当年，他就和朋友合伙创办了一家电脑公司，经过几年的发展，公司有了一定的规模，公司的盈利状况良好。他和家人过着安逸而温馨的生活。

人工耳蜗把曾经失去的一切都给他补偿了回来。

十年失聪的日子虽然已经远去，但那种痛苦和绝望却并没有忘记。从有声世界跌入无声世界，令他安静地思考了很多问题，对生命有了更深的热爱。重回有声世界，过上幸福生活，这是从天堂到地狱，又从地狱回到人间的历程。

他总是说：他死过一次，是人工耳蜗又让他活了回来。

每当遇到耳聋患者，他就会以自己的亲身经历，热情地向他们介绍人工耳蜗。后来，他看到的聋人越来越多，他心里激荡着一种情怀——怎么去帮助他们，让他们能够像他一样，重建听力，获得正常人的健康生活？

在2002年，当澳大利亚人工耳蜗公司中国联络处向他发出邀请，他没有太多的犹豫，退出电脑公司，来到北京。

这个选择不仅仅是出于知恩图报，更是因为心中对聋人有一种不能割舍的情愫。

陆锋的工作是为客户提供咨询和服务，并负责网站建设。

人工耳蜗一旦植入，如果不出现意外，植入部分是终身埋在人体里的，因为按照设计标准，它的使用寿命是70年。人工耳蜗公司对客户的服务是终身的。

陆锋每天都会接触到许多痛苦的患者和忧心如焚的家长，他们正在经受的痛苦焦虑他都曾经有过，他为他们提供客观准确的信息，提供合理的建议，帮助他们联系医院和医生，帮助他们联系康复机构和老师……

他很少有时间回江苏探亲，只是在寒暑假的时候，妻子带着女儿来北京，一家人才能团聚。

姐姐陆荣在美国读完生物博士后，一直在从事生物工程的研究，后来去了德国、俄罗斯，现供职于瑞典的一家生物医学机构。她事业有成，家庭美满。她经常回国，她来到北京，看到陆锋为这些耳聋患者常常忙得精疲力竭，她对弟弟说："出国吧，你20年前就想出国，一切都由我来安排。"

陆锋摇头。他已经年届不惑，一场灾难，让他对生命有了更深的理解，他愿意为中国的聋人多尽一点力。

陆锋看到：每个遭遇耳聋灾难的家庭都需要帮助，靠一己之力实在是杯水车薪。他想：应该有一个人工耳蜗植入者自己的平台，就像美国澳大利亚的人工耳蜗植入者协会，由人工耳蜗植入者自愿参加，大家提供经验，分享信息，彼此沟通，相互关心，甚至还可以募集资金，帮助特别困难的家庭。

陆锋把这个想法和几个植入者及家长一谈，立即得到热烈响应。他们成为积极的倡导者。这几位倡导者是：

陆锋，中国第一例成人人工耳蜗植入者。

关佩霞，女，北京人，其女抗梦雯，先天性双耳失聪，1997年在北京同仁医院植入22导人工耳蜗，是中国大陆第一个安装多导人工耳蜗的儿童，现正在学校读书，多次被评为三好学生。

陈卉，女，江苏人，大学毕业，女儿因听力不佳植入人工耳蜗，现开办一家慈善听力康复机构，专门为人工耳蜗植入者进行康复指导。

孙维波，男，山东人，1968年生，大学毕业，2003年外力撞击导致全部听力丧失，2004年在山东植入24导人工耳蜗，现于本地政府任办公室副主任。

饶彬渝，女，广东人，其子庞福良，2000年生，不明原因听力丧失，2002年在珠江医院植入电子耳蜗，现在听、说方面都和正常儿童一样。

陈飞燕，女，浙江人，1975年生，大学毕业，不明原因听力丧失，2003年植入人工耳蜗，现于一家外企公司担任财务总监。

2004年初，陆锋萌发建立植入者互助会，经过一年的酝酿筹备，到2005年3月3日"爱耳日"正式成立，中国国际广播电台报道了"中国人工耳蜗植入者互助会"成立的消息。

在《中国人工耳蜗植入者互助会的章程》里，明确了这个民间机构的宗旨：

联络人工耳蜗植入者及热心于人工耳蜗植入事业的人士，互助互帮、树立信心、早日康复；

提高人工耳蜗植入者群体的社会认同度；

促进植入者和失聪者之间的互助互帮；

实行人道主义，帮助植入者和失聪者。

机构经费来自于会费和企业资助。

陆锋为中国人工耳蜗植入者互助会建立了网站，发布有关人工耳蜗的大量信息。

2005年，互助会通过人工耳蜗生产商，募集了近四十万元的资金，用于人工耳蜗植入者的术后康复，这笔资金资助了一百七十多位植入者，人均 2000 元。

互助会建立一年，在人工耳蜗植入者群体中赢得广泛好评。来互助会寻求帮助的人越来越多。

陆锋很累，几位发起人大多在外地，互助会的主要工作都由他来承担。但他看到他们的工作对聋人和他们的家庭带来了真正的帮助，心里感到很愉悦。

周末下班的时候，路上开始堵车。陆锋耐心等候，下了高速公路，往北转，过了北关环岛，很快就到了通州人工耳蜗培训学校。

有一些周托的孩子，今天要被接回家，校门口，老师与家长们在交接，老师们不住地叮嘱着家长，布置着回家的语训作业。

陆锋走到操场，见两个身材都很高大的人在打羽毛球，那年轻的小伙子就是他要接回家的姜大伟，年长的一位是王建强校长。

姜大伟一见陆锋，忙跑了过来。

姜大伟很健壮。他的左耳后戴着一个耳背式言语处理器。

认识姜大伟是在 2005 年 11 月的一天。

那天，陆锋接到一个电话，说有一对内蒙来的母子要来拜访他，陆锋在办公室等他们。

母子俩来了。母亲很憔悴。姜大伟高大结实，但是神色有几分沮丧。

陆锋招呼他们坐下，倒了两杯水，听母亲的讲述。

姜大伟小学三年级时，因注射庆大霉素导致听力受损，佩戴助听器后，获得一定的补偿听力。他十分努力地读完小学、中学，考上了中央民族大学美术系。两年前，姜大伟大学毕业，在北京一家装修设计院任设计师。三个月前，连续加班，工作疲劳，心理压力增大，有一天一夜醒来，完全失聪了。医生建议植入人工耳蜗，并推荐他们来见见陆锋，看看效果。

母亲与陆锋说话中，姜大伟一直盯着陆锋，看着嘴，又看右耳戴着的言语处理器。

看到姜大伟眼睛充满渴望和焦虑,陆锋想:这不就是 20 年前的我吗?一样的大学刚毕业,青春年少,美好的生活刚刚在眼前展开,耳朵突然聋了。在突然降临的厄运面前,一样的痛苦、无助和绝望。

陆锋微笑着对姜大伟母亲说:“姜大伟一定比我好。我聋了整整十年,才等到人工耳蜗进入中国。只要医院经过术前检测,符合手术条件,姜大伟现在就可以植入人工耳蜗。他一定比我好。”

看到陆锋与母亲谈得很热烈,姜大伟在纸上写了一句话:我也要做耳蜗手术!

姜大伟的母亲看看儿子,又看看陆锋,心里明白:儿子最好的出路,就是植入人工耳蜗。陆锋是一个最有力的证明。

母亲告诉陆锋:她和姜大伟的父亲都是下岗工人,他父亲在南方打工,姜大伟还有一个妹妹正在上中学,也是耳聋。

临走前,她对陆锋说:不管想什么办法,一定要给姜大伟做耳蜗手术。

听了他们的诉说,陆锋心里很沉重,二十多万的巨款,对姜大伟一家来讲,委实难以承受。

这样的情景,陆锋已经看了很多次,每经历一次,心里便难受一次。

如何来帮助姜大伟,让他早日做人工耳蜗手术呢?

陆锋想起了杨洋。他想杨洋一定有办法。当天晚上,他发了一封电子邮件给杨洋。

杨洋是中国残疾人联合会聋人协会的副主席。

杨洋的成长经历充满了传奇。

杨洋是个杭州女孩,4 岁时失聪。在父母亲的帮助下,依靠读唇读完了小学和中学,1992 年参加高考,并取得优异成绩。在报考浙江大学的时候被体检拦住了。杨洋和父亲跑遍了省招办、省政府、浙江大学,都无法获得入学资格。无奈之下,杨洋给中国残联主席邓朴方写了一封信,陈述自己的学习经历和高考成绩，表达了强烈的求学欲望。信里附上了同学、老师的证明和高考成绩单。

很快，中国残联派专人来杭州调查，一切属实。此时，正在落实《中国残疾人事业“八五”计划纲要》。邓朴方为此与教育部进行了磋商。在浙江大学新生开学一个星期后，一份入学通知书终于送到了杨洋的手里。

杨洋的入学，成为使“符合国家规定录取标准的残疾考生进入普通高级中等以上学校学习”的政策得到具体落实的一个典型。

杨洋在浙江大学数学系的成绩一直是前三名。她被选为学生会干部。四年后她以优良的成绩毕业。她以付出数倍于健听人的努力，为聋人赢得了尊敬。

在一家以国际会展为主要业务的广告公司工作了三年后，杨洋被调到中国残联，负责聋人协会的工作。她自强不息的生命故事感动了许多人，成了大家的榜样。

在这个特殊的群体中，还有知名作家张海迪，她的故事更是家喻户晓，激励了千千万万的人，尤其是年轻人。由她们的身上，人们看到了美好的生命见证：钢铁是这样炼成的，人的坚强不屈的意志真的可以胜过肉体的限制。

陆锋与杨洋在网络上分析讨论着聋人的现状。

人工耳蜗进入中国以来，经各种媒体的宣传报道，已经被社会广为认知，引起了政府和社会的关注，也时时有一些企业和个人向患者作慈善捐赠，台湾王永庆先生数次给祖国大陆捐赠人工耳蜗，并作出了更大规模捐赠的承诺，将使很多贫困聋儿的命运由此而改变。但是他捐赠对象的年龄是7岁以下的儿童。把像姜大伟这样的优秀青年聋人排除在捐赠行列之外。

其实，像姜大伟这样的青年聋人一样需要帮助，甚至比那些幼儿更需要帮助。因为他们一直是能够听到声音的，他们更加深切地知道失去听力的痛苦，因为他们已经受过很好的教育，他们已经长大，他们能够劳动、工作、为社会创造财富。他们好像经过春天夏天的果子,在即将成熟之前,被暴风雨吹落在地。

只要帮助他们植入人工耳蜗,让他们获得听力,甚至不需要漫长的语训和康复,他们就能够很快回归主流社会。帮助语后聋的优秀青年植入人工耳蜗,从教育的成本上来看,也是更经济的。

如何帮助姜大伟这样的青年聋人获得资助,来做人工耳蜗手术呢?

在网上,杨洋和陆锋的讨论还在进行。

杨洋:我们来发起一个行动吧。通过传媒,让社会知道有这么一个优秀青年遭遇不幸,急需救治,发动社会力量来帮助他们。

陆锋:这是个好主意。我们得给这个行动取一个响亮的名字。

杨洋:就叫“倾听行动”吧,让人一看就知道是帮助聋人的。

陆锋:好!我们通过网站,再争取电视台和报纸,把需要救援的人的详细情况发布出去。

杨洋:这还是个创意,我们要制订一个具体方案。

不久,在新浪网站的杨洋博客上,网民们看到了“倾听行动”已然启动。

“倾听行动项目”针对的是成人失聪者。

因为自1995年人工耳蜗进入中国以来,十年内,人工耳蜗已帮助三千多位全聋病人找回了倾听的世界。如今,在政府和社会的关注下,0—7岁的全聋儿童,将有机会得到由慈善家捐赠的人工耳蜗。但作为人工耳蜗的另一适应人群——有语言能力的成年失聪者,却因费用的昂贵,徘徊在有声世界的门外。

这个群体复聪的心情更迫切,足够的知识背景令他们更能配合医生或是康复专家的安排,更有意识地寻找各种方法去适应,因此,他们植入后的康复能力更强,效果更好。一般只需要三个月的时间就可以接近原来的听力水平。

据保守统计，目前这样的人群，全国约有十万人。

该项目的主要目的是“募捐”，而非“捐赠”。也就是说，在保证信息的透明、对称、最大化的前提下，确定需要援助的人选，通过各种宣传方式替他们募捐，最后直接让出资者与病人联系接受资助，杜绝中间环节。

“倾听行动”援助的第一个患者就是——姜大伟。

2006年5月8日，杨洋和陆锋安排了援助者与姜大伟的第一次见面。

5月14日（星期天）下午2点，在北京东直门内北小街草原胡同35号，举办了第二次见面会，来与姜大伟见面的有他的同学、人工耳蜗植入者互助会成员、人工耳蜗植入者及家属、部分捐款人。他们与姜大伟和他的父母沟通交流，缓解姜大伟的紧张情绪，两位双胞胎小女孩还专门为姜大伟跳了一个舞蹈，让即将手术的姜大伟感到人世间的温情爱意。

5月17日上午9点，姜大伟在北京协和医院接受人工耳蜗植入手术。手术进行了两个小时，主刀大夫是曹克利教授。

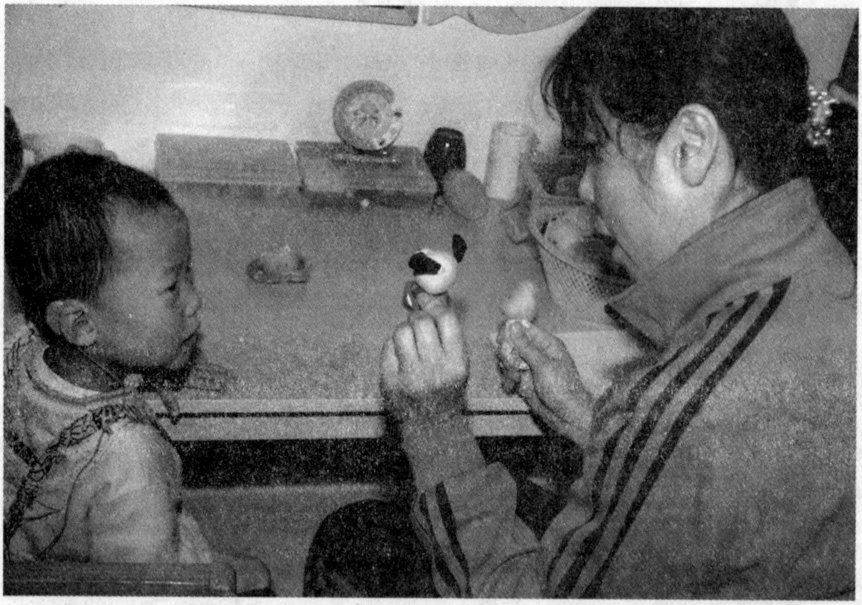

▲ 孩子们在上单训课

6月21日，姜大伟的人工耳蜗开机。刚开机时，姜大伟说：我听到声音了，跟原来听到的声音不一样，有流水的声音，有很多很杂的声音，分不清楚是什么声音。

两个小时后，姜大伟用手机给远在内蒙的姥爷打电话，告诉老人自己已经听见声音了。

7月，姜大伟来到通州人工耳蜗培训学校，接受术后康复训练，王建强校长免除了他全部的康复费用。

9月1日，星期五，陆锋把姜大伟从学校接到自己家中。

他们一起做饭，一起聊天，一起看电视。

姜大伟整天戴着人工耳蜗，中午睡觉时也不关机，他能够听到很多声音，能够听到很多高频音，听得很清楚。姜大伟很兴奋，他喜欢与人说话。姜大伟说话有点慢，但发音基本准确。

姜大伟的手机响了，是同学打来的，姜大伟告诉同学两个月的语训结束后，他要去上班了。

陆锋看着姜大伟打电话，心里很感慨：他就像20年前的自己，大学毕业两年，就突然聋了。一样的年轻，一样的孤独，一样的绝望。只不过，那样的日子我过了整整10年，而姜大伟才过了不到10个月。

“倾听行动”正在进行之中。在新浪网站的“杨洋博客”上，几个经过挑选的亟待救援的优秀耳聋青年的资料已经挂出，等待着社会各界的援助。

一个朋友问杨洋：如果有人捐赠你一个人工耳蜗，你会接受吗？

杨洋想了想，回答道：“我已经能够通过读唇与人进行很好的交流了。以前困难的是不能接听电话，现在可以用短信和电子邮件交流信息，人工耳蜗对我的意义不是太大了。如果真有人送我一套人工耳蜗，我想我会把它转送给更需要的人，就像姜大伟这样的人。”

2012年4月，全球植入人工耳蜗人数已经超过25万例。中国目前只有 1.3 万多聋人接受了人工耳蜗植入手术。

全球三家外国企业垄断了电子耳蜗市场，十多万元的高昂价格，令中国许多工薪阶层和贫困家庭的听障孩子望而却步。同时，由于汉语和英语在很多方面存在差异，中国的听障聋人迫切需要一种价格低廉、适合汉语人群的人工耳蜗产品。

从插座式单导人工耳蜗，到感应式单导人工耳蜗，到多导人工耳蜗的研制，中国的医学、科技工作者从来没有停止过在人工耳蜗领域的探索和研究。

2003 年，中国第一部数字化可编程人工耳蜗研制成功。王正敏教授——我国现代耳显微外科、耳神经外科、耳鼻区颅底外科的主要奠基人，一位耄耋之年的老人，历时 20 年，历经无数次失败和试验，带领他的科研团队先后研制成功单导脉冲式和单导连续式人工耳蜗，这是继澳大利亚、奥地利和美国之后，中国也拥有了自主创新和自主知识产权的高科技产品——人工耳蜗。

2005 年，复旦大学附属眼耳鼻喉科医院将这项自主研发的多导程控人工耳蜗作为医院产权实行技术转让，正式进入国产开发阶段。

2011 年，王正敏教授和他的科研团队历经二十余年研发的国产 REZ-I 型人工耳蜗获颁国内首个人工耳蜗产品注册证书，并被批准在成年耳聋患者中临床应用。

2011 年 8 月 19 日，国家食品药品监督管理局批准“诺尔康”人工耳蜗进入市场。从获得准入市场资格后，短短两个月时间，“诺尔康”已收到植入申请一千五百多人次。

2012 年 3 月，由卫生部资助 2171 万元的公益性专项“国产人工耳蜗优化及临床技术研究项目”在复旦大学附属眼耳鼻喉科医院启动。该项目研究期限为 3 年，通过全国 8 个课题组联合攻关，有望研发出新一代具有国际先进水平和我国自主知识产权、且价格远远低于进口产品的国产人工耳蜗。

同时，项目的开展也将打破国外垄断，推动中国神经生理、语音信号处理、微芯片设计、微加工、人工耳蜗植入技术等多领域技术的发展，培养出一支神经生理学、听觉医学、言语信息处理及人工耳蜗工程研制等多学科融合的科研团队。

2011 年 11 月，来自安徽省定远县的先天性听力障碍患者小莉在安徽医大一附院成功接受了人工耳蜗植入手术，成为中国第一例植入国产多导人工耳蜗的患者。

目前，中国有三家企业进入国产人工耳蜗的临床试验阶段。

临床试验及研究证明，国产人工耳蜗，其性能及临床效果可与进口产品相媲美，很多指标甚至优于进口产品。

这是中国医疗科技的进步，高端品质、适宜价位的国产人工耳蜗，为更多的耳聋患者回到有声世界创造了机会，具有深远的社会意义。

在南美丛林里，有一种树分泌胶汁，有一种鸟儿以这种树胶为食，只是它们必须小心翼翼来啄食，一旦大意，翅膀被胶汁粘住，就无法再挣脱出来。

避免不了的，总有这样的悲剧发生，被胶粘住翅膀的鸟儿尖利地呼救、拼命地挣扎，但结果是被更紧地和树身粘在一起。呼救的声音唤来同类，此后，飞来的鸟儿们陪在不能再飞的鸟儿身边，不肯离去。白天它们为它寻找食物，到夜晚大家聚在被粘住的鸟儿身边，给它做伴。为了安慰这只不能再飞翔的鸟儿，它们聚在一起，好像有一个不散的 party。这时，猎人来了，他们用装着砂石的枪瞄准鸟群，枪声一响，砂石飞溅，被击中的鸟儿纷纷坠落。它们的聚集，它们的疏于游移，它们因为被粘住的鸟儿所在的固定位置，常常未加掩饰地暴露在猎人的射程内。即使这样，它们还是成群结队地飞来，前赴后继地云集，直到有一天，那只被粘住的鸟儿死去，它们才依依不舍地飞远离去。为此，它们的数量在锐减，估计不久的将来，这些翅膀就会在南美丛林的上空绝迹。

尽管如此，它们对不幸粘住的鸟儿，依然是至死地守望相助，时间、长夜和充满砂石的枪口都不能令其改变。

最后的倾听
是的　那一刻
我的眼睛已无法睁开
无法游出那一片睡眠的海
下垂的手无法举起来
再拂拭你额角的尘埃
但我的心在
我的爱决不会离开
因为我还能听见
你呼唤我的名字
叫我回来
我能听见
你的眼泪掉下来
你说
你爱你真的爱……

曾有科学家研究证明，人在告别世界的最后一刻，所有的功能衰竭，器官失调，人进入弥留状态，人向着世界渐行渐远的最后时分，弥留至最后那一刻的竟然是人的听觉，听见亲人们在哭泣，在呼唤……

这首诗写了一对深爱着对方的恋人永诀时的心碎情景。

如果在生命的最后片刻，能听见爱的呼唤，对天人永隔的生命来讲，有莫大的安慰。去的，带着爱的呼唤和记忆去矣，而生者确信挚爱的人能听见这一声呼唤，带着爱与被爱的确据，迎向未知的时空。这个生命在生之有限的一程中，有尊严，被呵护，应该说是活出了生命应当有的一个样式。

这是文明,这是我们的时代一天比一天好的证明。

诗是哀伤的,但也是有盼望的。

爱,总会被听见、被记住、被留下,也被带着上路,成为另一段历程的资粮,用来点亮我们前面未知的漫漫长夜。

第十三章

带着你的爱　请跟我来

你用一生之久
望乡
用鹤的仙姿
清瘦地站立着
望乡
你用乡音做了壁纸
那是你的回音壁
每日每夜你听见家乡的孩子
在歌唱
足音自空谷向你云集
回荡
一切都留下了
只带走耳朵
你想在天上听故乡

2005年4月11日上午，台塑关系企业暨财团法人长庚纪念医院王永庆董事长向中国残疾人福利基金会捐赠人工电子耳，福建省植入手术激活仪式在厦门大学医学院第一临床学院——中山医院举行。黄俊生宣布，王永庆董事长捐赠给祖国大陆聋儿的200套人工耳蜗，其中90套捐给福

▲ 澳大利亚外交、商务部副秘书长(右三)赠送王永庆先生(右四)纪念品,左三是台塑企业行政中心副总裁王瑞华女士。

建省,90 套中 60 套捐给安溪县所属的泉州地区,20 套捐给厦门,10 套捐给福建其他地区。

启动仪式结束后,韩德民、曹克利等专家,协助福建医科大学附属第一医院、厦门中山医院,对来自厦门和安溪地区的 10 名聋儿首先实施手术。这 10 名聋儿成为福建省第一批受益者。

200 套人工耳蜗,承载了台湾一位进入耄耋之年的同胞的仁爱和恩慈,通过中国医师的高超手术,植入 200 个聋儿的体内,经过中国聋儿康复工作者的辛勤语训后,这些孩子和他们的家庭会产生什么样的变化呢?

在中国聋儿康复研究中心,有一套完整周详的康复档案系统,每个植入者都有一套厚厚的档案,其中的内容包括:人工耳蜗捐助表、捐助申请表、捐助推荐表、医学评估资料、听力学综合评估资料、教学计划、阶段康复评估录音、文字资料、影像档案和电子版档案。

我们从中选取了三位植入者，以此诠释这次捐赠对植入者和他们家庭的重大意义。

植入者一，李雯

李雯，女，5岁，家住福建南平。五个多月时，因感冒注射庆大霉素，导致药物中毒性耳聋。听力左耳丧失120分贝，右耳丧失115分贝。

女儿失聪，让李从炎一家的生活中不再有笑声。妻子急得病倒了。

李从炎初中毕业，家里有几亩山田，平时在一家建筑公司打工。他不能接受女儿的一生将在无声中度过的命运。他抱着李雯，到衢州、杭州求医，给孩子针灸、注射神经生长因子、吃耳聋丸，孩子越来越瘦，听力却没有任何改善。

无奈之下，李从炎只能给女儿佩戴助听器。但是助听器的效果很差。

李从炎心里一片黑暗，他一想到女儿的未来就不寒而栗。

李从炎有一个朋友是网民，经常与李从炎讲些网上的信息。有一天他告诉李从炎：杭州有个聋儿植入了人工耳蜗就能听见了。李从炎马上就去了杭州康复中心，他亲眼看到了一个奇迹——人工耳蜗让聋儿听到声音，还开口讲话。

李从炎从杭州回来，同时打了几份工，他拼命挣钱，决心苦干几年，挣出20万元，为女儿植入人工耳蜗。

有工友劝他：何必那么辛苦，一个女孩，管她那么多，今后进聋哑学校，长大了嫁出去，就是别人家的。

李从炎愤怒地吼叫：“我的女儿不做哑巴！”

2005年7月的一天，网民朋友给李从炎带来了惊天的消息：台湾王永庆先生向祖国大陆聋儿捐赠200套人工耳蜗，福建省正在接受报名。

李从炎急忙带着李雯到蒲城县残联，被告知县里不办理申请，父女俩马上赶到福州，到省残联康复处。林秀珍副处长惋惜地告诉李从炎，他们来晚了，报名申请的名额已经满了。

大汗淋漓的李从炎一下子跌落进冰窟窿。

林秀珍还是拿出了一张表给李从炎:“你们就做候补吧，等等看前面的人有没有被医院检测淘汰下来的。”

李从炎千恩万谢,用颤抖不已的手填写了申请表,然后又按着林秀珍的指点到省康复中心为李雯做检测。让李从炎欣喜的是,李雯检测结果完全符合手术要求。

李从炎带着女儿回家了。那些日子他度日如年,整天魂不守舍。每次手机一响，他的手就发抖，他就会条件反射般地想:“是不是福州来消息了？”

通知终于来了,让李从炎带着李雯去厦门第一医院做术前检测。

李从炎高兴得跳了起来,他马上带着女儿来了厦门。他在检测处看到一个母亲在哭泣,她的孩子被检查出耳蜗畸形,不能做手术。李从炎心里又害怕起来。

李雯一切正常,符合手术要求。李从炎的心愿实现了。

8 月 10 日,李雯成功地植入了人工耳蜗。

10 月 12 日，李从炎送女儿来到福建省康复中心接受言语康复训练。他请了长假,全心陪着女儿。他说少挣些钱没有关系,康复千万不能耽误,可不能对不起王永庆先生,不能对不起女儿。

他看到老师们认真负责,对孩子的那种细致耐心,父母都做不到。培训中心的颜主任、马老师、王老师经常误点吃不上饭,周末周日也在教室里做教具。做特教的老师真是不一般,这样的责任心,其他行业是无法比的。

李从炎对李雯的康复很有信心。

10 月 22 日,李雯接受康复的第十天,开口叫了“爸爸”,李从炎的眼泪就流个不停,他的女儿不再是哑巴了。

一个月后,他给家里打电话,激动地告诉妻子:“雯雯听见敲门了,今天我去个训室接雯雯,我敲门,门开了,雯雯站在门口叫我爸爸。”

妻子说要与女儿讲话。李从炎把电话给雯雯。妻子说:"雯雯,你好。"

女儿说:"妈妈好。"

妻子说:"雯雯吃饭了吗?"

女儿说:"有。"

妻子就在电话里哭起来了,一直哭,一直哭。

后来,妻子哭痛快了,对他说:"今天,好像重新活过来了。"

植入者二,陈丽君

陈丽君,女,13岁,家住厦门同安的一个山村。

父亲陈永胜是一个农民,后来不再种田,专门养猪。

陈丽君在5个月时被发现耳聋。到厦门中山医院检查,诊断为重度耳聋,听力损失100分贝。在医治无效后,陈永胜便放弃了。

看着沉默中慢慢长大的女儿,陈永胜只能黯然叹气:这个女孩的命苦。

女儿4岁的时候,陈永胜又生了一对双胞胎儿子。他以为这是老天爷对他的补偿。

屋漏偏遇连夜雨,更加不幸的是,这一对双胞胎儿子,不仅重度耳聋,而且患有严重的自闭症。

陈永胜陷入绝境之中。

陈丽君从小就很懂事,她帮助愁苦劳累的父母做家务,照顾两个弟弟。

陈永胜看到女儿一天天长大,就听从了医生的建议,给她佩戴了助听器,然后送她进了聋哑学校。

陈永胜心里的愁苦像山一样,他和妻子整天像牛马一样地干活,他们要养活三个残疾的孩子,还有年迈体衰的父母。

养猪也不好养,去年还赔了本。

更让他心里没有希望的是三个孩子今后的生活,有一天他和妻子都做不动了,他们怎么活下去?

2005年3月的一天,村长来到养猪场,告诉他王永庆先生给祖国大陆聋儿捐了200套人工耳蜗,让他去村里填申请表。陈永胜马上跑到村部,一口气填了三份申请表。然后,陈永胜送三个孩子去厦门中山医院做检测。结果陈丽君超过年龄,两个儿子也不符合手术条件。

陈永胜刚刚看到的一点光明又被乌云吞没了。他带着三个残疾孩子回到了更深的绝望中。

厦门市残联把陈永胜一家的情况上报到北京项目办公室,项目办公室的领导们经过研究,决定特批一个名额给陈丽君。

这个消息让陈永胜夫妇不敢相信,他们的一个孩子将获得救治,他们无法形容心中的喜悦。

2005年5月8日,经过手术后开机调试,陈丽君来到了厦门市康复中心接受言语康复训练,她的两个弟弟也一起进入了康复中心。

一年后,陈丽君已经能够与人进行短句的交流。陈永胜每月接她回家一次。她一路上就不停地和父亲说话,到家就与母亲,与爷爷奶奶说话,看见谁就跟谁说话。后来,大人都觉得陈丽君太唠叨了。

陈丽君把从学校里带回的糖果分给村里的孩子吃,把图书分给大家一起看,她还把自己画的画送给邻居的孩子们。

14岁的女孩陈丽君对老师林红说:她心里有个秘密,她要好好康复,学习知识,学习本领。她希望早点去做工,挣钱帮助爸爸妈妈还债。

陈丽君还有一个更大的秘密:将来有一天,她要去台湾,她不到别的工厂去,她只去王永庆爷爷的工厂去做工,因为只有去王永庆爷爷的工厂做工,才能感谢他捐给自己人工耳蜗的恩情。

植入者三,蓝维晖

在得到王永庆捐赠人工耳蜗的200个聋儿中,年龄最大的是个刚刚大学毕业的青年,他叫蓝维晖。他在2005年初填写了申请表。按照年龄,他已经超龄。但是,当了解了蓝维晖的成长经历后,所有的人都为他和他的母亲感动,项目办公室的领导一致同意把一套人工耳蜗捐赠给蓝维晖。

蓝维晖 5 岁的时候,因连续 10 天注射了链霉素而失聪,听力损失 110 分贝。母亲林佩芬带着他四处求医问药,终归无望。在最初的悲伤痛苦之后,柔弱的林佩芬开始坚强起来,她要帮助儿子成为一个"聋而不哑,残而不废"的人。

她用表情、手势加声音与蓝维晖交流。

蓝维晖该上小学了。林佩芬带着儿子去报名, 报名老师与蓝维晖交谈,孩子没有任何反应。老师说:他们不能收。建议林佩芬送孩子去聋哑学校。林佩芬的眼泪就流下来了。她说:我的孩子不去聋哑学校,他就在普通学校读书。她一边哭一边求老师收下蓝维晖。正在这时,校长走过来,林佩芬就求校长,校长说:再面试一次看看。这时,也许是看到妈妈不停地流泪,也许是意识到这是影响自己一生前途的关键时刻,蓝维晖突然如神明相助,灵犀顿开,老师问什么,他都明白,有问必答,对答如流。这让老师惊异万分,让林佩芬欣喜不已。

蓝维晖进了厦门鹭江小学接受正规教育,遇到了巨大的困难。学拼音时,因为听不到,只能睁着茫然的眼睛,看着老师的嘴在不知所以地翕动。每次测验,蓝维晖的成绩几乎都是零分。蓝维晖成了几个调皮孩子嘲笑的对象。

儿子回家来的哭诉,深深刺痛母亲的心。夜深人静,看着熟睡的儿子眼角的泪痕,林佩芬的眼泪吧嗒吧嗒地掉。如果现在放弃,去聋哑学校,孩子的声带就会退化,就永远不会说话了。这是林佩芬不愿看到的。必须让儿子学会说话。儿子在学校里没有学好的功课,回家后自己来教。丈夫长期出差在外,自己必须担当起教育孩子的责任。

第二天,林佩芬买了录音机、拼音卡片和教材,下班回家,与儿子面对面坐着,让孩子看着自己的口型,开始教"ɑ"、"o"、"e"。

几个星期以后,蓝维晖终于发出了第一个拼音"ɑ"。在林佩芬听来,好像是从天国飘来的福音，让她喜悦得热泪盈眶。

这一声"α"，好似第一朵报春的迎春花，预示着百花盛开的到来。

蓝维晖很快学会了所有的拼音。下一个月的语文测验，他得了100分。

林佩芬发现孩子喜欢看书，就买了世界名著、唐诗、宋词、中国历史、中外文学、科幻书籍等。蓝维晖从书本上得到了许多听不到的信息。书本增加了他的视野，扩大了知识面。到三年级有了作文，蓝维晖的作文一直被老师当作范文在课堂上朗读。

蓝维晖的课表里有了英文课。林佩芬的中学时代正遇上"文革"，没有学过英文。要教蓝维晖学习英语，必须自己开始学。每天，到了蓝维晖上英语课的时候，她就向领导请假，然后骑着自行车，赶到学校，走进教室，坐在最后一排，拿出课本和笔记本，与儿子一起从A、B、C开始学习英文。

林佩芬心里十分感激单位领导和学校老师，他们都体谅她，支持她，为她学习英语提供方便。

晚上，母子俩在书桌前，开始读英语。林佩芬数千遍、数万遍地朗读着A、B、C，但是蓝维晖还是辨别不出母亲在读什么，时间一长，林佩芬心力交瘁，孩子又哭又闹不肯学。家里人都劝林佩芬不要继续读下去了，连老师也说要蓝维晖读英语是不可能的，劝林佩芬放弃。

但是林佩芬想：在普通学校读书，你不能落下任何一门功课，否则，你将跟不上同学，有可能就会因此辍学。而且，随着国家的经济发展，英语越来越重要，不能放弃。

林佩芬咬紧牙关，坚定决心，她鼓励孩子说："你语文学得很好，英语也不会很难，我们俩一起学，看谁学得快。"

学习英语对于一个没有听力的聋儿来说简直比登天还难。林佩芬想尽了办法，还是无法让孩子开口。

林佩芬尝试用汉语拼音教他英语，把英语字母的音标看成是一个汉语，然后用拼音去拼读这个音标。

虽然进门的钥匙找到了，可是实际操作还是有难度，还要时常调整方法，要时刻捕捉蓝维晖的发音错误，及时更正，反复练习巩固。就这样一个字母一个字母地教蓝维晖拼读出来。

终于，蓝维晖掌握了英语字母的全部音标，为学习单词、课文奠定了基础。

小学阶段蓝维晖的英语成绩都在98分以上。

进入中学后，学习任务加重了，而林佩芬也无法继续跟班上课。蓝维晖要学英语怎么办？老师在课堂上讲的重点、语法，他没办法听到。林佩芬与英语老师商量，用一台小录音机让蓝维晖把老师讲课的内容录下来。

晚上，劳累了一天的林佩芬回到家里，拖着疲惫的身子，坐在书桌前，听蓝维晖白天录回来的英语课内容。录音的效果不太好，噪音大，有些地方听不清楚，听不明白，林佩芬反复地放，反复地听，不放过老师讲的每一个字，并且一个字一个字地记在笔记本上，不理解的时候，就查字典，看英语参考书。蓝维晖在学校上一堂英语课，林佩芬要花三四个小时，甚至更长的时间学习。林佩芬学完了，再给儿子朗读课文，讲解语法，帮助儿子完成作业。

母子俩一起学完了初中的课程。

是继续升高中，还是轻松地上中专或职业高中，林佩芬让蓝维晖自己作出选择。

蓝维晖选择了升高中，也就是直奔一个目标——大学。

母亲的坚强和柔韧已经融入他的生命，而母亲的爱给了他直面一切困难的勇气和力量。

高中功课更多了，每天的英语课也增加到二三节课，花的时间也就更多了。英语课文越来越长，读课文越来越吃力了，蓝维晖的声带有所退化，有时读起来简直透不过气来。

听着儿子艰难地读英语，林佩芬心里忍受着痛苦，不断纠正着儿子读错的地方。有时，蓝维晖忍受不了这样的痛苦，发泄抱怨。林佩芬在一旁安静地等待，等儿子平静下来，林佩芬对儿子说："这个世界上没有任何人、任何困难能够使你倒下，如果你自己的信念还是站立的话。"

蓝维晖仔细想想母亲的话，坐下来继续学习。

高中的数理化功课已经很深了，林佩芬无力继续辅导，她就带着儿子去找老师辅导。老师用笔与蓝维晖交谈，林佩芬在一旁仔细记着，回家后蓝维晖有遗忘的地方，林佩芬还能够提醒他。

2002年，厦门市广播电视大学录取的新生中第一名就是蓝维晖。

整理房间时，蓝维晖看到了三个大箱子，打开一看，全部是母亲的英语课笔记。初中三年，高中三年，每节英语课，每次录音，每次笔记，从来没有间断过，六年的笔记装满了三个大箱子。

蓝维晖写道：这三大箱子笔记，记录着母亲为我付出的心血、汗水、青春、事业、精力、时间，它是伟大母爱的最真实写照，它也是中学六年我们母子日日夜夜奋斗的缩影！

在无声世界的荒漠中，母亲的爱像一泓清泉，源源不断地滋养着蓝维晖饥渴的心灵。母亲用柔弱的肩膀托举起一个残疾儿子的自强。

两年后，经过激烈的专升本考试，蓝维晖进入集美大学工商管理专业学习。同时，他还考上了福建师范大学网络学院汉语言文学专业。

2005年8月3日，蓝维晖植入了王永庆先生捐赠的人工耳蜗。

2006年初夏，蓝维晖获得了双学士学位。

蓝维晖给残疾人朋友写道：一枝花的凋零荒芜不了整个春天，身体上的残疾也荒废不了整个人生。困难并不可怕，可怕的是向困难屈服。不管你遇到了什么挫折，要对你自己充满自信，很多事情的成功最主要的是靠自己坚强不屈的意志和不畏艰险迎难而上的决心！

蓝维晖对王永庆先生充满感谢，在给王永庆先生的信中，他表达了自己最大的心愿——去厦门特殊教育学校当一名人民教师，把自己的所学所得毫无保留地传递给那些同样是失聪的孩子。我也是聋人中的一分子，我深情地爱着我的聋人兄弟姐妹们。

我们欣喜地看到，在2009—2010年度全国广播电视大学图书馆工作先进集体和先进个人评选中，厦门市广播电视大学的蓝维晖赫然名列光荣榜。

黄俊生又一次来到北京。这一次他是携他的儿子黄致道一起来的。

“听力重建　启聪行动”圆满实施。200个孩子植入手术全部成功，正在各个康复机构接受术后康复训练，许多孩子已经能够讲话交流，他们的命运从此改变。

韩德民心里有太多的感谢。他举杯敬酒，说：“这第一杯酒，敬王永庆先生。感谢他给祖国大陆200个孩子带来了新生。”

黄俊生也站起来，说：“王永庆董事长也让我转达他的感谢，他感谢祖国大陆的医生、听力师和康复老师，他说正是有了你们辛苦而美好的工作，才使他的捐赠实现了价值。”

黄俊生指指黄致道说：“我这个儿子，在美国待了很多年，做国际贸易，做互联网，做很多的事情，就是不懂中国的事情，连中文也讲不好了。这哪能行呢？我这次把他带来北京，就让他在北京住几年。韩院长，我想把他交给你，请你教育开导他，让他跟你学习，学习中国的事情，学习北京的事情，请不要把他当外人。”

韩德民郑重地说：“好的。北京保存了很多中国古代文明，致道来北京，一定能够学习到很多东西，而且，中国经济发展这么快，也有很多合作机会的。”

黄俊生见韩德民很爽快地答应了，非常高兴，“还有一个大好消息要告诉你。”黄俊生满脸红润，两眼放光，掩饰不住内心的喜悦。

韩德民心里一动，忙问：“是关于人工耳蜗的？”

黄俊生笑着说：“对！王永庆董事长看了200个孩子手术康复后的录像，读了那些家长给他写的感谢信，老人家都流泪了。他说：这些钱用对地方了，用得值，用得值。你知道吗？董事长生活极其简朴，他每天早上起来，要用毛巾搓身体，做‘毛巾操’，那毛巾已经旧得脱线了，他还舍不得换掉。他用钱的原则是‘有意义的，再多钱也要花；不该花的，一毛钱也不能花’。他说要继续给祖国大陆的聋儿捐人工耳蜗，捐更多的人工耳蜗。”

韩德民大喜：“捐更多的人工耳蜗？太好了！是多少？”

黄俊生笑眯眯地看着韩德民：“董事长说，这次要买最先进的人工耳蜗给祖国大陆的孩子。他开始定了一个数字，后来又改了，说还能更多些，又加了。过了几天，又说还能再多些，变了好几次。最后定了一个数字。你猜猜吧。”

韩德民想：现在最好的人工耳蜗一套市场价是24.8万元，1000套的话，价值就是2.48亿元，这是巨款了。香港一位经济巨子曾经给中国残疾人福利基金会捐赠过1亿港币。

韩德民盯着黄俊生说：“1000。”

黄俊生笑眯眯地说：“韩院长，你大胆地猜。”

韩德民心里狂喜，他把数目翻了一番：“2000。”

黄俊生依然是笑眯眯地看着韩德民：“你再猜。”

韩德民狠狠心，又翻了一番：“4000。”4000套人工耳蜗，已经是10亿人民币了！

黄俊生仍然那样笑眯眯地看着韩德民：“你再猜。”

韩德民说：“这是最后一次了，5000！”

黄俊生伸出一根食指，说：“你再加——10000。”

韩德民惊讶得不能置信：“再加10000，15000？”

黄俊生肯定地说：“不错。15000套人工耳蜗，全部捐给祖国大陆耳聋的孩子。”

韩德民不再说话——15000套人工耳蜗，价值为40亿人民币！这样巨额的慈善义举，在中国前所未有，在国际上也是十分罕见的。

“董事长还说，15000个手术做完了，他还继续捐，没有上限，只要祖国大陆的孩子需要。”

此刻，韩德民看到的不是钱的数额，也不是人工耳蜗的数量，而是一颗充满光明和爱的心灵，那亮光夺目璀璨，令人眩晕。财富没有成为捆绑他灵魂的绳索，成就了人世间最大的祝福。

2006年1月13日，在中国聋儿康复研究中心会议厅，五方代表召开联合会议，商讨合作方案。

2月27日，在中国残疾人福利基金会会议厅，五方代表黄俊生、汤小泉、江上舟、刘金峰、韩德民在项目协定书上签字。

项目核心内容：台塑关系企业暨财团法人长庚纪念医院董事长王永庆先生向中国残疾人福利基金会捐赠价值40亿元人民币的人工耳蜗，从2006年至2013年，由五方合作完成全部捐赠的人工耳蜗的植入任务和术后康复训练任务。

4月17日下午，中国残疾人福利基金会会议室，五方联合会议正在举行。会议由黄俊生教授主持，讨论捐赠项目的执行方案。

韩德民报告了五个标准：医院准入标准、医师准入标准、医师培训基地技术教员准入标准、听力师准入标准、病例复筛标准。宣读了医师培训计划。

龙墨报告了患者筛选实施方案。

孙喜斌报告了术后康复实施方案。他还报告了康复机构的准入标准和康复教师的培训计划。

黄致道报告了建立网站和数据库的方案。

项目执行办公室主任刘雪冬报告了筹备工作的整体进程。

…………

15000个重度耳聋的孩子将有机会重返有声世界。

爱，扬帆起航了。

第十四章 从梦圆到圆梦

鼓声
预报着一种天象
风要来了吗
雨脚在列阵吗
你的心
已在你得胜之前高歌凯旋
好像电光石火
缝缀天地之间的深渊
好像汗血的战马
壁立嘶鸣
生命里有一个荣耀
值得用生命去征战

从梦圆到圆梦，不是一个必然，因为，不是所有的梦都能圆，不是所有的心愿都会实现。人是社会的人，是生活在人群中的人，一个梦想要变成现实的过程，仰赖于大家的努力和守望相助。你呼唤，我应答；你跌倒，我搀扶；我伤痛，你缠裹；我软弱，你刚强。他人不是地狱，乃是祝福。有这样和谐生机的世界才是有盼望的世界。有爱流淌和弥漫的人间才是美满的人间。

2009年12月15日上午，北京同仁医院，来自山东省东明县的3岁重度听障儿童陈梦圆睁着大大的眼睛，身边多了好多的叔叔阿姨，他有点羞涩，也不免胆怯，总想藏在妈妈的身后，但妈妈一个劲儿地把他往前推，后来，院长伯伯来看梦圆，妈妈抱起了小梦圆，摸着小梦圆剃光的脑袋，笑得那么好看。

小梦圆可能还不是很明白，这，将是他圆梦的一天。

作为国家贫困聋儿人工耳蜗抢救性康复项目的首例受益者，小梦圆当日成功接受了人工耳蜗植入手术，这标志着于2009年7月正式启动的"中国贫困聋儿人工耳蜗／助听器抢救性康复项目"全面展开。

北京同仁医院作为最早的推动者，对中国人工耳蜗事业作出了不可磨灭的贡献，中国贫困聋儿人工耳蜗抢救性康复项目首例人工耳蜗植入手术在北京同仁医院实施，得其所愿。

时光荏苒，历史的脚步从未停顿。目前，人工耳蜗事业的发展也进入了以国家为主导的政府行为的新阶段。

历史翻开了新的篇章。

2008年4月24日，《中共中央国务院关于促进残疾人事业发展的意见》发布。这个纲领性文件指出：促进残疾人事业发展，改善残疾人状况，已成为全面建设小康社会和构建社会主义和谐社会一项重要而紧迫的任务。

"意见"提出：覆盖城乡居民的基本医疗卫生服务体系要为残疾人提供安全、有效、方便、价廉的服务。将残疾人康复纳入国家基本医疗卫生制度和基层医疗卫生服务内容，逐步实现残疾人人人享有康复服务。制定和实施国家残疾预防行动计划，建立综合性、社会化预防和控制网络，形成信息准确、方法科学、管理完善、监控有效的残疾预防机制。

这份纲领性文件，将会在今后相当长的时间里指导中国的残疾人事业的发展方向。它体现了党和政府对残疾人深切的关怀，也展现了党和政府高度的社会责任感和承担使命的勇气和魄力。

2009年11月18日,为贯彻落实意见精神,优先开展残疾儿童抢救性治疗和康复,使贫困残疾儿童得到康复救助,中央财政安排专项补助资金,支持各地实施“残疾儿童抢救性治疗和康复”。中国残联办公厅和财政部办公厅联合制定并下发了《贫困残疾儿童抢救性康复项目实施方案》及配套实施办法,根据此方案,制定了《贫困聋儿(人工耳蜗)抢救性康复项目实施办法》。

实施办法对贫困聋童的救治作了详尽的规定。

项目主要针对贫困的听力残障儿童,从2009年至2011年,为1500名1—5岁重度、极重度聋儿免费植入人工耳蜗,并提供术后康复训练经费,2012年底前完成术后康复训练任务。中国残联成立项目专家委员会,制定相关标准,确定首批手术定点医院及康复定点机构;中国聋儿康复研究中心承担了项目日常管理工作,负责项目的组织实施、定点康复机构的评估认定和康复服务质量监管;各省级残联会同当地卫生主管部门共同确定筛查机构,负责完成救助对象的初筛工作;定点医院承担救助对象的复筛、植入手术、开机调试任务;定点康复机构承担救助对象的术后康复安置和跟踪随访;各人工耳蜗供应商客户服务中心负责救助对象的产品售后服务工作。严谨的工作流程大大提高了这个项目的管理效率。

“中国贫困聋儿人工耳蜗/助听器抢救性康复项目”是建国60年来中央财政救助残疾人康复项目投入最多的一次,总投入额度高达4.122亿元。人工耳蜗救助项目是中国首次以政府行为(中央财政出资)对贫困聋儿群体开展的最大规模、最高额度的政策性救助,是中国残疾人康复项目历年来单人救助标准最高的项目。

项目的实施将极大提高中国贫困聋儿人工耳蜗抢救性康复事业的能力和规模,将彻底改变成千上万名没有财力植入人工耳蜗的聋儿命运。详尽而科学的实施方案及配套实施办法的制定,体现了对这个周期漫长、流程复杂的庞大项目的严谨缜密的思维和高超的管理智慧。

这一大好的消息不胫而走，好像一夜春风，吹遍了祖国的大江南北。古人说："春风不度玉门关。"但令人意想不到的是，连地处西北边陲的新疆人民也及时得知了这样的消息，并很快享受到了这样的实惠。

新疆，偏于一隅，大漠孤烟，歌声高亢。每当手鼓敲响，热瓦普奏响，每个人都会忍不住击节而歌，如火焰一般跳舞。有人说，在新疆，没有一个维吾尔族姑娘不会跳舞，没有一个维吾尔族小伙子不会唱歌。歌唱是他们生活中的一部分。婚丧嫁娶，大小节庆，无歌不欢。已被列入世界文化遗产的歌舞麦西来普更是一道奇观。这个民族的心中有唱不完的歌，好像终年不断的雪山清泉水。唱麦西来普的时候，他们可以不眠不休地唱几天几夜，不知疲倦。在一个热爱唱歌，视歌为生命的一部分的民族来讲，一个喑哑的歌喉和一个听不见歌声的人生将是多么悲惨呢？

居住在乌鲁木齐市天山区的阿依努尔是个要强的维吾尔族母亲。

发现儿子听不到声音后，她感到灰心绝望，特别沮丧，也特别自卑。

她不敢让孩子和别的小朋友一起玩，怕儿子被小朋友歧视和欺负，也不敢抱着孩子走亲访友，害怕看见他们怜悯的眼神，担心他们说起孩子的话题。想到儿子长大以后没办法过正常人的生活，会被人瞧不起，可能连对象也找不到……每当想到这些阿依努尔就十分伤心，不知道偷偷地哭过多少回。

很快，她和丈夫知道了儿子并不是没有救，医学科技发达了，有一种叫人工耳蜗的高科技产品能够让儿子听见声音。

但人工耳蜗手术费需要近二十万元，夫妇俩都没有工作，20 万对他们来讲是一个无法想象的数字。

相比朵梅多吉的妈妈王建英当年为女儿筹措手术费用四处奔走求助，今天的阿依努尔是幸运的。

在当地残联工作人员的帮助下，阿依努尔为儿子申请"自治区贫困残疾儿童人工耳蜗植入项目”的资助，不久，一岁七个月大的儿子顺利通过了筛选，成功地做了人工耳蜗植入手术。当儿子开机听见声音的那一刻，阿依努尔沉重的精神包袱卸了下来，谁能相信，叫聋哑孩子听见声音，并开口说话，如此巨大的一个事件中，阿依努尔居然没有背上经济包袱，说不好听的话，去商店买一个挖耳勺都要花好几块钱呢，更何况自己的儿子等于有了一只新耳朵。从古至今，从来没有听过这样稀奇的事。阿依努尔心中的感激无以言表。

阿依努尔从孩子被筛选上的那一刻起，内心就充满了感激，她真切地感受到了党和国家的关怀，对自治区政府、对当地残联更是感激不已，没有这个项目资金的资助，没有各级领导和工作人员细致负责的工作，就没有孩子有声的今天，更没有越来越好充满希望的未来。

2011 年 5 月 13 日，“新疆贫困残疾儿童抢救性康复——人工耳蜗救助项目”正式启动。此举是响应 2009 年国家正式启动的贫困残疾儿童（人工耳蜗）抢救性康复项目，为了让更多的听障儿童回到有声世界，“抢救”行动成为了国家行动，也成为了自治区行动。到 2011 年底，自治区已有近九十名听障儿童成为计划内受益者，他们中绝大部分是少数民族，大部分孩子来自全疆各地的农牧区。“十二五”期间，将再有 340 名贫困听障儿童接受免费植入人工耳蜗手术。

截至 2011 年 11 月底，国家贫困聋儿人工耳蜗抢救性康复项目为 1800 名聋儿免费植入人工耳蜗。受助儿童术后经过一年的康复训练，听觉言语能力得到明显改善，其中听觉言语识别能力较手术前平均提高 60%—70%；语言能力较手术前平均提高 1.5—2 岁；术后一年有 60%的受助儿童进入普通幼儿园和小学就读。

项目取得圆满成功。

2011 年 12 月 2 日，中国残联、财政部联合印发有关残疾儿童康复救助“七彩梦行动计划”的实施方案。2012 年至 2015 年，中央财政安排专项

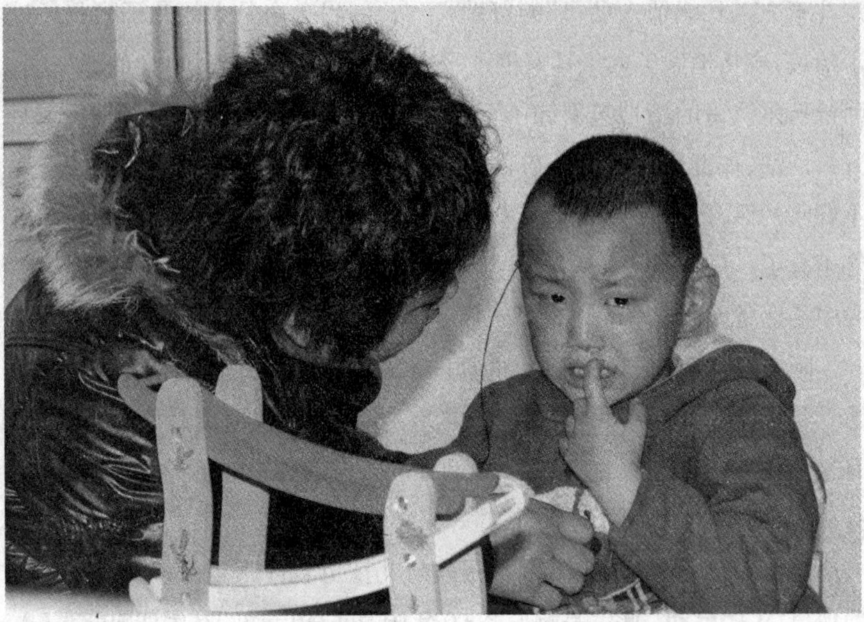

▲ 植入人工耳蜗手术后开机，第一次听见声音的聋儿被吓哭了。

补助资金 19.43 亿元，支持各地实施项目，将为 16865 名中低收入家庭聋儿配发人工耳蜗产品，补助人工耳蜗手术、术后调机和术后康复训练经费，为 18000 名听障儿童提供助听器。

这标志着“十二五”残疾儿童康复救助项目正式启动。

贫困聋儿（人工耳蜗）抢救性康复项目，资助的不仅仅是人工耳蜗的设备款，还包括漫长的康复费用。这是一个大手笔，在这个项目里，人们看到的不仅仅是政府财政雄厚的实力，更是看到了执政党及其领导的政府关心人民疾苦的爱心。

在贫困聋儿（人工耳蜗）抢救性康复项目的带动下，对听障儿童的救助在各地广泛展开，部分地区实现了聋儿救助全覆盖。

北京市出台《残疾儿童少年康复补助暂行办法》，为 0—6 岁在机构训练的听障儿童补贴训练费，为适龄听障儿童免费提供人工耳蜗；上海市自 2008 年起对本市 0—60 岁需植入人工耳蜗的重度、极重度聋人给予 6 万元补贴，并不断扩展听障人士救助范围与救助内容；天津市启动“慧聪行动”，为重度听障儿童购置人工耳蜗；安徽省将言语训练作为医疗康复项目纳入基本医疗保障范围，对残疾儿童抢救性康复门诊费用实施按病种定额补偿；2012 年 3 月 26 日，湖南省民族地区“启聪扶贫计划”工作现场会，将民族地区 0—6 岁聋儿治疗和康复费用纳入新农合和医保报销范围，用 5—10 年基本完成 6 岁以下聋儿人工耳蜗植入救助计划；河北、浙江、江苏、湖北、广东、陕西、新疆、大连 8 省市自治区实施人工耳蜗康复救助项目，通过参与国家人工耳蜗项目产品跟标采购，降低人工耳蜗价格，得以使更多聋儿从项目中受益；内蒙古自治区通过自治区、盟市两级筹措经费的形式在全区开展对重度贫困聋儿（人工耳蜗）抢救性康复工程；四川省 2012 年“十项民生工程”投资逾千亿元，开展“聆听世界”人工耳蜗助听救助活动是其新增的一个分项；2012 年，山东青岛市投入资金 1.5 亿元为儿童办实事三件，其中有一项：低保、低保边缘家庭聋儿人工耳蜗植入救助均提高至 20 万元，其他家庭聋儿人工耳蜗植入救助提高至 12 万元。

其他各省也纷纷采用社会献爱心、专项救助等形式救助贫困聋儿。

人工耳蜗进入中国的前十年，做植入手术的总数计不足四千例，手术医生 60 位。在第十二个五年规划中，国家人工耳蜗救助计划是一年 4000 例，意味着从 2011 至 2015 年，五年总数将达到两万例。

“贫困聋儿人工耳蜗抢救性康复项目”定点手术医院在 2012 年初达到 37 家，老一代医术精湛、经验丰富的医生积极传、帮、带，已经培养起一批技术过硬、具有良好医德风貌的中青年医生，将有更多的重症聋儿因他们妙手回春的医术，摆脱无声世界的阴霾，聆听大自然的声响，听见妈妈深情的呼唤。

2011 年 12 月 14 日，上海新华医院手术室外面，袁云轩、马燕夫妇焦灼地等待着，手术室里，他们不满三岁的女儿天天正在接受人工耳蜗的植入手术。

与当年的抗均平、关佩霞夫妇在手术室外观看手术录像时的忐忑不安、惊心动魄不同，袁云轩、马燕夫妇内心充满了感恩，他们相信天天一定会好起来的。

两年前，袁云轩、马燕夫妇来到整洁美丽、绿树成荫的重庆黔江区，对于有“峡谷峡江之城，清新清凉之都”之称的黔江区，夫妇俩没有驻足欣赏，而是径直去了黔江区社会福利中心。

福利中心工作人员陆续抱来了四五个孩子，襁褓中的小天天是其中一个，当夫妇俩的目光投向小天天时，天天报以灿烂的一笑。

这一笑，攫住了夫妇二人的心，让婚后多年无出的夫妇俩内心涌动暖流。尽管小天天外貌不出众，大拇指还是畸形，夫妇俩认定，小天天就是他们今生的女儿。

不久，夫妇俩发现，天天对声音的反应几近为零。上海医院的诊断是小天天先天听力障碍。怎么办？夫妇俩一咬牙，花费3.5万元为天天配置了助听器。2011年5月，夫妇俩感受到他们此生最大的幸福——天天开始喊“爸爸”、“妈妈”了。

然而，命运仿佛故意为难着这对夫妇，正准备送天天去语训学校训练的时候，天天突发高烧，烧退后的天天再一次对声音毫无反应，经医生诊断，天天患双耳极重度感音神经性耳聋。

拿着检查报告，夫妇俩哭了，为什么，这么好的孩子，会有这样的命运？这么聪明的孩子，会永远听不见声音吗？他们的女儿，如果有一天父母离开了，要怎样存活在这个世界？

想了一路，哭了一路，回到了家，夫妇俩冷静下来，想起医生的话，植入人工耳蜗，天天就能够告别无声的世界，就有机会和正常的孩子一样上学、生活。

人工耳蜗？他们并不了解，但他们相信医生。问题在于，近二十万的手术费用，对普通工薪阶层的夫妇俩实在是个根本无法解决的问题，想破了脑袋，夫妇俩还是一筹莫展。

天天一定不能生活在寂静无声的世界里，天天一定要植入人工耳蜗。抱着这样的信念，夫妇俩四处奔波，到处打听。

好消息传来了：拥有上海本地户籍的孩子，植入耳蜗手术可获约十五万补助。

但刚刚准备雀跃欢呼的夫妇俩很快就被泼了盆冷水：据上海市入户政策规定，从领养小孩到上户需五年时间，天天领养的时间不足三年。

自从知道天天必须植入人工耳蜗才能回到有声世界后，夫妇俩了解了大量相关的知识。他们知道，耳蜗植入的最佳时机是3岁前，而天天差几个月就满三岁了。

夫妇俩心急如焚，那些日子，他们不知道肚子饱不饱，不知道饭吃在嘴里的味道，连睡觉的梦话也是耳蜗、耳蜗……

思前想后，2011年11月底，马燕给重庆市市长寄去了一封信。信中讲述了天天的情况，并请求渝、沪两地政府能联手解决天天的上海户口，使天天能得到政府、社会的资助。

信寄出去后，夫妇俩想，市长会看到这封信吗？重庆那么大，市长工作那么忙。我们看得比天大的事情，市长不知道每天要遇见多少，如果没有结果……

2011年12月5日，从那一天起，马燕就一直觉得自已是在梦中——一个美好无比的梦。

马燕接到了来自重庆市政府工作人员的电话，对方向她表达了市长对天天的关心，同时告诉夫妇俩，重庆市政府已组成工作组，黔江区副区长将带队前往上海协调解决小天天的相关事宜。

两天后，12月7日，重庆市政府工作组到达上海，并与上海市公安、民政等部门取得联系。同时，请求公安部协调户口问题。

又过了两天，12月9日，小天天的户口从黔江区社会福利中心迁至袁云轩的户口所在地——上海市浦东新区枣庄路399弄。

手术的相关费用也得到了及时落实。

五天的时间，袁云轩、马燕夫妇的生活中真真实实地发生了奇迹，天天的命运从夫妇俩接过她的那一刻起就改变了。

望着窗外川流不息的街道，夫妇俩感慨，两人都是极其普通的人，天天是一个残疾的孩子，这样的一个家庭却得到政府官员的关心，引起各级政府部门的重视，从而得以接受来自政府的资助，天天生活在一个日渐强大的国家，生活在一个人心从善如流的社会，生活在一片可以生长奇迹的土地上，天天，生逢其时。

夫妇俩为女儿由衷感到高兴，对天天的未来充满美好憧憬和期盼。他们也许不知道，其实一切，来源于当他们认定天天是今生的女儿，接过襁褓中孩子的那个刹那，所决定付出的对孩子一生的呵护关爱。

爱是可以开花结果的。

情牵沪、渝两地的小天天人工耳蜗植入手术获得成功，从手术室里出来啼哭不止的天天见到爸爸妈妈便马上破涕为笑，袁云轩再用鼻尖碰触女儿，他用这种方式传递着心中浓浓的父爱。舐犊之情，感天动地，在场的人，无不为之动容。

如今，不是听不见的耳朵找耳蜗，而是耳蜗在寻找听不见的耳朵。

人工耳蜗，是科学技术的胜利，更是人文的凯旋。

科技的发展应该给人类带来更大的福祉，使人类从精神到身体都得到更大的解放；叫生命没有缺憾，人能够有尊严和自由地活着。

真是应了梦圆这个名字，其实，不光是梦圆一个，中国的聋儿都有福了。从前，这是不治之症，天意难逆，人除了顺服，在寂静中走完一生，似乎没有别的选择；之后，是求医无门，或者因为昂贵的耳蜗植入手术费用，令人望而却步；直到今天，因为全社会的关注，国家的重视，社会力量和社会资源的全方位投入，局面已全然改观。从新生儿的筛查，到公众媒体的宣传和报道，让大家知道有这方面的需求应该向谁求助，去哪里解决，怎样解决。

小梦圆，中国成千上万的小梦圆，因为爱，你们的梦会圆的。我们已经清晰地看见，未来的你们，不会输在起跑线上。因为出发的哨音，为你们助威的鼓声，以及欢庆胜利的荣耀的歌声，你们都听见了，而且一样都不会落下，世界一无所缺地向你们呈现。或许，呈现给你们的世界要比普通人的更加丰富，更加辽远。

生活在这个年代，在这片土地上，梦圆圆梦，梦想成真。

第十五章

聆听新世纪

耳蜗　尔我　爱我
是谁在呼唤黎明
当你说　耳
我知道是在说　爱
柔软的山谷　蜿蜒的四季
那生长在丛林深处的最后一个人
也请你勇敢地走出来

无限苍老的孩子　在今天
你可以大声说
丛林里　有无数耳朵竖立着
在默默地凝望　静静地倾听

爱是最好的水源
天空不过是爱的孩子
今天　请鼓起你的帆
让我们自由地设定通往彼岸的道路
一起出发

王永庆先生生前有一个心愿:聋儿是不幸的,但人工耳蜗的出现对他们是一个福音。我们的社会有责任,也有义务来帮助他们,对聋儿应该发现一个救助一个,因为人工耳蜗越早植入就越能帮助这些孩子重建听力,返回有声世界。他承诺:发现一个救助一个,只要有需要,捐赠就不会停止。王永庆先生的善行如开放在春天里的第一朵花,一花开放,引来百花争艳。如今,众多的人循着他的足迹,将一个又一个的聋人带回了有声世界,给一个又一个聋人家庭带来温暖和希望。

金乐圆嘟嘟的小脸上,黑葡萄一样的眼睛永远充满了好奇。对于关心他的人,金乐经常报以羞涩的笑,两个小脸颊红红的,像极了年画上的招财童子。2008年6月,金乐的降生给他聋哑的父母带来了巨大的喜悦,但他们心中隐隐不安,两人都是聋人,孩子会不会耳朵也听不见?

五个月后,小金乐在治疗感冒发烧时被查出重度耳聋,残酷的现实击碎了他们的幻想。对这个结果,夫妇俩没有太大的痛苦,也不想怨天尤人,但一想到儿子将要面对和他们一样的命运,一生蹒跚在无声的世界里,他们心有不甘。

金乐的爸爸到处打零工,在机械厂做过装配工作,也在工地上扛过砖头瓦块,而妈妈在幼儿园、公园、小学门口摆地摊,风雨无阻。作为一对聋哑夫妇,他们独立自强,但生活依然一贫如洗。他们得知让儿子回到有声世界,唯一的办法就是植入人工耳蜗,但近二十万的手术费用,是他们想都不敢去想的天文数字啊!

就在他们感到绝望,将要放弃的时候,天使在行动。

康宝莱(中国)保健品有限公司的企业文化中,行公益倡慈善是其重要的部分。总裁李延亮特别喜欢孩子,每年只要有机会,就会去一些机构看望孩子们。给孩子们分发礼物,和孩子们做游戏,尤其是孩子们唱歌的时候,调子高低不一,稚言童语,让他开心不已。然而2009年去厦门残疾人联合会看望听障儿童的那一次,却令他伤怀良久。

多么可爱的孩子，清澈明亮的眼睛，拉起他们稚嫩的小手，李延亮说“你们好”，孩子们望着他，没有表情。李延亮给孩子们发礼物，孩子们拿着他送的礼物开心地互相追打，身形活泼，但眼前的情景仿佛一部默片，寂静、无声，间或传来的“哦哦”声，像小锤般一下一下地敲击着李延亮，让他的心生疼。

李延亮去厦门残疾人联合会看望听障儿童的次月，康宝莱“天使听见爱项目”在厦门成立，该项目是专为听障儿童设立的慈善项目。项目成立后积极募集款物帮助聋儿，2010 年项目资助四位聋儿成功植入人工耳蜗。

怎样使企业的慈善项目更加健康长效地进展下去？一番周折后，康宝莱公司找到了宋庆龄基金会。

宋庆龄基金会成立于 1982 年 5 月，基金会的成立是为了纪念已故的中华人民共和国名誉主席宋庆龄。基金会继承和发扬宋庆龄毕生致力的增进国际友好，维护世界和平；开展两岸交流，促进祖国统一；关注民族未来，培育少年儿童的未竟事业，秉承“增进国际友好，促进祖国统一，发展

▲ 2011 年 9 月 5 日，中国宋庆龄基金会常荣军常务副主席与康宝莱中国区总裁李延亮、中国人民解放军总医院耳鼻咽喉头颈外科医生等在“天使听见爱”捐赠仪式上。

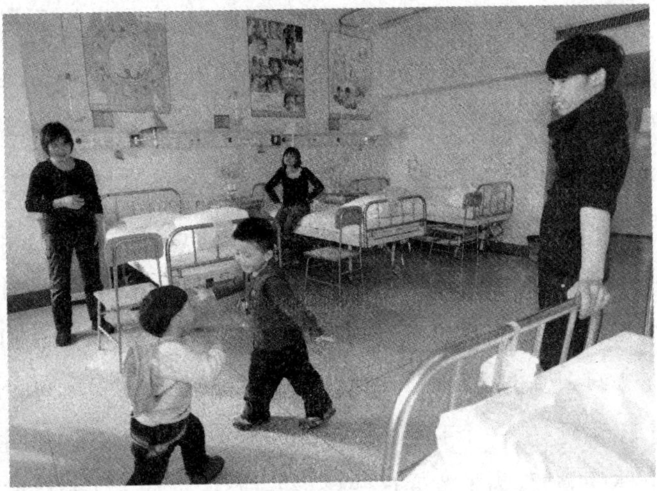

▶ 患儿在三〇一医院专门开辟的"天使听见爱"爱心病房无忧无虑地玩耍

少儿事业"的三项宗旨，自成立以来，在国际友好、两岸交流、扶贫助教、科学普及、文学艺术、体育卫生等诸多领域都取得了可喜的成绩，赢得了良好的声誉，在国内外产生了积极的影响。

救助聋儿使他们得以回归有声世界的共同愿望使双方很快达成一致，2011 年 9 月，康宝莱（中国）保健品有限公司向宋庆龄基金会捐赠 150 万元人民币，共同发起"天使救助行动——天使听见爱项目"。

也是这个月，金乐父母在浙江丽水当地的报纸上看到了一则消息：中国宋庆龄基金会与康宝莱（中国）保健品有限公司共同发起"天使听见爱"的征集活动，这个活动旨在资助贫困听障儿童进行人工耳蜗手术，帮助他们告别无声世界。

虽然从未放弃让儿子走进有声世界的念头，他们却从未有能筹集得到手术费的奢望。抱着试试看的心态，他们将金乐的病例发给了报社。很快，他们接到了通知，"天使听见爱项目"将捐助金乐去解放军总医院接受人工耳蜗植入手术。2012 年 2 月，金乐同九名其他省市的儿童来到北京做手术。手术一个月后，开机调试。

金乐父母，这对聋哑夫妇想都不敢想的事情变成了活生生的现实。看着儿子因为第一次听到声音而表现出来的惊讶和喜悦,他们心里的巨石轰然落地——儿子终于不用像他们一样,一生生活在寂静中。儿子代表着他们的未来,对他的家族来讲,摆脱这个无声世界,好像是摆脱了一个噩梦的追逐,破解了一个诅咒,他们所经受的一切苦痛,儿子都不会再去面对。

和三岁半的金乐同时听见北京春天的声音的还有来自浙江、河北、云南的其他 9 个孩子。公交车经过的报站声,医院走廊里传来的人声,物品落地的碎裂声,甚至春天的大风吹过时的呼啸声,对这 10 个家庭而言,都是来自天堂的祝福声,人间的天籁之音,是新春报捷的鞭炮声。

李延亮,一个有爱、有良知的中国企业家,站起来回应社会底层弱势群体的需要,为了改变这些孩子的命运,他尽上了自己的本分。他是安静的,也是谦逊的。他说:很简单,在科技发展,人类文明程度越来越高的今天,不应再有孩子生活在这种不幸当中,他盼望和这些孩子们一起做游戏的时候,永远有欢快的笑声环绕在他的身边。

爱可以惊天动地,也可以无声无息,雪花一样,神不知鬼不觉地落下融化。爱是一条没有名字的小溪,循着隐秘的脚踪,转而不迷,止而不息,淙淙长流。

近几年来,这种来自政府机构、慈善组织、医疗机构、企业、民间个人的资助项目和行动遍地开花,多不胜举。

中国听障儿童服务网首页,相关贫困聋儿(人工耳蜗)抢救性康复项目的文字滚动播放。写着如下文字的链接有很多:如果您的孩子听力损失严重,需要植入人工耳蜗,但家庭经济相对困难,您有意愿申请中国残联实施的人工耳蜗康复项目,请仔细阅读以下信息,希望能给您带来帮助。

——去哪里申请人工耳蜗项目?

中国残联正在实施的人工耳蜗康复项目申请均不受户籍限制, 可就近在康复所在地残联咨询,填写申请表,并按照项目规定提交相关材料,由各省残联统一上报申请材料 (请拨打各省咨询电话了解本省申报详情)。此外,听障儿童服务网开通了网上申请业务……

——申请人工耳蜗项目的条件是什么?

…………

——申请有哪些过程?

…………

国家项目介绍下写着,台塑集团项目“听力重建　启聪行动”:长期捐赠。

社会倡善举而和谐。

第二次全国残疾人抽样调查数据显示,我国听力残疾人群约2780万人,占我国残疾人总数的33.5%,居各类残疾之首。听力障碍已成为我国最常见的出生缺陷之一,其发病率为1‰—3‰,位于目前筛查的几种新生儿疾病之首。

剔除植入人工耳蜗的费用,一名聋儿一生大约要耗费70万元的社会卫生资源,治疗耳聋将给孩子、家庭和社会带来巨大负担。

开展和推广新生儿听力筛查是造福聋儿、造福社会之举。

早在上世纪60年代,对新生儿及婴幼儿的听力问题,国际社会普遍关注,并达成了共识:早发现、早诊断和早干预。

我国新生儿听力筛查工作起步于上世纪80年代。90年代起,北京、山东、浙江、南京等经济发达省市相继开展新生儿听力普遍筛查项目。

1999年,中国残联、卫生部等十个部委在联合下发的《关于确定“爱耳日”的通知》中,首次提出把新生儿听力筛查纳入妇幼保健的常规检查项目。

2004年,卫生部制定“新生儿听力筛查技术规范”。

2007年12月,中国残联、卫生部等八部委联合印发了《全国听力障碍预防与康复规划(2007—2015)》。

2009年,卫生部正式颁布《新生儿疾病筛查管理办法》。2009年6月,

▲ 北京市高危人群致聋基因筛查结果发放仪式

新生儿听力筛查工作在全国各地全面启动。

根据《全国听力障碍预防与康复规划（2007—2015）》，到2015年，全国将实现“人人享有基本听力卫生保健和康复”的目标；已经开始新生儿疾病筛查的地区，新生儿听力筛查覆盖率在2005年的基础上提高30%。

2009年9月，北京市科委支持的G20企业——博奥生物有限公司的研发团队历时三年、投入近千万元，研发出遗传性耳聋基因检测芯片。只要采几滴血放入一枚指甲盖大小的生物芯片中，5小时后就能检测出是否携带耳聋致病基因。2012年4月1日起，北京市免费为常住人口新生儿进行耳聋基因筛查。

北京成为全球第一个实现新生儿耳聋基因筛查的城市。

2012年4月，成都市耳聋基因筛查示范应用项目启动，该项目为期一年，覆盖3个区县所有的产科医院，预计将筛查新生儿1.8万人。成都20个区（市）县听力障碍高危人群也将接受免费筛查，预计筛查人数为1.5万人。

通过对遗传性耳聋基因筛查，用中国人群的遗传性耳聋基因芯片试剂盒，对听力残疾人开展致聋基因筛查，旨在建立并完善听力残疾早期筛查、早期诊断与早期康复相结合的听力障碍预防与康复的工作模式，为有效控制听力残疾的发生提供科学依据。

从被动医治到主动预防，中国残疾人医疗康复事业完成了一次战略性的飞跃。

春天对小草说了什么
小草那么听话
都绿了
春天对花儿说了什么
花儿那么听话
都开了
春天对小燕子说了什么
小燕子那么听话
都回来了
春天对世界说了什么……

当年装了耳蜗以后，在电视屏幕上向全国人民朗诵这首诗歌的聋儿小仲恒已经长大了，屈指数算，她应该是一个14岁的少女了。今天的她，想必还在东北铁岭的家乡读中学吧，和成千上万的她这个年龄的女孩子一样，她一定是喜欢音乐的，她的心目中一定也有她倾心喜欢的歌星吧。她头戴人工耳蜗和她的同学们走在路上，谁能把现在的她和当年那个重度聋儿联系在一起呢？

今天的小仲恒已经是一个新造的人了，她全新的世界是由她的新耳朵带来的。风吹小草的声音，雨打花瓣的声音，小燕子报春的啁啾声，这一切小仲恒都听见了。她当年朗诵的这一首诗其实可以继续写下去，春天对小仲恒说了什么，小仲恒那么听话，居然开口说话了。那么，春天对世界说了什么，这中间或许有千言万语，但有一个字是不能忽略的，这个字就是“爱”。小仲恒头上的耳蜗就是这个爱的标记。

天意怜幽草。

小仲恒会长大，和所有的孩子一样，慢慢长大，完成学业，回到社会中，用自己所学的一切来回报人群，报效国家。她可能会选择做一名医生，像那些为她诊治和手术的医务工作者一样，为未来的孩子们医治病痛，她的脖子上也会挂着听诊器，她听孩子们的心脏，一边听一边数他们的心跳；她可能会选择做一名教师，像那些在她康复和成长过程中倾注了无数心血的老师们一样，她会俯下她的身子倾听孩子们说话，她会擦拭他们的泪花，会在适当的时候撩开自己的头发，让孩子们看她的耳蜗，她会想起她装耳蜗的日子，她靠着耳蜗听世界并牙牙学语的日子，她的故事会激励未来的孩子；她可能会成为一名歌者，把心中的爱、成长的故事唱给世界听。当然，她会成为一个温柔的恋人，在未来的某个仲夏夜里，和心爱的人漫步花园，指点满天的繁星，听夜莺唱歌。她会成为一个甜美的妻子，一个深情的母亲，爱丈夫，爱自己的孩子，他们说出来的话和他们的心声，她都能听得见。就像她自己的母亲，虽然深居遥远的北方，白山黑水之地，当发现自己的孩子没有听力，便开始义无反顾地走上了漫长和艰辛的求医之路，因为爱女心切，她抓住女儿的手，总不松开。命运之海，波涛汹涌，几欲将她们溺毙，但是，作为母亲总不会松手，直到把女儿完全带回到安全的滩涂。小仲恒一定会成为和母亲一样的母亲，爱到底，爱到牺牲，爱到永不止息。

2012 年，北京的春天姗姗来迟，19 岁的抗梦雯就读于北京国际美术学校高三年级，但和一些在这个年纪、这个时间冲刺高考的孩子不同，梦雯专注于美术专业的辅导和英语口语、听力的辅导。

乍暖还寒的时节，迎着风，些许的杨絮从脸上掠过，梦雯行走的脚步匆忙。春天到来的时候，她都会记起1997年的那个春天，作为中国第一位儿童多导人工耳蜗植入者，梦雯在北京同仁医院做了人工耳蜗植入手术，一个月后开机，她听见了生命中的第一个声音。

15年了，因为那个春天，因为学会了说话，她的世界变得绚烂多姿，变得无比广阔。

今年，梦雯将报考美国芝加哥艺术学院和美国加州艺术学院，考入这样的知名艺术院校学习是她很久以来的心愿。自7岁起学习绘画和书法，梦雯的愿望是当一名珠宝设计师，有一间自己的工作室，选择高中毕业后报考美国院校深造，源于她2011年的一段经历。

2011年，作为交换生，梦雯在美国伊利诺伊州的一所高中读了一年，学习成绩除化学是C以外，其余科目均为A或B，在校期间还参加了帮助无家可归者社团，帮助求助者。

到达美国的第一个星期，虽然在国内已经作了充分的准备，梦雯还是听不懂任何人的话，也没有人能听懂梦雯的话，仿佛是熟悉的发音就是不知道什么意思，以为是准确的表述却看见对方一脸的茫然。

一周、两周，上课听不明白老师讲什么，梦雯只有挑灯熬夜看书自学，同时采用书面和口语结合的方式积极与寄宿妈妈和老师同学沟通，渐渐地，梦雯觉得，仿佛是熟悉的发音变成真实的熟悉了，自己讲的话得到回应了。

这个过程梦雯走得艰难，不亚于当年听见声音后学习说话，当年被妈妈的爱牵拉着，成长后是仰望着自己的梦想，一路披荆斩棘，奋力向前。

在美国时，梦雯还联系到一些从国内过去的人工耳蜗植入者，互相交往，互通信息。看到这些与自己有着相同经历的人在大洋彼岸努力不懈地追逐、实现自己的梦想，梦雯心潮起伏，很久以来一直轻叩她心门的一个声响愈来愈大，她和父母商量，高中毕业，她是不是也能去美国求学？

抗均平关佩霞夫妇对女儿的成长欣慰无比，看着已然是窈窕少女的梦雯，曾经的一切苦难和艰辛变为珍贵的记忆，他们决定尽其所能、尽其所有培养女儿成才,帮助女儿实现愿望。

梦雯是一个成功地回到有声世界的孩子,如今,她画溪水的时候,就能听见水在唱歌,是一支百折不挠、勇往直前的歌;她画小鸟的时候,好像又听见小鸟的啁啾;她的新耳蜗,帮助她找回了一个原本会失去的世界,她在充分享受着这个有声的世界。

或许若干年之后,天遂人愿,她真的完成了珠宝设计专业的学习,顺利地开了自己的设计室,她能在笔下为成千上万的女性顾客们设计出风格迥异、美不胜收的耳环、项链,有圆润的珍珠,有垂吊的绿松石,还有在微风中轻轻摇荡的水晶项链。梦雯知道,和耳朵的美有关的一切都会令她心醉,她心中深藏着难以言表的感恩之情。

让抗梦雯的生命精彩起来的,让她张开梦想翅膀的一切,都源自她头上的那一枚小小的耳蜗。那是她生命中不可离弃的一部分,她的好运就是从这一件天赐的饰物开始的。

"离离原上草,一岁一枯荣。"生命如斯,生生不息。在此处的一个结局,或许就是下一个故事的开篇。故事讲不完,是因为人心中有爱,有感动要分享,有话要说出来;是因为有人要听,耳蜗是一个没有结尾的故事。陆锋、希路、抗梦雯、朵梅多吉、邓飞、小强、姜大伟、许健、晋边芸芝、蓝维晖、金乐、陈梦圆、天天、阿依努尔的儿子……他们的生命故事将被时间讲述下去,这样讲述的意义不在于讲述本身,而是在于要让我们看见并且明白:我们生活的星球就是这样,诸般生命气象都可以感同身受。

从此以后,接续下去的每个故事的架构都是自然生成的,从无到有,从哀歌哭泣到扬眉欢唱,好像一个经历过无数次验算之后的公式,可以带入到所有的生命方程式里去,每一个人,无论你身处何地,从事何种专业,或贫穷或富足,面对今天这样一个特殊的时代,都可以把自己带入到故事中去,成为故事中不可或缺的那一个篇章,那一个片段。这是一曲爱的交响,你可以成为未来的王永庆、李延亮,你也可以是下一个韩德民、曹克利、黄俊生，同时，你会不会成为明天的崔老师呢？只要你心中有爱，你即刻就能够加入到这个爱的旋律之中，发出你才有的美妙音流，向着那些干涸之地、缺乏之地、伤痛之地，成为滋润，成为亮光，成为荫凉，成为富足和丰饶。

耳蜗是一个象征，是一个预表。这个世界需要听见，人们内心深处的呼唤不应该被漠视和忽略。因为不仅仅是有人听不见，还有人看不见，有人无法行路，有人在与生俱来的病痛中孤独挣扎，看不见希望和明天。不仅仅这样，这个时代物质极大的丰富，却带来人们精神世界的巨大空虚，失婚的人群，失爱的孩子，孤单的老人，战争、恐怖、环境污染、地震、海啸、矿难……人的内心世界不断遭到重创，历史给人类的遗传病尚未治愈，新的创口又在渗血。多少人从来没有被爱过，孤单地走尽人世长路，抑郁而终；多少人暗自垂泪，度过人生中最漫长的黑夜，长歌当哭，心事浩茫，无处倾诉……这个时代盛产需要安慰和帮助的人群，帮助者在哪里？

是谁在暗夜，在深渊里呼喊？是谁的歌声需要被听见？

是我们自己。每一个人只有当你愿意成为帮助者的时候，我们才会得安慰，得帮助。

耳蜗的象征性远远大于耳蜗故事的本身，听力的丧失是一个社会病，我们的社会需要装上这个耳蜗，手术、开机、康复，然后，我们听见。

因为，爱和被爱，都应该被听见，都需要被回应。

小小的耳蜗，有着神奇的魔力，借着它，听见声音，借着它，好像可以把一个失去的世界带回来。在人们用按捺不住的激动心情为人工耳蜗在今天祖国大地上落地生根、开花结果并造福人群的大好局面而欢欣鼓舞之际，我们仍然看到人类所要面对的局限和新的挑战正在来到。人工耳蜗的研发和使用只是一个开始，听力的康复训练过程仍是一条艰难和漫长的路途。从以往的个案中可以看见，人不可以独自走在这一条路上，装上耳蜗是为了倾听，有倾听者，必然要有呼唤的声音。人和人要有关系，生命和生命必须联结,有呼应。若不是为着这样的目的,耳蜗便会形同虚设。现代科技帮助人们圆梦,那个梦才是最重要的。

透过耳蜗听见世界的声音,听见是一种能力,耳蜗是为了完善和提升人们倾听的能力。那个听的能力是最重要的,耳蜗是达到听的手段,听见和表达才是目的。

一个聋儿装上耳蜗不是结束,这仅仅是他的生命要扬帆起航的开始,必须有人在甲板上向他喊话,这是一个需要被千呼万唤的生命,需要被特别叮嘱的生命,救助是全社会都要参与的工作,康复更是人人有份的爱心善举。不要吝惜脸上善意的微笑,不要吝啬口中的赞美和鼓励,当身边有人软弱跌倒,不要漠然无视,每一次伸出手去扶助需要者,就是扶助了人自己内心的软弱。如果有人需要借由听见你去听见世界,请千万不要噤声不语。

以生命庄严的眼光来看,没有残缺和障碍,只有呈现和表达的不同。

生命没有优劣之分,孰高孰低,只有不同的呈现,在不同之间,同情、怜悯、施舍……

这些固然是一种美德,但爱是全然彻底的融合,唯有爱能抚平一切的伤痛,唯有爱使人完全。

在遥远的阿尔卑斯山中有一个美丽的湖泊叫茵梦湖,每逢夏季来临,湖中会开放一片一片美丽的睡莲。相传睡莲开放是有声音的,那微声开放的声音好似嘴唇的一次开合,颤动空气,若不是透过手指,若没有一颗会聆听的心,睡莲开花的声音是无法被耳朵听见的。

在慕尼黑有一家诊所,诊所里有一位著名的耳科专家,他是失聪者的救星。许多人在他这里接受耳蜗植入手术,恢复听力,回归有声世界。但有一个聋哑少年装上了耳蜗,仍然没有听力。耳科专家和聋哑少年一样痛苦,难以接受这样的一个现实……

诊所里有一位帮忙的女孩儿,她美丽、单纯,有一颗仁心,有深深的爱和智慧。她带着耳科专家和聋哑少年一同来到茵梦湖，他们把手放在含苞待放的睡莲上，太阳升起来，湖上雾霭散尽，他们闭着眼睛，用心在听，他们听见了，睡莲的花瓣像双唇一样微微绽开，那是睡莲开放的声音，女孩儿听见了，笑了；耳科专家听见了，落下泪来；聋哑少年也听见了，他在湖岸上如鹿一般欢喜跳跃。

睡莲开花的微声，好像一个至亲至爱的亲吻，蕴涵着比海洋更宽广的深情。

聋人的历史，是对声音千呼万唤的历史，悲怆、高远、悲凉，是人类心灵的最强音在历史的穹苍之下的千年回响，这是一段信心等待的历史，经历了无以计数的风雨阴晴、沧海桑田，现代科技的高速发展，带来了人类听力史上革命性的风暴。风暴之后，翩然向我们走来的是一个欢歌笑语的美丽春天。

故事每天都在讲述，也被倾听。不仅仅是耳蜗的故事，在浩渺无边、波光潋滟的生命之海上，耳蜗的故事不过是每一秒钟都在盛放的朵朵浪花。蔚蓝色的大海是由多少这样的浪花组成，谁能够数算得清楚呢？万代兴起，万代衰落，唯有不灭的生之薪火熊熊燃烧，代代相传。

神州中华，五千年历史，试问有哪一个时代能像今天这样，政通人和、科技发达、文明昌盛，生命被关怀，被呵护，被珍视。不管生命以多么不同的方式向世界呈现和表达，每个个体的被造，都有特别的意义和价值，都可以活出命定的美好和荣耀。地球不是孤悬域外的游子，也不是踽踽独行的孤儿，每个生命都有出处，亦有归向。他细若微尘，光耀寰宇。那一份庄严，那一份美妙带来全新的世界，令人感动，令人由衷地赞叹。科技高速发展带来的变化令人目不暇接，让人振奋的是人文关怀的春天也随之而来，和平、关爱、厚德、团结、包容……已经成为这个时代的主旋律。看中国大地，阳光普照，遍洒每一个角落，没有人会被遗忘、被冷落和漠视。盲人看见，聋人听见，石头唱歌，铁树开花，枯藤发芽，这是一个奇迹发生的时代，是恩典的时代，生于斯、长于斯，生逢其时，何其幸运。

今天，在中国这片土地上所发生的一切都是前所未有的。耳蜗故事的讲述也是我们心灵故事的讲述。或许人们上下求索、追问古今的叩门声，从来没有停下来。人们所能听见的不过是此时此刻，正从我们头顶的空谷行过的这一串脚步声；人们目光所能看见的也不过是正从我们胸前缓慢移过的这一米阳光，但是“一叶知秋”，聋人命运改变的故事必将给人们带来更大的祝福，有幸活在这个时代的每一个人都可以成为生命丰盛的祝福者，每个人唱出自己的心声，捧出自己的一米阳光，这个世界就必然会激荡着春之交响，爱的和鸣，人们举步迈向的就是一个四季常青、温暖如春的新纪元。

1977年9月5日，美国成功发射的旅行者1号上携带了一张铜质磁盘唱片；里面有55种人类语言的问候语，其中有中国的普通话、闽南话、粤语和吴语四种语言。“行星地球的孩子(向你们)问好。”这一句简单却真挚的问候，一刻不停地向着每一个擦肩而过的星球发出。伯牙的古琴曲“高山流水”带着地球人从古到今的期盼，独行洪荒，寻找知音。

这唱片上还刻有婴儿出生的第一声哭泣，孩子们的笑声，恋人的絮语……

这是人类最美的声音，因为特别的制作，即使是十亿年之后，唱片的音质都不会有丝毫的改变，那是人类最美的声音，是神往，是遥想，是渴慕，是最深的呼唤……

坐地日行，俯仰遥看，人类最伟大的品质和最美丽的表情，正是永不停止、永不枯竭的创造力和爱的能力。有这种力量存在，今天可以听见远古，亦可以听见未来，人和人之间灵魂深处的遥相呼喊，必将因为爱的存在而被听见。

宇宙洪荒，星河浩瀚，无以计数的星子在自己的轨道上不眠不休，奔走不停。那些尘埃一样的星群，无法命名。多像是未被驯服的野马群，有曳地的长鬃，被长鞭惊起，被罡风掀动，或嘶鸣或驰骋，形成一个巨大的漩涡，将要吞噬一切的有形和时间，执意要向人们呈现一个永恒的意念。

美丽的银河系，遥挂在天幕深处，多么多么像一个硕大的耳蜗呀，月光的咏叹，潮汐的歌吟，季节的悸动，以及来自苍茫大地上春草萌发、秋虫呢哝的所有声音，都将被听见，被回应……

后　记

最初接触和人工耳蜗有关的人和事是在2006年3月,和广大读者一样,当时对于耳蜗的事我们也是一窍不通,但是,被一种神奇的力量所吸引,被事件中的人物所感动,我们是情不自禁地投入到这一项伟大的事业中。

采访历时七个多月,我们去了许多地方,见了许多的人,从中国残联这样的上级主管部门到基层的聋儿学校,从首都北京到青藏高原,我们关注一个又一个普通人家的孩子,甚至亲临手术现场,意在了解每一个失聪的孩子如何从无声世界走向有声世界的每一个细节,力图全然向读者朋友们呈现这个过程。

可供选择的写作素材是丰富的,面对这些鲜活的面孔和他们的故事,我们常常觉得难以取舍,似乎每一条线索衍生出去,都可以独立成章,成书。比如发明人工耳蜗的故事,那个缘起,那个过程,充满了神奇的爱的力量。小小的耳蜗,实在是现代科技和人类梦想的完美结合,在一些关键的时刻,灵光乍现,好像人类寻求的手和一只无所不能的造化之手紧紧相扣,何其精准。

其实，不仅仅是人工耳蜗的发明和创造的过程，后来的故事，包括《耳蜗》成书，中间有太多这样的时刻。试想我们要在一本书里讲述这么丰富的内容，如此纷繁复杂的线索，巨额的捐赠，捐赠者的心路历程，远在天地一隅的小小的聋儿，医务工作者一次又一次的手术，一个挑战人类极限的行动，植入、调试、康复、训练，年复一年，直到有一天那个人工的耳蜗能和生命自然相调、相融……无论是题材，还是架构，都不是我们可以随意驾驭的，但是，回顾整个创作过程，真的好像有一只神奇的手，和我们一起编织出了这样一部作品。

如今，回想起来，只有感恩。

从 2006 年春天到 2012 年春天，整整六年过去了，好像妈妈在给孩子讲故事，讲到浓酽处，孩子总会忍不住问："然后呢？"然后我们真的按捺不住内心的欢喜和雀跃，今天，我们可以不无自豪地说：耳蜗的故事没有一刻停止过，我们手中的笔可能会停顿，但真实的故事仍在继续讲述。

王永庆董事长当年说：做好新生儿筛查工作，发现一个救助一个，只要有需要，他就不会停止捐赠。同样的话，又从他的女儿王瑞华女士的口中说出来，不仅是说，而且是行动，这个行动从来没有停止过。

韩德民院长工作岗位有了调整和变化，使他有更多时间来致力于带领团队，培养新人，他身后一茬一茬的人才如雨后春笋般成长起来，他不仅是这项事业在中国这片土地上的拓荒者，更是推广者和引领者。他和他的团队的名字将不会被人们忘记。

先行者点燃的火种，已经形成燎原之势。2005 年，"听力重建　启聪行动"启动，2009 年，"中国贫困聋儿人工耳蜗/助听器抢救性康复项目"启动，关爱聋人，重建听力，局面由过去患者千里迢迢寻求救助之门，到今天我们的各级项目机构主动出击，四处搜寻救助目标，使所有符合条件的聋儿和聋儿家庭都看见了希望。同时，科研工作者已自主研发出了国产人工耳蜗，已进入临床应用阶段，有望解决进口人工耳蜗价格昂贵的现实问题。我国在预防医学的科研方面也有了突破性的进展，应用耳聋基因芯片对新生儿进行耳聋基因筛查取得成效,走向全面推广阶段;儿童早期听力检测及干预使听障儿童适时接受符合自身情况的治疗，使从前的十聋九哑变为聋而不哑。除了国家的介入之外,众多的企业、慈善机构都开始投入对听障人事业的关注和救助。大家各有注重的领域和阶段,有协助有竞争,可以看见真正受益的是有需要的人群,他们可以根据自己的需要选择最适合自己的产品和康复机构。

这是我们六年前无法预见到的，看着眼前的情景，我们心中更是感恩。

2012年3月初的一天,江红拨打了一个电话,是六年前一个采访对象的电话,六年间,这是第一次拨打这个电话,电话是通的,接电话的还是熟悉的那个声音,江红说,那一刻,她心中涌起感动,眼睛湿润了。六年,许多事都改变了,但是对于聋儿的那一份特别的爱和守望,对聋儿康复教育的那一份责任和担当,使一个已近古稀之年重病在身的普通特教工作者,仍然没有退役,仍然工作在一线。江红说,感动之余,还有一份说不出来的安心。对于我们尚且如此,对那些急需康复的聋儿来说,拨通这个电话,等于拨通了希望。很像小孩子被惊吓了,无助无望之余,向妈妈呼救,妈妈永远不会掩面不看,她总是急切地答复孩子:“妈妈在这里,妈妈在这里。”

在完成了六年后的这些采访之后,我们发现大家都还在那里,不管是救助者、捐赠者、医治者、听力调机师、康复训练师,大家一如既往地坚持着,默默无闻地做着,不求回报地做着。我们也看见,一只又一只受伤的鸟儿在他们手中得到医治、爱抚,最终康复,振翅鼓翼,向着属于他们的天际飞去。

“我们在这里”,深愿我们的文字也能成为读者的帮助。冬日里取暖,暗夜里掌灯。如果您独自跋涉于人生的漫漫长途,天涯苦旅,您渴望有歌陪伴,有人同行,请招呼一声,我们真的愿意哪怕是在深渊里回应:“我们在这里!”

丁冬曾不止一次说,他心中有一个长长的感谢的名单,如果不是篇幅有限，真想把他们一一列出来。多么想让世界认识他们，了解他们，并且记住他们。他们有些出现在这本书里，还有一些没能出现。无论怎样，我们想请求每一位读者，向这些默默无闻的我们这个时代勇敢、美丽和伟大的心灵致敬。

在这个长长的感谢名单里我们要特别加上百花文艺出版社，对张云峰社长、甘以雯编审以及他们的工作团队，仅仅致谢是不够的，更多的是敬意。没有他们的激情、鼓励和坚持，就没有《耳蜗》一书破茧成蝶，振翅鼓翼的今天。

谢谢海迪主席百忙之中给该书作序，对我们是一片厚爱，对中国的聋人康复事业是巨大的支持和推动。感谢王瑞华副总裁，追忆王永庆先生的笔墨令我们动容。三篇序字里行间，传达慈心仁爱，是我们极其珍视的。

大家都“在这里”的回应，使我们再一次经历信心、盼望和爱的信实。

因为冬天已往，雨水止住过去了。地上百花开放、百鸟鸣叫的时候已经来到；斑鸠的声音在我们境内也听见了。

这是一个充满希望的春天！

作　者

2012年4月10日